有爱的青春陪伴者

春夜喜雨

银八 著

江苏凤凰文艺出版社

图书在版编目（CIP）数据

春夜喜雨 / 银八著. -- 南京：江苏凤凰文艺出版社，2024.4
ISBN 978-7-5594-7863-4

Ⅰ.①春… Ⅱ.①银… Ⅲ.①长篇小说 – 中国 – 当代 Ⅳ.①I247.5

中国国家版本馆CIP数据核字(2023)第130869号

春夜喜雨

银八 著

责任编辑	王昕宁
特约编辑	年　年
责任校对	言　一
出版发行	江苏凤凰文艺出版社
	南京市中央路165号，邮编：210009
网　　址	http://www.jswenyi.com
印　　刷	长沙鸿发印务实业有限公司
开　　本	880mm×1230mm　1/32
印　　张	9.5
字　　数	300千字
版　　次	2024年4月第1版
印　　次	2024年4月第1次印刷
书　　号	ISBN 978-7-5594-7863-4
定　　价	42.80元

江苏凤凰文艺版图书凡印刷、装订错误，可向出版社调换，联系电话025-83280257

目录
contents

第一章 001
一个年级第一，一个年级倒数第一

第二章 029
她练就了一种特异功能，能在人群中一眼就找到他的身影

第三章 060
她误闯了一个关于蒲驯然的全新世界

第四章 090
一幕幕从未想过的童话篇章在悄然上演

第五章 122
"不用客气，明天起我罩着你。"

第六章 149
"就那么不想跟我扯上关系吗？"

目录
contents

第七章 178
"你想要什么我都答应你,上刀山下火海在所不惜。"

第八章 198
阮映,你能转过来跟我笑一个吗?

第九章 223
他朝她走了九十九步,最后一步由她走向他

第十章 251
他的生命因她鲜活而滚烫

番外一 284
谈恋爱被抓包这件事

番外二 289
结婚

番外三 294
婚后

第一章
一个年级第一,一个年级倒数第一

六月的午后,B市的暖阳里夹杂了些许热烈。连续一个月的梅雨季过后,空气里似乎还带着潮湿的气息,这些潮湿正在被暑气蒸发,在操场上形成一道道看不见的波纹。

难得今天下午第一节是体育课,学生们朝气蓬勃。只是这热浪到底让人吃不消,一个个大汗淋漓的。

下课的铃声还没响,趁着自由活动的时间,阮映被闺蜜兼同桌向凝安拉着去小卖部买冰水。

阳光下,阮映的脸精致得像个瓷娃娃,她也热得不行,于是同意了这个提议。汗水将阮映的刘海打湿了大半,白皙的脸颊染上了一层粉红。

她们一路走着,向凝安笑着调侃:"今天隔壁班的大学霸薛浩言没来上体育课,你是不是很失望?"

阮映的脸很红,不知道是被晒的还是因为其他。她挽着向凝安的胳膊,轻轻掐了向凝安一把,但力道不算很重。

向凝安故意喊疼:"哎哟喂,还不让人说话啦!这会儿又没什么人。"

阮映的脸更红了:"别说啦。"

向凝安反而故意在她耳边道:"薛浩言薛浩言薛浩言!"

阮映更加面红耳赤，追着向凝安打。

两人打打闹闹，很快就到了小卖部。

阮映主动跟向凝安提起："我昨天看了一部有关西部支教的纪录片，感触很大。"

"怎么，你也想去吗？"

"很想去支教，但是我现在肯定去不了。"

"据说大学的时候就可以申请去西部支教了，到时候再去吧。"

"嗯！高三是高中最后一年，一定要努力，考上理想的大学！"

向凝安买了两瓶水，主动递给阮映一瓶，说："太热了吧，难以想象我们七月份还要补课，到时候要怎么过啊！"

阮映接过水道了谢，问向凝安："补课从什么时候开始？"

"说是七月七日就开始，等于我们这学期期末考试过后休息一周就又要来上课。"向凝安叫苦不迭。

原本好好的两个月暑假，现在最多只能休息这么几天。

阮映却没心没肺道："幸好不是期末考试后就来上课，好歹也可以放松几天了。"

"你倒是想得开啊。"向凝安撇着嘴，继而忽然想到了什么，"不过唯一欣慰的，是整个高二都要补课，到时候我还能看见严阳。"

阮映甜甜笑着，伸手摸了一把向凝安的脸："瞧把你高兴的。"

因为有了想要努力赶上的人，所以连学习也不再是一件枯燥乏味的事情，每天都有了期待。

在这一点上，阮映也是。

阮映下意识地侧头望了眼篮球场，这节他们三班和四班都是体育课，薛浩言就在四班。

向凝安顺着阮映的视线瞥了眼，打趣道："怎么，你还在找薛浩言呀？"

阮映红着脸没说话。

向凝安说道："我听他们班的同学说，他被老师叫走了，所以没来上体育课。"

阮映其实也猜到了。

闺蜜两人从小卖部出来后，特地选了一个阴凉的地方。

学校的绿化做得十分不错，六月的天到处都是栀子花的香气。这会儿清风徐来，让阮映和向凝安都直呼舒爽。

没走一会儿，向凝安拉了拉阮映的手："看，年级倒数第一蒲驯然。"

阮映抬起头，望向远处。

远处的凉亭背靠教学楼，那里一向凉快，但一般往来的学生不多，尤其是上课时间。

眼下有三三两两的学生围在凉亭下，大约都是上体育课的学生。阮映认出来了，那几个学生都是隔壁四班的男同学。

整个学校都知道，这里最不能惹的人就是高二（4）班的蒲驯然。这个人学习成绩差，还出了名的爱闹事，但凡被他盯上，绝没有什么好果子吃。不过这都是听说，阮映未亲眼见过。

阮映虽然没有和蒲驯然接触过，但因为他在隔壁班，对于他也有所耳闻。听过最多的传闻，是蒲驯然蛮横无理、偏执暴躁，所以她对这个人没有半点好感。

向凝安在阮映耳边小声说："蒲驯然好像又在找别人麻烦了吧。"

阮映的视线里，一个理着寸头的男生正双手插着裤兜坐在椅子上。

午后的阳光透过高高的树枝缝隙洒在蒲驯然的脸上，他的模样不羁，侧脸线条明显，看似漫不经心的脸上却写满了乖张。

很难得，今天的蒲驯然穿了校服。他肩宽腰窄腿长，夏季校服穿在身上显得个头特别高挑。

下意识地，阮映停住了脚步。

一般人遇到这种情况都会选择明哲保身，不惹麻烦。

向凝安却忍不住问道："他们这帮人在干什么呀？我们是不是得去做点什么？"

阮映反手拉住向凝安，小声说："我们两个手无缚鸡之力，最理智的做法还是去找老师。"

"等老师来了，黄花菜都凉了！"向凝安咬着牙，大喊一声，"老师来了！"

这一叫喊，果然引起了那帮人的注意。

四班的几个男生转过头来，视线落在了阮映和向凝安的身上。

阮映想都没有多想，拉着向凝安的手就掉头狂奔。

三十六计，走为上计。

树荫下。

蒲驯然看了眼不远处的那个背影，嘴角轻轻带起一抹笑意，漫不经心地说了一句话。

男生一副如获大赦的表情，连滚带爬地跑了。

平志勇在一旁说道："驯哥，那两个女生好像是三班的，是不是觉得我们很帅？"

蒲驯然嗤笑了一声："你脸怎么这么大？"

平志勇见那小子跑了，又忍不住说："驯哥，你就这么让那个小子跑了？他欺负的可是咱们班的女同学！"

蒲驯然伸手摸摸平志勇的脑袋："阿勇，咱们不能以暴制暴，懂吗？"

平志勇问："那怎么办？"

蒲驯然看着平志勇："这样，他是怎么欺负我们班女同学的，你就去他身上找回来，这样就算扯平了。"

平志勇一听，满脸的抗拒："我才不要呢！"

蒲驯然好整以暇地环着胳膊，整个人懒洋洋的："这么一个大好的机会，你怎么还拒绝了？"

跟在蒲驯然身边的几个兄弟也笑了："阿勇，这就是你的不对了。"

"驯哥给你这么一个千载难逢的机会呢！"

"快快快，上啊！"

"上上上！"

平志勇一脸无辜地看着蒲驯然："驯哥……"

蒲驯然勾起嘴角，笑得一脸坏样："行了，不玩了，打球去。"

平志勇笑得那叫一个开心："好嘞！驯哥你今天要让我几个球！"

下课铃敲响时，篮球场上来了一帮男同学，他们打球姿势帅气，引得女生们小声议论：

"那个就是蒲驯然，最帅最高的那个！"

"也就只有他剃寸头那么好看了。"

"他们四班帅哥也太多了,还有年级第一薛浩言也在四班。"

"可是我觉得薛浩言没有蒲驯然帅。"

"帅有什么用,成绩好才行。"

议论的人中不乏阮映班上的女同学。

阮映的前桌范萍拉着她问:"阮映,你觉得是蒲驯然帅还是薛浩言帅?"

听到"薛浩言"三个字,阮映有些不自然地回道:"都那样吧。"

"那样是怎么样?"范萍一副非要问出个所以然的样子,"我觉得蒲驯然比较帅,你觉得呢?"

阮映一时之间不知道说什么:"帅有什么用,成绩好才行。"

范萍点点头:"你说得对。"

刚才向凝安和阮映跑去跟老师汇报了凉亭里的情况,不过老师去凉亭看过,没有发现什么异常。

仿佛刚才的一切未曾发生过似的,凉亭里早就没有了那帮男孩子的身影。

眼下他们正若无其事地打球。

向凝安有点后怕,看到篮球场上的蒲驯然,忍不住对阮映说:"阮映啊,刚才在凉亭的时候蒲驯然看到我们了吧?他会不会找我们麻烦?"

阮映其实也有那么一点后怕,但还是安慰向凝安:"要是他真的要找我们的麻烦,你就说是我跟老师说的,反正我大伯是警察,他肯定不敢拿我怎么样。"

向凝安说:"不过我听说蒲驯然是不会动女生的,这是他的原则。"

"管他呢。"阮映正说着,一个篮球滚到了她脚边。

她低头看了眼自己脚边的球,又抬头望向篮球场。

不远处,蒲驯然站在球场上面对着她。两人之间相隔不算远,他的脸上早已经被汗水打湿,这会儿微微弓着身子,双手搭在自己的大腿上,满脸的慵懒不羁,朝她喊道:"同学,麻烦扔一下球。"

有那么一瞬间,阮映心乱如麻,她以为蒲驯然是来找麻烦的。

就连一旁的向凝安都忍不住抓住阮映的手,小声说道:"完了完了,蒲驯然肯定是来找碴的。"

阮映深吸了一口气,不卑不亢地将地上的球捡起来,抬手一扔。球滚到了蒲驯然的面前。

那头蒲驯然弯下腰,单手捞起篮球,头也不回地往篮球场而去。

阳光下，蒲驯然的背影很高大，他转手将球扔给了场上的其他男孩子，动作潇洒利落。

等确定蒲驯然不会有另外的动作之后，阮映和向凝安这才松了一口气。

原以为蒲驯然会来找麻烦，不过周末两天过去，相安无事，阮映也就没再把这件事情放在心上。

周一一大早，阮映踩着点来学校，刚好赶上班级正排队要下楼去操场。

每个周一都要举行升国旗仪式，除非下雨。

阮映一向不喜欢雨天，但若周一是雨天的话，那她还是非常喜欢的，因为再没有什么比坐在教室里开晨会更让人开心的事情，还可以趁机写一张卷子。

今天又是一个艳阳高照的日子，临近七月，清晨的阳光也越来越毒辣。

清晨微风习习，阮映额前落下的几根发丝被微微吹起来。上周体育课她觉得刘海太麻烦，索性就把刘海全都用发夹固定起来，露出了整个额头。这会儿有几根不听话的发丝落下来，刚好垂在她的脸颊两侧，倒是有种异样的美感。

向凝安看着阮映又忍不住叹一口气："阮映啊，你真的好漂亮啊！"

阮映笑得十分欢乐："那我就收下你的赞美啦！"

话刚说完，阮映便不小心看到了后面的蒲驯然，她连忙转过头当作没有看到。

三班的队伍已经走到操场，紧跟着的便是四班。

走在四班末尾的人便是蒲驯然。他抬起头，视线刚好落在走在三班队伍中间的阮映身上。

临近期末了，今天的晨会尤其漫长，教导主任好像有说不完的话。

终于轮到高二（4）班的代表做国旗下的讲话，站在台下的学生似乎提起了一些精神。

眼下台上站着的便是高二的年级第一薛浩言。

薛浩言个子高挑，似乎已经有一米八。他穿着一身白色的夏季校服，手上拿着一张演讲稿。

很快，他的声音从音响里传到四面八方，字正腔圆，掷地有声，情感充沛。

薛浩言在城北高中算是风云学霸，前不久他刚刚获得一个国家级的数学竞赛一等奖，学校里都还挂着他的获奖横幅。"学霸"这个词用在薛浩言身上实至名归，自从入学以来，每次考试他都在年级第一的位置没有下来过，所以尤其引人注目。

就在薛浩言站在国旗下讲话的时候，向凝安故意朝阮映眨眨眼，小声调侃："哎哟，不错哦。"

阮映难得面露羞涩，笑了笑。

因为薛浩言，阮映觉得枯燥乏味的校园生涯变得有意义了。她想变得像他那样优秀，能够和他并肩站在一起。

在校两年，从阮映第一次知道薛浩言这个名字时，就对他印象尤其深刻。还记得那是高一第一次全阶段的摸底考试，薛浩言就以优异的成绩位列第一。

阮映第一次见薛浩言是在一个午后，那个时候她根本对不上学校成绩榜上的名字和人，还是向凝安给她指了指篮球场上的人，说："看，那个就是薛浩言，咱们高一年级第一。"

于是阮映便顺着向凝安手指的方向，看到正在阳光下利落运球的薛浩言。在阮映眼中，薛浩言也如这阳光一般耀眼夺目，让她的目光紧紧追随。

晨会的时候每个班级分成两列站立，阮映的身旁站着的就是四班的同学。

就在薛浩言拿着话筒在主席台上讲话的时候，四班队伍中突然传来一阵阵骚动。

站在阮映前面的向凝安好奇地转过头来，听到四班有人在说：

"装什么装啊，就他成绩最好？"

"每次都说这种冠冕堂皇的话，耳朵都听出茧子来了。"

"成绩好，做人不行有什么用啊？"

"要我说啊，就应该让我们善良的驯哥上台演讲。"

听到"驯哥"这两个字，阮映下意识有些反感，也就没有转过头看。

倒是向凝安忍不住在阮映耳边说："真是奇怪，四班的男同学为什么对薛浩言有那么大的敌意啊？"

阮映小声回应向凝安："估计是忌妒吧。"

也就是在这个时候，阮映听到四班有道低沉慵懒的声音漫不经心道："都闭嘴，吵死了。"

很快，那些吵吵嚷嚷的声音消失，阮映的身边一下子就沉寂了下来。

上午的课上完，阮映慢悠悠地写完最后一道数学题目，这才准备去食堂。

她知道去早了也是排队，还不如迟一点去。虽然迟去的结果是没有什么好吃的荤菜，不过她也不是很喜欢吃荤菜。

在这一点上，向凝安刚好和她不谋而合。

等到两个人手挽着手慢悠悠地准备去食堂的时候，她们前面也有两三个女孩子去食堂。

向凝安认出来，这些都是四班的女同学。

"余莺。"向凝安提醒阮映。

阮映顺着向凝安的视线望去，前面并排走着三个女同学，其中那个长发的女孩子看起来特别有气质。因为学校要统一穿校服，所以这个女孩子也穿着一身夏季校服，不同的是，她将校服进行过巧妙的改良，显得双腿特别修长。

大概，学校里没有人不认识余莺。

余莺不仅看起来有气质，长得也很出挑，她还弹得一手好钢琴，每次学校有什么表演都会请她参加。余莺高一刚入学的时候，因为她长得漂亮，有不少高二和高三的学长专程来看她。

向凝安在阮映耳边小声说："知道吗，余莺经常去找薛浩言辅导功课？"

"嗯，我知道。"

"原来你知道啊！我还以为你两耳不闻窗外事呢！"

"不就是辅导功课嘛……"

"那你也去找薛浩言辅导功课呀，毕竟他是年级第一，成绩那么好。"

"算了吧。"阮映小声地叹了口气。

余莺长得漂亮，多才多艺，学习成绩又好，几乎没有人不喜欢。

向凝安难得见阮映脸上露出一些落寞，连忙安慰："不过，我觉得你比她漂亮多了！"

阮映甜甜一笑："谢谢夸奖。"

到了食堂之后，果然没剩余什么好菜了。

不巧的是，几个素菜也都被打光了。

阮映和向凝安两个人大眼瞪小眼，最后决定去吃泡面。

这时候向凝安就要吐槽了："食堂就不能多准备一点菜吗？每天吃饭跟打

仗似的，很烦。"

阮映伸手拍拍向凝安的肩膀："算了，明天我们早点来吧。"

向凝安叹气："也只能这样了，可是我真的不想跟他们挤来挤去的。"

阮映说："没事，明天我来排队。"

可就在她们两个人准备去买泡面的时候，正好看到余莺那一行人落座在不远处的位置上。

余莺的面前是打好的饭菜，里面荤素搭配，是别人替她打好的。其实让别人帮忙打饭也不是什么稀奇的事情。

余莺抬起头，看到不远处的阮映，两人刚好视线相交。余莺故意挑了一下眉，看着两手空空的阮映，一脸幸灾乐祸。

阮映看清楚了余莺脸上的挑衅，但没有打算理会。

不多时，阮映的手机上收到一条短消息："映映，看到你没饭吃可真是感觉可怜巴巴的呢。"

阮映低头看到这条消息，直接点击删除。

向凝安不小心看到了阮映手机上的这条消息，忍不住问："谁发的啊？"

阮映没有打算隐瞒，直接说："余莺。"

向凝安瞳孔"地震"，暗骂了句。

阮映低着头，"噼里啪啦"写了一句话回复余莺："管好你自己。"

下午的数学课阮映好几次走神，下课后只能去讨教前桌范萍。

范萍是数学课代表。

在范萍的讲解下，阮映很快就明白了试卷上几道不会的题目。数学卷子上的题目看似刁钻，但只要稍微一点拨就能知道这中间的玄机。

每次范萍在讲解题目的时候，阮映总会很快拨开云雾。别看范萍个头小小的，但小小的身体里蕴含满满的正能量。她近视已经高达六百度，鼻梁上两块眼镜片都是厚厚的一层。

范萍对阮映说："期末考试很有可能会考到这几个公式，你多记一下。"

阮映一脸感激："谢谢课代表！"

范萍说："这有什么，老师在课上都说了。"

阮映吐吐舌："我上课走神了。"

"我猜到了。"

坐在一旁的向凝安伸手戳了戳阮映的脸颊:"要不要一起去卫生间?"

阮映点点头:"好啊!"

出了教室之后,向凝安才问阮映:"你怎么啦?一副无精打采的样子。你是不是因为余莺,所以心情不好?"

阮映摸了摸自己的脸颊:"那么明显?"

"心事都写在脸上了。"

"好吧。"

阮映坦白,她和余莺之间的确有点小过节,但事情已经过去太久,她不太想提起。

向凝安没有逼迫阮映,说:"难得啊,能得罪我们的大好人阮映,看来这个余莺真不怎么样。"

"白天不说人,晚上不说鬼,不说她了。"

阮映说着下意识抬头,往楼上看了眼。

他们的教学楼是 L 形,每一层有三个班级。也就是说,在一、二、三班的上面就是四、五、六班。

薛浩言就在楼上的四班。

每次阮映和向凝安出了教室门口,总会下意识地往楼上看一眼。

如果运气好,就会看到靠在栏杆上的薛浩言。薛浩言并不是那种埋头死读书的书呆子,相反,他有很多兴趣爱好,该玩的时候玩,该学习的时候学习。很多时候,阮映都能在篮球场上看到薛浩言的身影。

比如今天运气不好,就会看到四班的小霸王蒲驯然。

经过上周的事情,向凝安一直疑心病很重,生怕蒲驯然会找麻烦,就忍不住对阮映说:"你看到楼上的蒲驯然了吧?他背靠在栏杆上。"

阮映抬起头,果然看到了蒲驯然。

楼上一帮男孩子有说有笑的,蒲驯然双手手肘放在栏杆上靠着。他微微侧着头,侧脸的轮廓十分立体,也不知道跟别人在说些什么,淡淡勾着唇。

阮映只看了一眼就低下头,对向凝安说:"别看了,小心他找我们碴。"

向凝安点点头:"嗯嗯。"

两人加快了脚步往卫生间走去。

这时，楼上的蒲驯然转过身，视线不偏不倚，刚好落在楼下的阮映身上。

他漫不经心地用舌尖顶了顶腮帮，直到那道身影消失在自己的视线里。

这个季节栀子花开了，教学楼的前后种植了不少栀子花，清风微微吹动，栀子花香飘满了整个教学楼。

蒲驯然的视线随即落在楼下的那棵栀子花上，懒散懈怠，思绪飘远。

女卫生间一向都需要排队，但阮映和向凝安只是来洗个手，所以进去没一会儿就出来了。

刚出来，阮映就撞到了自己班同学瞿展鹏的后背。

瞿展鹏转过身来，见到是阮映，嬉笑着说："你干什么啊？是不是故意的？"

阮映说："抱歉啊，我不小心的。"

瞿展鹏故意挡着路，逗阮映："没事，你故意的我也不怪你。"

阮映无语："都说了是不小心的，你让开。"

瞿展鹏却故意伸手扯了一下阮映的头发。

阮映今天扎的马尾，圆润的后脑勺十分漂亮。她的头发不长不短，发丝又直又细。

阮映一脸嫌弃地拍开瞿展鹏的手："瞿展鹏，你有病啊！"

瞿展鹏笑得更开心了："来呀来呀，来揍我呀！"

还不等阮映揍瞿展鹏，一旁的向凝安忍不住给了瞿展鹏一巴掌，打在他手臂上："神经病啊！都多大年纪了，还扯人家头发啊？"

瞿展鹏耸耸肩："这么玩不起啊？"

向凝安翻了个白眼："这是玩不起的问题吗？就你一个人觉得好玩吧？拿无知当有趣。"

"向凝安，你有毛病吧？"

阮映忍不住提高了声音："你才有毛病。好狗不挡道，让开！"

她不想在这个问题上多纠结，拉着向凝安掠过瞿展鹏往教室里去。

这一幕刚好被楼上的蒲驯然看得一清二楚。

蒲驯然一双锋利的眼眸落在瞿展鹏身上，还不等他说话，旁边的平志勇就问："驯哥，你在看什么？"

"看一个二货。"说完,蒲驯然的视线从瞿展鹏的身上移开。

平志勇也看到了刚才那一幕,说:"瞿展鹏的确是个二货,打球的时候手脚就不干净。"

平志勇说着,又添了一句:"那是三班的阮映吧,还换发型了。"

之前阮映一直是空气刘海,现在把刘海全都撩上去,看起来倒更清纯了。

蒲驯然闻言微微垂眸看了眼趴在栏杆上的平志勇。

平志勇说:"阮映是咱们小胖的女神。"

"关我什么事?"

蒲驯然原本还算好看的脸色,这会儿突然有点晴转阴的意思。他骨节分明的手指轻轻点着栏杆,整个人看起来懒洋洋的。

平志勇看了看蒲驯然的脸色,很识相地不再说了。

阮映长得漂亮这件事是整个高二年级公认的。她学习成绩好,经常排在年级前十。

而她的漂亮又和四班公认的班花余莺不同。

如果说余莺是一朵明艳的天竺葵,那么阮映就像是春日里的一朵玛格丽特。

四班和三班算是兄弟班,好几个任课老师都是一样的,难免会有所比较。阮映也是四班的男孩子提及最多的人。

楼下。

阮映路过楼梯口的时候,刚好看见四班的余莺和薛浩言说笑着上楼。

余莺伸手拍了一下薛浩言的手臂,笑着说:"浩言,看不出来,你还挺有幽默感的。"

"不就是个冷笑话嘛,我之前说冷笑话的时候,没有一个人笑。"薛浩言说。

"没有啊,我觉得很搞笑,哈哈哈。"

阮映的脚步一顿,视线下意识落在两人身上一秒,随即转开。

余莺和薛浩言是同班同学,说说笑笑是再正常不过的事情。

可没由来地,阮映感觉自己的心好像被针扎了一下,有点难受。

与此同时,向凝安也注意到了余莺和薛浩言。

向凝安故意打了个招呼:"薛浩言。"

薛浩言抬头,脸上还带着笑意,问:"向凝安,有事吗?"

向凝安和薛浩言虽然不算特别熟,但也是认识的,他们之前都是学生会的成员,不过这个学期两个人都已经从学生会里退下来了。

向凝安故意打趣薛浩言:"没事就不能喊你吗?"

薛浩言说:"行啊,我的荣幸。"

一旁的阮映拉了拉向凝安的手,示意她走。向凝安这才不情不愿地和阮映回了教室。

一回到教室,向凝安就忍不住问阮映:"你溜什么啊?这个时候就应该顺势和薛浩言说话呀。"

"说什么话啊?"阮映问。

向凝安说:"不管说什么,但凡能说上话,就算成功了一大半。"

阮映低头开始写数学试卷,一副不在意的样子:"凝安,我要写试卷了。"

向凝安拦着阮映不让她写:"你怎么回事啊?不会是被那个余莺给唬住了吧?"

上课铃这时候响起来,阮映干脆不说话了。她心里乱糟糟的,只能靠写试卷来静心。

向凝安简直无语:"所以,你看得惯余莺在薛浩言面前那个样子吗?"

阮映张了张嘴,想说自己不在意,可话到嘴边却怎么都说不出口。

向凝安一脸的恨铁不成钢,一屁股坐在位置上。

下课铃一响,向凝安就拿着书包走了。

"安安……"

阮映没能叫住向凝安。

从高一开始,阮映和向凝安被分配做同桌时,她们就成了好朋友。

这两年里,她们之间也有过小摩擦,但是向凝安是个心直口快的人,阮映也从来不会把这些放在心上。

阮映是最后一个离开教室的,她按照学习委员的吩咐关上了教室门,但是没有落锁。

这个点,校园基本上已经很空旷了,只有几个学生走在路上。

已经六月末,天黑得比之前更晚一些。

阮映的家离学校不算远,步行十五分钟就能到,所以她没有骑自行车上下学,另一方面也是为了能够锻炼身体。

她背着书包,抬头看着操场上空那团金灿灿的火烧云,顿感落寞。也不知道是不是因为跟向凝安吵架,总之她觉得自己好像被这个世界抛弃了,心里乱糟糟的,索性就开始默默在心里背诵文言文。

出了校门,阮映独自一个人往家的方向走去。

学校附近都是居民楼,有一些家里的饭菜香传出来刺激着阮映的味蕾。中午的时候阮映就没吃什么东西,这下真感觉到了饥肠辘辘。

阮映没有多想,选择抄近道回家。

说是近道,其实就是纵横交错的小巷子。要是时间太晚的话,阮映是不太敢走小巷子的,虽然现在治安不错,但她还是会有些害怕。

阮映万万没有想到,她今天还真的在小巷子里碰到了"牛鬼蛇神"。

不远处,有一群男孩子。

她其实看得并不算清楚,只看得出一帮男孩子围着一个人,而被围着的那个人靠墙坐在地上。

那个人苦苦求饶:"不要,我真的再也不敢了,求求你们……"

阮映的脚步一顿,转身就想跑。

很显然,她一个手无缚鸡之力的弱女子肯定不是那帮男孩子的对手。

最聪明的办法就是找外援。

可不幸的是,就在阮映转身要跑的时候,有人喊住了她:"这位女同学,你是打算去打小报告吗?"

坐在地上的那个人也看到了阮映,连忙喊道:"阮映!是我!我是瞿展鹏!你快救救我!"

阮映整个人都慌了,她真是做梦都没有想到自己会这么背。

一面是自己的同班同学,一面是学校里那些"不良分子"。

从道德层面讲,她现在要是开溜实在很孬种。

但从理智层面讲,她现在不溜才是惹祸上身。

还等不到阮映做出什么反应,就有个男孩子跑到她的面前。

对方个头不算高,阮映依稀有些印象,这个人好像是刚刚毕业的学长。因为对方额上有个伤疤,所以阮映记得。

这下这帮人好像开始对阮映生出兴趣,拉着瞿展鹏一起到了阮映的面前。

阮映看了眼流着鼻血的瞿展鹏，忍不住叹了口气。

平日里瞿展鹏在班级里就爱闹事，三班的人都知道瞿展鹏这个人名声不太好，更别提今天瞿展鹏还故意对阮映动手动脚过。

说起来，每个学校似乎都有一些"不良分子"，尤其现在毕业了，他们更加肆无忌惮。

眼下这帮人围着阮映，让她无处可躲无处可逃。

"学妹，你这是要去哪儿啊？"刀疤男双手抱胸，一脸笑意地看着阮映。

阮映咽了咽口水，说："我想回家。"

"真回家还是假回家？该不会跑去通风报信吧？"刀疤男问。

阮映冷静下来，小声地说："这附近有监控，你们打架会被摄像头拍下来的。"

"吓唬谁呢？"刀疤男走来，伸手要拍阮映的脸颊。

阮映侧身躲过，说："学长，我好像认得你。"

"哦？"刀疤男来了兴趣，"怎么，暗恋我啊？"

阮映说："如果我没记错的话，你刚毕业吧。"

"对。"

阮映继续道："咱们无冤无仇的，怎么说我都是你的学妹。"

"呵呵，你倒是挺会攀关系。"

阮映努力稳住声线："你打你们的架，我就当没有看到，咱们井水不犯河水，你说怎么样？"

"你当我傻？"

阮映见这招行不通，又换了个思路："其实打人这件事得不偿失，学长你想啊，如果你们现在伤害人留下案底，这一辈子就会带着案底，以后工作不好找，女朋友也不好找……"

话说完，阮映就听到一阵笑声，继而还有鼓掌声。

"说得真棒。"

刀疤男怔了一下，随即大喊："谁啊？"

时间已经到了晚上七点半。

外头的喧嚣被阻隔，小巷子里的气氛压抑。

不只是阮映，所有人都顺着声音传来的方向看去。

那个人就站在阮映身后不远处,仿佛是路过看个笑话。

阮映转过头,看着不远处的那道身影。

小巷子里的灯在这个时候突然亮起来,洒下来的灯光刚好照在这个人的身上。

等她看清楚了眼前的人,不由得怔了一下。

是蒲驯然。

蒲驯然背着书包,双手插在裤兜里,笑了笑:"抱歉,打扰到你们了。"

在那个当下,阮映不知道为什么突然就松了一口气。

随即阮映也不知道自己哪里来的勇气,大声喊了一句:"蒲驯然!"

后来很多时候回想起来,阮映觉得自己当时大概是走投无路,拉着蒲驯然死马当活马医了。

蒲驯然的视线落在阮映的脸上,微微蹙了蹙眉,没有说话。

他往前走了一步,落在地上的影子被拉长。

从阮映的这个角度看,蒲驯然十分高大。他的个头比同龄的男孩子高出了一大截,比薛浩言也高出不少。

蒲驯然从光影里走出来,身上有种说不清道不明的气场。

这时,刀疤男似乎也认出了蒲驯然,问:"你是高二那个蒲驯然?"

蒲驯然不疾不徐地往前走,问了句:"你是?"

刀疤男说:"这里的事情你别管。"

蒲驯然的脸色沉了沉:"我问你是谁。"

不是疑问句,而是掷地有声的陈述句。

大概是蒲驯然的这个问题让刀疤男失了面子,他咬着牙,说:"我是你妈!"

蒲驯然的脸色更沉了,轻轻嗤笑了一声:"我再给你一次机会,事不过三。"

"怎么,生气了?想动手?"刀疤男问。

蒲驯然的脚步不停,径直走到刀疤男面前。

两人之间只剩下两米左右的距离时,蒲驯然缓缓俯身,漫不经心地从地上捡起一个啤酒瓶。

只听"嘭"的一声,蒲驯然将啤酒瓶往地上一砸,所有人都吓了一跳。

在气势上,蒲驯然就比刀疤男高出了一大截,更别提身高。

猝不及防地,蒲驯然一把掐住刀疤男的脖子,将刀疤男推到墙上死死抵住。

蒲驯然速度太快,刀疤男狠狠地撞在墙上,还用力地呛了一口。

蒲驯然看他的眼神,仿佛在看一个笑话。

刀疤男立即反抗,努力喘息着对自己的兄弟喊道:"上啊!"

没想到蒲驯然的声音更大且带着威慑力:"谁敢上来一步试试!"

说着,蒲驯然将玻璃碎片抵住刀疤男。

刀疤男的那帮兄弟立刻不敢动弹。

一旁的阮映忍不住颤声大喊:"蒲驯然,你快放手!"

空气凝滞了几秒,不多时,蒲驯然松了手,顺便扭了扭自己的手腕。

他转过身来,满脸的戾气还未褪去。

有些人天生就有一股强大的气场,蒲驯然就是。

不得不说,阮映是真的被蒲驯然这副样子给吓到了。

不只是阮映,站在阮映身边的几个男孩也都被吓得一愣一愣的。

蒲驯然却一脸事不关己的表情,一边将手上的玻璃碎片一扔,一边低沉地开口:"人不犯我,我不犯人,这个道理你们总该懂。"

说完,他将视线落在阮映的身上,说道:"走。"

阮映怔了一下,意识到蒲驯然是在对她说话,连忙拉起瞿展鹏紧跟着。

眼下蒲驯然就是她和瞿展鹏的保护神,起码那帮人看在蒲驯然的气场上是不敢再贸然动手的。

果然,就在阮映和瞿展鹏跟着蒲驯然走的时候,身后的人都没再追上来。

一前两后,他们之间始终保持着两米左右的距离。

阮映看着蒲驯然的背影,有些紧张,随后又悄悄松了一口气。

这个年纪的蒲驯然有着宽肩窄腰,他足足高出了阮映一个脑袋有余,所以她只能仰着头看他。他的头发很短,脑后利落的短发说不出来地有型,线条利落。

六月的晚风轻轻吹起,将蒲驯然的校服下摆轻轻吹动,他微微侧头,锋利的视线落在阮映的身上。阮映连忙转开了目光。

阮映身边的瞿展鹏小声问她:"你认识蒲驯然?"

阮映摇头:"不认识。"

"那你刚才为什么叫他?"

阮映想了想，说："大概是情急之下做出的反常举动，就像你刚才喊我一样。"

说到这个，瞿展鹏还有点不好意思："我刚才也是心急，抱歉啊。"

"没事。"

等走出了巷子，面前就是宽阔的大马路。这个点路灯亮起，路上车辆来来往往。

蒲驯然的脚步突然停下，转过身。

阮映和瞿展鹏随即也停下了脚步。

蒲驯然插在兜里的手拿出来，朝阮映招了一下。他一脸的匪气，身上带着不属于这个年纪的成熟和狠厉。

阮映心中立即警铃大作，立在原地不敢动弹。她脑子里还是刚才蒲驯然抵着刀疤男的样子，更没有忘记上周蒲驯然在学校里欺负一个男孩子的事。无论从哪个角度看，蒲驯然都不像是一个好人。可也正是蒲驯然刚才帮了他们。

"怕我？"蒲驯然的声线里带着浓浓的嘲讽。

阮映还未开口，就听一旁的瞿展鹏说道："蒲驯然，你有什么就冲着我来，别为难一个女同学。"

这会儿的瞿展鹏倒还挺男人的。

蒲驯然的视线从阮映身上缓缓挪开，淡淡瞥了瞿展鹏一眼。他不说话，是因为懒得跟对方废话。

阮映生怕这会儿蒲驯然和瞿展鹏之间再起什么冲突，连忙对蒲驯然说道："谢谢你。"

"谢我？你打算怎么谢？"

这句话问住了阮映。

好在蒲驯然似乎并不打算为难她，说："记住了，你欠我。"

下一秒，蒲驯然转身，头也不回地离开。

道不同不相为谋，出了这个小巷子，他们就要各奔东西。

阮映对着眼前蒲驯然的背影终于松了一口气。

渐渐地，蒲驯然走远了，他的身影似乎将这夜晚点亮，连带着街道两旁的路灯也显得格外璀璨。

瞿展鹏轻轻咳了一声，对阮映说："阮映，今天的事情谢谢你啊。"

阮映松开了搀扶着瞿展鹏的手,摇头:"我又没有帮上什么忙。"

她说着,从书包里找出一包纸巾递给瞿展鹏,让他擦一擦鼻血,又问:"你怎么会惹到那些人的?"

瞿展鹏伸手擦了一下鼻子下面已经凝固的血迹,说:"我上次打篮球的时候惹了那帮学长,没想到今天会被拉到小巷子里。"

阮映问:"你伤势严重吗?要不要去医院看看?"

瞿展鹏说:"没有什么问题,不用去医院。"

阮映还是担心:"万一有内伤怎么办?"

"没有的,放心吧。"

"那要不要告诉老师?"

"不要不要,一点小事而已,我又不是没有被人揍过。"

阮映皱眉:"你心可真大。"

再次确认过,阮映知道瞿展鹏没有什么问题,也就放心地回家了。

回去的路上,阮映还是很后怕。她时不时回头看一眼,总觉得有人跟着自己,索性就抬起脚步,直接往家里跑。

跑到家的时候,阮映还是气喘吁吁的,爷爷见她这上气不接下气的样子,笑着问:"丫头,你跑什么?"

阮映随便找了个借口:"怕有鬼。"

爷爷说:"傻孩子,说什么傻话呢。"

说着,他还帮阮映把背在肩膀上的书包拿下来。

爷爷总是很心疼阮映背着重重的书包,总是让她少拿一些书回家。他把一盒现切的水果递给阮映,让她先吃点垫垫肚子。

阮映一直是跟着爷爷奶奶生活的,爷爷名叫阮承志,长得高高瘦瘦,性格特别爽朗。阮映小时候眼中力大无穷的爷爷,现在也成了个小老头,头发都白了不少。

祖孙两人在外面说话被里面的奶奶听到,奶奶连忙出来。

"映映啊,今天怎么这晚回来了?"奶奶有些担心。

阮映习惯报喜不报忧:"今天写了一点作业,所以回来迟了点。"

奶奶说:"我刚才就担心你在路上碰到什么坏人,还让你爷爷去找你。"

阮映说:"不会的,奶奶你别瞎操心啦。"

"再炒一个菜我们就开饭了,你先去切个西瓜吃,这些西瓜都是今天刚刚下货的。"

"好的,奶奶。"

阮映家是开水果店的。

严格来说,家里应该是三年前开始开水果店的。爷爷奶奶自从退休后,就琢磨着再干点事情,所以就开了这家水果店。

他们住的这个小区是安置小区,小区里面自带幼儿园和一些商铺,门面是阮映自己家的。一楼是门面,二楼以上到五楼都是住户。阮映的家就在水果店的楼上。

下午刚有一批水果下货,其中就数西瓜最多。

爷爷挑了一个西瓜,当着阮映的面切开,说:"儿啊,夏天要来了。知道吗?再硬的水果店,到了西瓜季都要认尿哟。"

夏天,是属于西瓜的季节。

阮映最喜欢吃西瓜。

阮映接过爷爷递过来的一块西瓜,细细地琢磨着爷爷说的这句话,觉得很有道理。

也不知道为什么,阮映突然就想到了蒲驯然。

其实阮映至今还深深记得自己第一次见蒲驯然的场景。

那是九月一日,星期三,高一开学的第一天,天气热得仿佛随时能够将人蒸发。

和所有第一天来学校的学生一样,阮映对高中充满了幻想和期待。午间休息的时候,阮映还带着满满的好奇心在学校里溜达。

可阮映万万没有想到,刚上学的第一天,她就亲眼见证了一起打架闹事的现场。而那个事件的主角之一就是蒲驯然。

篮球场上,蒲驯然将手上的篮球砸在一个男孩子的后背,大声道:"高一(4)班蒲驯然,随时奉陪。"

那个被砸的男孩子不甘示弱,直接朝蒲驯然冲了过去。

霎时,整个操场乱成了一锅粥。

而阮映这个吃瓜群众,手上还拿着一根西瓜口味的冰棍。

阮映回到家不久，瞿展鹏就给她发来了消息，问她到家没有。

平日里瞿展鹏虽然德行不好，但是这会儿倒还知道问一声平安，还算有点人性。

饭桌上，奶奶给阮映夹了一块可乐鸡翅，这是阮映的最爱。

奶奶的名字很好听，叫周笑旋，她人如其名，总是乐呵呵的。年轻时候的奶奶长得特别漂亮，不过后来因为有心脏病需要吃激素类的药物，所以慢慢变得胖起来。

阮映倒是很喜欢奶奶胖嘟嘟的样子，感觉特别慈祥。事实上，奶奶也是一个非常慈祥的小老太婆。

"映映，吃了晚饭去散散步，别一吃完饭就马上写作业。"奶奶一脸宠溺地看着阮映。

阮映不肯："作业太多了，没空散步。"

"作业是怎么都做不完的，你花半个小时散散步，这样对身体才好。"

"半个小时可以写完一张试卷了。不过，要是陪奶奶一起去散步的话，我觉得也不错。"

奶奶笑哈哈的，伸手掐了一下阮映的脸颊："小淘气。"

晚上十点的时候，向凝安给阮映发了一条道歉的短信。

向凝安说自己错了，不应该非得逼着阮映去做她不想做的事情。

其实阮映并未将这件事放在心上，便对向凝安说没关系。

向凝安又发来语音消息："映映，你真的不生我气了吧？"

阮映故意打趣："怎么办，好像还有点生气，或许某个人给我买一杯奶茶，我就不生气了。"

向凝安连忙说："好说好说！明天中午我就给你买奶茶！买你最爱喝的杨枝甘露！"

阮映笑了："好呀。明天早上我给你带早餐。"

向凝安："呜呜呜，映映，你真的是全世界最好的女孩子！我爱你！"

两人的心结很快便解开。

是向凝安说的，闺蜜之间不要有隔夜仇。所以每次两个人闹了什么矛盾，一定会有一个人在零点前妥协。多数时候，那个主动的人都是向凝安。

向凝安这个人心直口快，脾气来得快，去得也快。

这会儿，向凝安直接给阮映发来了视频连线，问她："你还在做题？"

阮映穿着可爱的睡衣，长发披肩。她坐在书桌前把手机放好，点点头："是呢，今天范萍说的几个数学公式我再巩固一下。"

向凝安也还在写作业，但她这会儿有点犯困："下个星期就期末考了，我还蛮紧张的。"

阮映笑道："你上次期中考全班第五呢，你还紧张？"

向凝安说："第五也没有你第三好呀！"

阮映："嘿嘿。难不成你想超过我？"

向凝安："那是当然，我也想尝试一下班级第三的滋味。"

阮映："行吧，那我把第三的位置让给你。"

向凝安："别啊，你可别放水，这样显得我胜之不武。"

阮映："谁说我要放水了？我要朝班级第一努力！"

向凝安："你这个目标有点厉害啊！搏一搏，拿个年级第一怎么样？"

阮映："拼不过拼不过，薛浩言才是最厉害的。"

向凝安："哈哈哈。"

聊了一会儿天，两个人都有了精神，于是就打算开着视频一起写作业写到十二点再睡觉。

在学习这件事情上，阮映和向凝安都不是懒惰的人，她们有个共同的爱好就是写作业，攻克各种难题。

写累的时候，就说一会儿话，向凝安问阮映写到哪里了，阮映也会向向凝安请教一些不懂的题目。

就这样，不知道怎么的，阮映就说到了下午放学时发生的事情。

阮映说起来还是心有余悸，向凝安也是听得心惊胆战。

向凝安放下了笔，一脸认真地问："你说，蒲驯然是什么意思？"

阮映摇头："不知道。"

向凝安一脸不可思议："好神奇啊，真的跟小说里写的一样。"

阮映很少看小说，问："小说里怎么写的？"

向凝安说："一般都是白马王子踩着七彩祥云英雄救美，然后女主角就会跟救了她的白马王子在一起呀!"

阮映"扑哧"一笑:"太夸张了。"

正说着,阮映的房门被敲响。

是奶奶在敲门,问:"映映,还没有睡吗?"

阮映回答:"奶奶,我还在写作业。"

"我能进来吗?"奶奶问。

阮映说:"门没锁呢。"

奶奶也穿着宽松的睡衣推门进来,问阮映:"饿不饿,要不要奶奶给你煮点吃的?"

阮映连忙摇头:"不不不,我不吃,大晚上吃东西要胖死。"

视频里的向凝安却说:"奶奶,我饿了,你快给我煮点吃的吧。"

向凝安一向不太客气,不过她大大咧咧的性格倒是很讨老人家喜欢。

奶奶笑哈哈地对向凝安说:"好呀,你快来,奶奶这就给你做好吃的。

时间已经不早了,奶奶提醒阮映早点休息,不然明天早上又要起不来床。

对于起床困难户来说,每天睡不够成了阮映面临的最大难题。

接下去的几天,阮映意外地没有在学校里见到蒲驯然。

蒲驯然那么张扬的一个人,每次出行身边都是浩浩荡荡的"狐朋狗友",但这几天,阮映都没有在那帮人里见到蒲驯然的身影。

好几次趁着课间休息的时候,阮映都会靠在栏杆上抬头望一眼楼上。

和偷偷抬头有意无意地找寻薛浩言的身影不同,阮映寻找蒲驯然的身影时光明磊落。

就连向凝安也发现阮映这几天总爱往四班打量,却不是看薛浩言。

向凝安偷偷问阮映:"怎么,你在找蒲驯然?"

阮映说:"你怎么知道?"

向凝安笑了:"你现在怎么这么关注蒲驯然?"

阮映点点头:"你说,蒲驯然会不会被那几个已经毕业的学长报复?"

向凝安一惊:"是有这个可能呢!"

阮映担心的就是这一点。

这两天阮映上下学的时候都非常小心,就是怕会遭到打击报复。但她观察过,自己身边并没有什么可疑的人出现。

然而这几天过得实在太风平浪静了,导致阮映又有点担心,会不会那些人把报复的目标瞄准了蒲驯然?

毕竟,比起她这个不知名的小喽啰来说,找蒲驯然似乎更加容易。

这么想着,阮映自责又后怕。

如果那天不是她情急之下喊蒲驯然,他也不会惹祸上身吧?

向凝安见阮映这么担心,就说:"我帮你跟四班的同学打听打听,问问蒲驯然这两天都在干什么。"

阮映想了想:"也好。"

昨晚半夜下了一场暴雨,教学楼前的那片栀子花被打落不少。空气中弥漫着泥土的淡淡腥味以及栀子花的芬芳,这种气味组合倒是出奇的清新。

午休的时候,向凝安就把从四班那边打听到的消息告诉了阮映:"听说蒲驯然家里有人过世了,所以他没来。"

"真的吗?那他人没事吧?"

向凝安从手机里找了一张照片发给阮映,说:"喏,这是蒲驯然身边那个小跟班拍的,蒲驯然还穿着丧服呢。"

阮映点开手机里的照片。

这张照片很显然是偷拍的,只拍到了蒲驯然的侧影。

照片上,蒲驯然身着白衣黑裤,微微躬着身子,似乎在祭拜什么,侧脸线条如刀凿一般立体。他的手臂上还围着一块黑布,手上拿着一炷香。

在校这两年,阮映并不怎么关注蒲驯然这个人,但每次见到他都是一副气焰嚣张的样子,难得这张照片上的他看起来有些消沉的凌厉。

不过,知道蒲驯然安然无恙,阮映一颗悬着的心便放了下来。

周六的清晨,一大早阮映就被奶奶叫醒。

小区里很安静,不过因为他们住在二楼,楼下又刚好是门面,所以有些许吵嚷。

奶奶对阮映说:"映映啊,奶奶和爷爷今天要去参加个丧礼,中午要在那边吃酒席,中午你自己叫外卖吃哦。"

前些天阮映就听爷爷奶奶提起过,有位老朋友得了癌症要走了。

阮映睡眼惺忪的,问奶奶:"是谁去世了呀?"

奶奶说:"说起来,你应该叫她一声奶奶的,不过估计你都忘了,很多年没有见了。"

阮映的瞌睡虫去了一大半:"爷爷也去吗?"

"嗯。"

"那我起来看店吧。"阮映揉了揉眼睛。

奶奶感到欣慰:"你再睡一会儿,看店也不急这一时半会儿的。"

虽然奶奶让阮映再睡一会儿,不过阮映却突然没有了睡意。她起床洗漱,然后拿着试卷和习题下楼。

和工作日不同,周六的小区里少了一些喧嚣,多了一份宁静祥和。

每周一到周五,阮映都会在对面的早餐店买上早餐,然后一边走路上学,一边吃早餐。因为今天周六,阮映家对门的早餐店也显得清闲了许多。上学和上班的人都可以在这一天稍微放松,不用一大早起床。

对面卖早餐的张姨见到阮映,问了句:"丫头,吃早餐了吗?"

阮映摇头:"还没呢。"

张姨说:"那快过来吃点,新出炉的包子呢。"

阮映也不客气:"马上来!"

他们邻里之间相处得十分融洽,经常会互相帮衬。

小区是拆迁的安置房,以前零散居住的小村子被拆除,统一都住在这里,对面开早餐铺的张姨是阮映家的远房亲戚。

阮映家的水果店名为"四季汇",这店名是爷爷取的。爷爷是个小学退休老师,虽说现在每个月拿退休金都可以安享晚年,可他是闲不住的人,于是就开了这家水果店。

自从四年前阮映的父亲因为意外去世之后,阮映就一直跟着爷爷奶奶一起生活。她没有其他兄弟姐妹,爷爷奶奶将她当成掌上明珠。至于阮映的母亲,已经改嫁他人。不过阮映从来不恨母亲,也不觉得母亲的做法有什么不对。天要下雨娘要嫁人,这也是她无法阻止的事情。

早上陆陆续续有些人过来买水果,阮映就趴在收银台前写作业,等到人家挑选好了水果来称重量的时候她才抬起头。

"哟，今天映映看店啊，你爷爷奶奶呢？"

阮映甜甜地说："他们有事出门啦。婶婶，我给你送点圣女果，可甜了。"

"好啊，以后我专门挑你爷爷奶奶不在的时候来买水果。"

"成啊！"

临近中午时，向凝安给阮映发了一条消息。

向凝安说："映映，我跟严阳今天约好一起在肯德基写作业。"

阮映："哼，你都不陪我一起写作业！"

向凝安："我明天就来陪你。不要生气哦！"

阮映："开玩笑的啦。"

阮映原本和严阳不认识，不过同是高二，而且严阳还是楼上六班的，可以说是抬头不见低头见了。每次路过严阳身边的时候，向凝安总会紧紧抓着阮映的手，然后说："就他就他，严阳！"

一来二去的，阮映也就知道了严阳。

严阳是六班的学习委员，学习成绩不错。因为之前他也在学生会里待过，所以和向凝安认识。

向凝安很喜欢严阳身上的朝气，总说他人如其名，是个阳光大暖男。

向凝安问阮映："你下午要不要出来？我请你喝奶茶！"

阮映说："不啦，我在看店呢，爷爷奶奶也不知道什么时候回来。"

向凝安："那你中午吃什么？"

阮映："还不知道。"

向凝安："这样，我给你带点好吃的，不准拒绝！"

阮映："好呀，那我请你吃西瓜。"

向凝安："成交！"

半个小时后，向凝安就和严阳一起来了。

向凝安手上拿着书本，严阳的手上拿着食物。

向凝安给两人做了介绍。

阮映礼貌地与严阳打招呼，严阳粲然一笑。

这不是阮映第一次见严阳，但这么近距离倒是第一次。向凝安说严阳已经有一米七八的身高了，凑近了看感觉更高。他头发短短的，穿了一身干净利落的夏装，脚上踩着一双同样干净的帆布鞋。

阮映这个人有些慢热，一开始不熟悉，不过相处下来很快就能说说笑笑了。

严阳注意到阮映的试卷上有一块空着，便好心地问："这道题目你不会吗？"

阮映说："是啊，刚好这道不会。"

严阳说："巧了，上午我和安安刚好做到这题。安安，该你表现了。"

向凝安笑嘻嘻的："映映，我来跟你讲解这道题。"

水果店里的电风扇"吱呀吱呀"地转，吹走了不少暑气。

向凝安搬了条凳子坐在阮映的身边，说："今天好像更热了。映映，下周期末考试之后我和严阳打算去水上世界，你也跟我们一起去好不好？"

阮映下意识想拒绝，可向凝安却一个劲儿地给她使眼色，示意她答应。

阮映硬着头皮说："可是我不会游泳啊。"

"你傻呀，去水上世界又不是为了游泳，是去玩水的呀。"

一旁的严阳也附和道："是啊，到时候我也有朋友一起去的，人多热闹。"

既然人多，于是阮映就答应了下来。

不多时，向凝安就和严阳走了，他们还是打算回肯德基一起写作业，还问阮映要不要一起去。

阮映没有强留，不过短暂接触下来，阮映觉得严阳这个人十分礼貌懂事大方，和班上那些总是爱扯人头发的男孩子不同，严阳是个很沉稳的人，看起来很可靠。

之前向凝安告诉过阮映，严阳的家境不是特别好，所以他比同龄人要早熟很多。

午后没多久，阮映的爷爷奶奶就回来了。

阮映见爷爷奶奶热得气喘吁吁的，连忙去倒了水过来让二老解渴。

奶奶坐在椅子上对着电风扇吹，她肉嘟嘟的，尤其怕热。

阮映却担心奶奶着凉，连忙把电风扇挪远了点："奶奶，小心感冒。"

奶奶说："今天辛苦我们家映映看店啦，你快去睡一会儿，这里有爷爷奶奶看着。"

阮映手头上还有半张试卷没有做完，打算先做完再去眯一会儿。

一旁的爷爷拿着纸板扇风,忽而感叹:"也是个可怜孩子啊。"

奶奶跟着说:"是呢,父母都不在身边,现在连最亲的老太婆都去世了,要那么多钱有什么用啊?还不是一个人孤零零的。"

阮映有些好奇:"爷爷奶奶,你们在说谁啊?"

奶奶说:"说的是他们家的孙子呢。小男孩长得挺精神的,就是很可怜。"

阮映以为奶奶口中的小男孩大概是个孩童,于是跟着说道:"那的确很可怜,他爸爸妈妈呢?"

"离异了。"奶奶说着话锋一转,"说起来,那小男孩好像跟映映同一个学校的。"

"是吗?"阮映有些意外,"他叫什么名字啊?高一还是高二?"

"叫什么名字我倒是忘了,不过,你小的时候,我还抱着你跟他一起玩过呢。后来咱们家里拆迁搬到了这儿,我们就很少联系了。"奶奶一脸八卦的表情,"你还别说,人家家里可有钱了。可你说这人吧,再有钱也抵不过病魔。检查出来癌症晚期到现在也就一个月的时间吧,人就这么没了。"

阮映点点头,心里空空的。

她想起四年前面对父亲的遗体时,自己也是这样,心里茫然,脑袋里一片空白。周围的人都在哭,但她却面无表情,哭不出来,只觉得很不真实。

直到父亲走了半年后,有一天阮映看到父亲那件皮夹克挂在衣柜里,突然就意识到最疼爱自己的父亲已经离世了。那天,阮映哭了整整一个下午,好像要把那半年来积攒的眼泪都流光。

失去至亲的痛苦,阮映再明白不过。

正想着,爷爷突然开口道:"我想起来了,那个孩子姓蒲,蒲松龄的那个蒲,好像是高二(4)班的吧?"

阮映闻言,脑子一嗡。

爷爷又问:"映映,你还有印象吗?"

第二章

她练就了一种特异功能，

能在人群中一眼就找到他的身影

前两天阮映还听说蒲驯然是因为家里有人去世所以没来上课，今天爷爷奶奶刚好去参加丧礼。再加上整个高二年级，就只有蒲驯然一个人是姓蒲的，爷爷口中的那个人，百分之九十九就是蒲驯然了。

虽说无巧不成书，但阮映还是觉得这件事未免太过巧合了。

可事实就是如此。

奶奶见阮映一副迷茫的样子，还特地翻出一张老照片，指着上面一个穿着开裆裤的小男孩说："哪，就是这个孩子，还比你小一个月呢。"

"比我小一个月？"阮映更加意外。无论气质还是外貌，蒲驯然看起来都比她大了不少，没想到他竟然比她还小一个月？

奶奶说："对啊，你那时候还老爱抓他的脸呢。你们两个人的生日一个在二月二，一个在三月三，很好记的。"

阮映的生日就在农历二月二。

那么，蒲驯然的生日就在农历三月三？

阮映简直震惊。

照片上，阮映和那个小男孩并排站在一棵栀子花树下面，两个人穿着花花绿绿的衣服，阮映还高出小男孩一个脑袋。小男孩手上拿着一个小兔子玩具，满脸写满了委屈。

这张照片之前一直放在爷爷奶奶那张书桌的玻璃下面，阮映经常能够看到，却从未将照片里的小男孩和蒲驯然联系在一起。

奶奶在一旁说："今天的丧礼上，这孩子的父母还当众吵架，闹得那叫一个难看哟。"

"为什么吵架呀？"阮映问。

"就是都不想带这个孩子呗，你推我我推你的。唉。"

"那他怎么办？"

"说是家里请了保姆给他做饭、洗衣服什么的，他这不马上也要高考了，也不方便转学。"

阮映闻言，心里顿时有些五味杂陈。

奶奶说："我看这孩子可怜，就让他有空来我们家玩儿。毕竟咱们两家以前关系还算不错，不能坐视不理。"

阮映一时之间不知道该说什么。

店里这会儿刚好来了客人，奶奶连忙去招呼。

阮映也趁着这个时候继续写作业，但脑子里不由得思绪横飞。

自从父亲意外过世以后，阮映的母亲便已经改嫁另外成家了，也是因为这样，二婚不方便带着她。每次母亲见阮映的时候总是偷偷摸摸的，好像是做什么见不得人的事情。

阮映是理解母亲的，毕竟母亲现在二婚的丈夫家庭不错，那户人家也有孩子，所以总有一些不方便的地方。

不过，阮映已经有点记不太清楚上一次见母亲是什么时候了。好像是清明节，还是春节？那天母亲穿了一件黑色的羊绒大衣，还化了精致的妆容，整个人看起来比以前更年轻贵气了。

这个城市虽然说不算很大，但是想要避着一个人不见，便可以永远不见。

趁着去午睡的时间，阮映拿出手机，翻开上次向凝安给她发的蒲驯然的照片，将蒲驯然小时候和现在做了一下对比。

其实不难看出来，照片里这个小男孩和蒲驯然有着相似的五官。

小时候的蒲驯然胖嘟嘟的，眉眼也没有那么锋利，看起来要可爱很多。再看现在的蒲驯然，他的眉眼早就已经锋利地长开，生了一张离经叛道的脸。

从小爷爷奶奶就很喜欢给阮映拍照，记录她的成长，但阮映真的没有想过自己居然和蒲驯然有过交集。她和蒲驯然的合影还不止这一张。

可阮映对蒲驯然真的一点印象都没有，只能说三四岁的孩子真的没有什么记忆。

这样一个认知让阮映觉得很神奇，连带着周一在晨会上见到蒲驯然的时候都觉得他好像有点不太一样了。

开晨会时阮映站在末尾的位置，视线不经意落在隔壁四班蒲驯然的身上。

蒲驯然双手插在校服裤兜里，脑后的短发利落，整个看起来很平静。

乌泱泱的一堆人里，就数他尤其出挑。明明穿着正儿八经的校服，看起来却是吊儿郎当的。他不知道在想些什么，明明站在队伍里面，却又好像游离在队伍外面。

这大概是阮映第一次这么明目张胆地观察蒲驯然。

刚才下楼的时候阮映就有意无意地注意到了蒲驯然，他抿着唇面无表情地走在队伍中央，看起来情绪低落。

阮映想到爷爷奶奶说的话，莫名觉得蒲驯然有点可怜。

清晨的阳光已经有些许热烈，操场上方的天空是纯净的蓝色。

等阮映回神的时候，晨会已结束了。

再上三天的课就进入正式的期末考试，今天的晨会倒是难得地很快结束。

散场的时候，瞿展鹏走过来轻轻扯了一下阮映的马尾，问："吃早餐了吗？"

阮映嫌弃地拍开瞿展鹏的手："吃了，怎么？"

"没吃的话我请你吃。"瞿展鹏对于上次阮映帮忙的事情非常感激，连带着这几日行为处事也收敛了许多。

阮映摇头："不用，我每天都会在自己家对门买早餐。"

瞿展鹏撇撇嘴："你想我一直欠着你啊？"

阮映无奈："你没欠我什么啊，以后别再抓我头发了。"

瞿展鹏摸摸自己的脑袋，有些尴尬："哦。"

"回教室吧。"阮映说。

话说完,阮映抬起脚准备往教室走时,刚好撞上不远处蒲驯然的目光。

阳光下,蒲驯然一双墨色的眼眸像是在水里浸泡过。他单手插在裤兜里,另一只手搭在一个胖胖的男孩子身上。

但也只是一瞬间,他就轻飘飘地将目光移开。

莫名地,阮映知道蒲驯然看到了她。她总感觉蒲驯然那双眼里好像透露了什么信息,让她生出一种他会做坏事的错觉。

联系到那天傍晚发生的事情,阮映一下子就不觉得蒲驯然是个可怜人了。

就算全世界的人都可怜,蒲驯然都不会是那个可怜人吧!

上午最后一节课的下课铃在十一点半准时敲响。

吸取了前几次在食堂打不到菜的教训之后,这些日子阮映和向凝安都会一下课就往食堂奔。

虽然狂奔着去食堂打菜的姿势很不好看,但如果旁边的人都跑着去,她们也就显得没有那么格格不入。

从教学楼到食堂要经过一条长长的绿荫大道,这条道早上中午和傍晚时是全然不同的氛围。早上学生来上课三三两两,中午学生狂奔去食堂,晚上学生放学又是熙熙攘攘。

在这条大道上,春夏秋冬也各有不同:春天的时候花红柳绿,夏天的时候绿树成荫,秋天的时候树叶变黄,冬天的时候是白茫茫的一片。

但无论如何,每次走在这条绿荫大道上,阮映的心情总会很好。

尽管阮映和向凝安已经奋力奔跑,食堂里还是排起了长龙,更甚的是还有一些学生已经在吃饭了。

因为操场离食堂很近,有些班级上午第四节课是体育课,还没下课就能来食堂打饭。

今天高二(4)班上午第四节课就刚好是体育课,眼下四班已经有一些同学坐在食堂里吃东西。

阮映不经意扫了一眼,恰好就看到了余莺。两人仿佛有心电感应似的,余莺抬起头朝阮映挑了一下眉。

阮映和向凝安一起进到食堂窗口前排队,她们身后也来了一批人。

向凝安侧头望了眼,伸手拉了拉阮映的袖子,凑到她的耳边小声地说:"XHY 就排在你的后面呢。"

"XHY"就是薛浩言的名字缩写,每次在人多的地方,向凝安总是喜欢用拼音首字母来代替。这也是她们之间心照不宣的秘密。

阮映顿时不敢动弹。

向凝安一脸幸灾乐祸:"不敢啊?"

阮映抓了一下向凝安的手,提醒:"你快好好排队啦。"

向凝安朝阮映眨眨眼。

很快,阮映就听到身后薛浩言的声音。好像有女孩子在和薛浩言说话,薛浩言笑着回应,似乎还笑得很开心。

薛浩言在学校里名气大,有些大胆开朗的女孩子总会找准时机跟他搭话,这也不是什么稀奇的事情。而薛浩言也是开朗的性格,有什么说什么,心情好的时候还会跟人相互开玩笑。

薛浩言就站在自己的身后,阮映却觉得自己和薛浩言之间隔着很远很远的距离。高中这两年,她和薛浩言从未说过一句话,在他的世界里,她大概就是一个透明人。

在阮映的心目中,薛浩言神圣不可侵犯,他学习成绩好,长得好看,父母似乎还是政府工作人员。

阮映低着头,突然手臂被人撞了一下,她条件反射般地抬起头,撞上了蒲驯然墨色的双眸。

两人自从那日在小巷子里相遇之后,时隔那么多天,今天这应该算是最近的距离了。

眼前的蒲驯然单手端着餐盘,脸上带着意味不明的神色,问:"故意撞我呢?"

阮映连忙摇摇头,声音也不由得大了一些:"我没有!"

"没有就没有,紧张什么?"蒲驯然勾了勾唇,声音中染上了些许的懒散。

旁边立即有四班的男孩子打趣:"驯哥,你故意撞人家啊!"

蒲驯然伸腿往那人腿上踹了一脚,看起来心情还算可以:"对啊,你有意见?"

"不敢不敢！"说话的人是平志勇，他忍不住看了看低着头的阮映。

阮映原本还因为薛浩言而乱糟糟的心情，因蒲驯然的出现恢复了些许的平静。她伸手拍了拍站在自己面前的向凝安，要求跟向凝安换个位置。

向凝安有些不明所以，但也同意了。

打完菜入座后，向凝安悄悄对阮映说："哎，刚才蒲驯然是不是故意撞你的？"

"不知道。"阮映说。她刚才一直关注着身后的薛浩言，根本就没有注意到蒲驯然是什么时候走过来的。

"我感觉蒲驯然对你的态度有点不一样。"

"哪里不一样？"

"说不上来。"向凝安说，"你怕蒲驯然？"

阮映想了想，诚实地点头："有点。"

那天晚上在小巷子里时，蒲驯然面对那帮学长是怎样的狠色，阮映看得清清楚楚。

不夸张地说，好几次晚上做噩梦，阮映都梦到蒲驯然拿着小刀在追那个刀疤男。

就很奇奇怪怪的梦，她反复做了好几个晚上。

向凝安反过来安慰阮映："放心啦，经过上次的事情，我可以确定，蒲驯然肯定不会跟女孩子一般见识。"

向凝安说的是上次体育课的时候撞到蒲驯然一帮人在凉亭里欺负男孩子的事情。

向凝安解释道："那次是我们误会蒲驯然了。"

"怎么误会？"

阮映不解，明明那次她们两个人清清楚楚看到蒲驯然踩着别人，还能有什么误会？

向凝安说："我听四班的女孩子说了，是那个男生欺负四班的一个女孩子，然后蒲驯然他们一帮人算是伸张正义吧。"

向凝安说完，轻轻地在阮映耳边说："听说那个男孩子老是使唤那个女同学，还在背地里讲她坏话……"

阮映一顿,立马跟着吐槽了一句:"天,这人怎么这样啊!"

"是啊,要是我,我也要找那男孩子麻烦,真的太过分了!"向凝安说起来还有些后悔,"那天是我冲动了,我还小人之心怕蒲驯然他们找我麻烦呢。"

阮映没有说话,反而下意识地转头望了望,寻找蒲驯然的身影。

蒲驯然就坐在最后一排的位置,几个男生坐了两桌。他默默低头吃饭,没有参与讨论,整个人安安静静的。

向凝安也顺着阮映的视线望过去,不由得感慨了一句:"别说,这么看起来,蒲驯然真的很帅啊!"

阮映无奈:"你又来了,那你说说是严阳帅还是蒲驯然帅?"

"不一样的帅气嘛,严阳是阳光温暖的,蒲驯然是霸气侧漏。"

阮映"扑哧"一笑:"你形容词倒是挺多。"

"我还可以形容薛浩言呢,你要不要听?"

"不要不要不要。"

期末考试很快就来了,分为两天考完。

高一和高二的课程已经全部学完,这次的期末考像是一次摸底大考试,所以整个年级都非常重视。

考完会有一周的时间休息,等到下下个周一,高二的全体学生就要到校补课。这也是学校一贯的传统,是每个高中学生的必经之路。从下个学期开始,高三每周要上六天的课,只有周日可以休息一天。不过对于很多学生来说,周日这一天也不是用来休息的,而是用来复习功课。

学海无涯,寒窗苦读那么多年,最后这一年尤其不能放松警惕。

阮映不是贪玩的人,但是这一周也可以适当地放松。

考完的当天,阮映就回家追了自己攒了一整个学期的剧。

这个学期有一部网络剧《有个人暗恋我十一年》开播,到现在刚好已经有了大结局,更不用花钱超前点播。阮映一直攒着没看。

就连吃饭的时候阮映都要捧着平板看得不亦乐乎,爷爷奶奶也不会催促她,因为知道她是个有分寸的人。

看剧的时候阮映喜欢打开弹幕,因为可以看到很多网友的各种吐槽和留言。

正好，阮映看到屏幕上有一条红色的弹幕滑过去，上面写着："×××，我中意你！"

阮映记得向凝安也做过这种事情，上个学期她们一起看一档综艺节目的时候，向凝安就非常真情实感地发送了一条弹幕。

当时向凝安还逼阮映也发个弹幕，但阮映愣是拉不下来脸。

不过，即便向凝安不在自己身边，阮映都做不出发弹幕说中意谁这种事情。

考完的第三天就出成绩了。

阅卷老师可谓神速。

阮映查了自己的成绩，她这次还真的考到了班级第一名。

为此，之前一直蝉联班级第一的班长周星河还特地给阮映发来了微信消息："恭喜你，班级第一名。"

阮映自己也挺兴奋的。

这次考试她真的付出了百分之百的努力，这个学期她几乎没有松懈过，尽管上次期中考考到班级第三的位置，但她还是不满足。

阮映给班长回复："谢谢。"

周星河："你和向凝安真的厉害了，她这次班级排第三，我这次掉到第五名去了。"

周星河："下个学期继续努力！"

阮映："一起努力！"

周星河："嗯嗯。"

转头，阮映就给向凝安发消息去了。

这次向凝安也如愿以偿考到了班级第三名，她早就在朋友圈发了一串心情表达自己的喜悦和激动。

向凝安迫不及待地给阮映发消息："事实证明，跟好学生学习真的会让我进步！"

阮映："哈哈，真棒。"

向凝安："你更棒啊！"

向凝安："不过，这次XHY还是年级第一。"

阮映："真的强！"

阮映这次在班级里排名第一，在年级排名第五，上次她和薛浩言隔得更远，现在总算是拉近了一点点的距离,也算欣慰。

班主任在班级群里放了文档,这里不仅有整个高二的成绩排名,也有每个班级的成绩排名。

阮映将年级排名往后拉了拉,赫然看到了倒数第一那个人的名字——蒲驯然。

蒲驯然,总分:0分。

阮映难以置信,简直是大开眼界。

就算是不会做,各科的选择题蒙也能蒙对几分吧,他居然考了个总分0分,也是"天才"。

事实上,蒲驯然并没有参加期末考试。他生了一场病,在家里躺了两天。

这天傍晚,阮映正趴在床上看综艺,忽而听到楼下有一些声音。

是爷爷奶奶在说话,其中好像还夹杂了别人的回应声,回应得显然很少。

阮映打开窗户探头看了眼,但她的房间是朝南的,看不到什么。不过楼下就是水果店,大部分时候楼下说话的声音她都能听见。。

不一会儿,爷爷就扯着嗓门喊她:"映映,快下楼,你同学来了!"

阮映怔了一下,很惊讶这会儿谁会来找她。

虽然阮映在班级里人缘还算不错,但会来她家找她的除了向凝安就是向凝安了。而阮映刚才还和向凝安聊过天,这家伙这几天都跟严阳在一起学习呢。严阳这次的期末考试成绩也很不错,在年级排第六。

阮映连忙答应了爷爷一声,穿上了一字拖下楼。

在家里她穿得随意,身上是两年前买的一套卡通睡衣,有些褪色了。天气有些热,但又不到开空调的时候,她就把长发绑成了一个丸子头固定在脑后,松松垮垮的,像个鸡窝头。

还在楼梯上的时候,阮映就问:"谁找我呀?"

不过没有人回答阮映。

阮映到了楼下,只看到爷爷正在给人称水果,并没有看到什么同学。

"爷爷,我同学呢?"阮映问。

爷爷说:"跟你奶奶进里面洗手了。对了,映映,你班主任今天给爷爷打了个电话。"

正准备去厨房的阮映顿住了脚步,问爷爷:"张老师跟你说什么了?"

爷爷一脸欣慰地笑着说:"你老师说你这次期末考试全班第一名,她说你表现得很好,让我们不要操心。"

听到这话,阮映松了一口气。

这几年阮映那么努力用功读书,有很大一部分原因也是不想让爷爷奶奶失望。这个年纪的她,唯一能够证明自己的事情就是成绩。

班主任对于阮映的情况比较清楚,主要是因为张老师以前是爷爷的学生,所以有时候张老师会主动给爷爷打电话。这要是放在其他人的身上无形中肯定会有一道巨大的压力,阮映也会有一些压力,但这种压力会转为动力,让她更加努力。

"爷爷,我都考班级第一名了,你是不是要给我什么奖励呀?"适度撒娇是阮映最会的,她自幼就不是缺爱的人,虽然父亲已经过世,但爷爷奶奶给她的爱并不少。

爷爷笑着说:"成啊,你想要什么,爷爷就给你买什么。"

正说着,阮映身后响起奶奶的声音:"映映,你怎么穿成这样就下楼了?"

阮映转过身来,脸上还带着灿烂的笑容,就这么猝不及防地撞上了蒲驯然的视线。

她怎么都没有想到,这个所谓的同学,竟然会是蒲驯然。

蒲驯然刚洗完手,骨节分明的手上还拿着纸巾。他漆黑的眼睫垂下来,微微垂首,侧脸线条流畅。这人今天一身的黑色装束,倒是衬得裸露在外的脖颈和手腕异常白。

他抬眼看着阮映,礼貌大方地打招呼:"阮映。"

"阮映"这两个字从蒲驯然的嘴里喊出来,阮映只觉得头皮发麻。

这种感觉太诡异了,她怀疑蒲驯然是带着什么坏心思。

奶奶见阮映呆呆的,笑说:"怎么了啊,你也不跟同学打招呼?"

蒲驯然勾了勾唇,脸上带着意味不明的笑意:"阮映可能没有想到我会来,太惊喜了吧?"

他倒还一副善解人意的模样。

"你怎么来了?"阮映皱着眉问。

"奶奶盛情邀请,我做晚辈的也不好扫了老人家的兴致。"蒲驯然低着头继续擦拭自己的手,对阮映说,"不过你倒也不用那么热情迎接。"

阮映很快意识到什么,低头看了眼自己的穿着,风一样地跑回了楼上。

她经过蒲驯然身边的时候,还真的带起了一阵微风,连带着还有一股若有似无的香气,好像是栀子花香。

奶奶笑着对蒲驯然说:"这丫头就是这样风风火火的。阿蒲,你来吃块西瓜。"

蒲驯然抬头看了眼消失在楼梯口的裙摆,摸了摸自己的鼻尖,淡淡勾唇。

趁着奶奶在做饭,换好衣服的阮映跑过来小声问:"奶奶,他怎么来我们家了?"

奶奶扯着大嗓门说:"你说阿蒲啊!"

她倒是叫得很亲热的样子。

阮映连忙一把捂住奶奶的嘴巴,让她说话声音小一点。

奶奶笑着说:"我刚才去买药的时候在医院里碰到了阿蒲,我就让他来咱们家里吃饭。"

"他没有拒绝?"

"拒绝什么呀?我直接拉着他就来了。"

"他也好意思来?"

"怎么不好意思?都是老邻居了,他还叫我一声奶奶呢。"

阮映想了想,抓住重点:"奶奶,你要买药怎么不让我去?自己跑那么大老远!"

奶奶低头切着菜:"就在第二医院啊,又不远。我看你难得有几天可以放松,我才舍不得使唤你呢。"

阮映心里动容,伸手抱住奶奶,用力在她脸颊上啄了一口:"我的奶奶真是仙女!"

"哈哈哈,说什么傻话呢。你去找阿蒲玩一会儿,你们同龄人有话说。"

阮映敷衍地笑了笑,并不觉得自己和蒲驯然会有什么共同话题。

虽然他们两个人穿开裆裤那会儿的确是有过接触,但这都过去多少年了,早就不认识彼此了。阮映也相信,蒲驯然更不可能会记得她。

厨房前面就是水果店。

眼下蒲驯然正坐在收银台前的椅子上,手里似乎翻阅着一本书。

阮映缩在门边偷偷地打量了一下蒲驯然,他微微弓着身子,后颈的棘突明显,也白得晃人。

这个点正是下班的时候,来水果店买水果的人还不少。爷爷在和别人说笑,蒲驯然则安安静静坐在那里。水果店的电风扇缓缓吹动,将他单薄的短袖吹得贴在身上,他一只手随意放在桌子上,手臂肌肉线条紧实,侧脸冷淡又勾人。

阮映突然觉得从这个角度看,蒲驯然变得很陌生。

有时候,若是很仔细去看一个人,这个人就会变得特别陌生,再看一眼,又觉得似曾相识。阮映知道大概是自己的大脑重新捕捉对方身上的信息,会让自己更加清晰地认识对方。

这时,一直低着头的蒲驯然将手上的书放在收银台前。阮映认出来,这本所谓的书是她的笔记本。她正想着要不要去拿回来,蒲驯然却突然抬起了头。

他看见了她,懒散的脸上没有什么情绪。阮映的脸颊却有点发烫。刚才下楼的时候她着急,穿着过于清凉,现在她换了一套日常装束。本来不是什么了不起的事情,可这样看来她好像是为了他特意换了似的。

爷爷见阮映站在那里跟个木头似的一动不动,便招招手:"快来跟你同学说会儿话呀。"

阮映头皮发麻。

她要说什么啊?

来者是客,阮映也没有赶人家走的道理,再怎么说,蒲驯然上次也帮助过她。

阮映只能硬着头皮朝蒲驯然走过去。

爷爷这时候突然问了蒲驯然一句:"孩子,你这次期末考试考得怎么样?"

大概,所有的学生都免不了会被长辈问到这么一个问题。

阮映突然有些幸灾乐祸,想知道总分零分的蒲驯然会怎么回答。

蒲驯然一脸真诚地看着爷爷,说:"这次期末考试我没去。"

爷爷惊讶:"怎么没去考试呢?"

蒲驯然又一脸低落惆怅的样子,可怜兮兮地对爷爷说:"考试当天我发了高烧,幸好家里的钟点工阿姨来做饭的时候发现了我。"

他说这话的时候，奶奶刚好从厨房里出来，奶奶跟着说："我今天见到阿蒲的时候，他一个人在输液大厅挂点滴呢，也没有一个人陪着。"

爷爷随即了然，心疼地伸手拍了拍蒲驯然的后背："孩子，以后你就把这里当成自己的家，有空常来。"

阮映连忙打断："爷爷！"

爷爷茫然："怎么了？"

阮映说："有人来买水果了！"

"买水果就买水果，你大惊小怪些什么？"

这时，一旁的蒲驯然幽幽道："好啊，爷爷，我以后会常来，你可不要嫌弃我。"

刚才被打断思绪的爷爷迅速反应了过来："说什么傻话，爷爷随时欢迎你。"

奶奶也跟着说："你尽管来，以后放学的时候刚好可以和映映一起回来，也有个伴。"

阮映很无语，她不需要伴啊。

爷爷去招呼顾客的时候，蒲驯然恢复了一贯的怠懒，扬着眉问阮映："怎么，不欢迎？"

阮映看着他这副流里流气的样子，说："说不上欢迎不欢迎的，我们也不熟。"

"不熟啊，多接触接触就熟了。"

阮映很想怼他一句：谁想跟你熟啊？

可话到嘴边她还是咽了下去。毕竟来者是客，还是奶奶邀请的，她不好那么针对人家。

饭桌上。

大概是为了迎接蒲驯然的到来，奶奶今天特地做了五菜一汤。要是平常，家里一般都是三菜一汤，而且都是按照阮映的口味做的。但今天餐桌上的口味明显不是按照阮映的喜好来的。

糖醋里脊、红烧狮子头、地三鲜、烧鲫鱼、炒青菜、紫菜蛋花汤。

据说都是蒲驯然喜欢的口味，奶奶还特地去买的菜。

四个人围成一桌坐着，爷爷还给蒲驯然倒了一杯橙汁，招呼他："孩子，多吃点，瞧你瘦的，现在正是长身体的时候呢。"

蒲驯然站起来，双手接过爷爷递来的橙汁，还十分有礼貌地说："谢谢爷爷。"

他说话字正腔圆，这会儿少了在学校里时那副吊儿郎当的样子，倒真的很像那么一回事。

奶奶抬起头看着蒲驯然，笑着说："阿蒲可比映映高出一大截呢，你现在多高啦？"

蒲驯然坐下来，说："上学期量的时候是一米八三。"

奶奶乐呵呵的："你这个年纪还会长的，男孩子就是要高大一点才帅气。"

蒲驯然点点头，还很自然地用公筷给奶奶夹了菜："辛苦奶奶了，谢谢奶奶做这么多好吃的菜。"

"哎呀，你这孩子，这么客气做什么。"

"应该的。"

全程被当成空气的阮映感觉怪怪的，她默默用筷子夹了几粒米饭送到口里，却食之无味。

眼前这个老实礼貌的蒲驯然和她在学校里见到的那个霸道野蛮的人完全不同，完全变了性子。

阮映默默伸手夹菜，不经意抬头对上蒲驯然的双眸，随即佯装自然地继续吃饭。她就坐在他旁边，偶然看到他凸起的喉结，嘴角微微上扬，连带平日里的那股戾气也消失无踪。随着吞咽食物的动作，蒲驯然的喉结会上下滚动，尤其性感。阮映一下子就想到了向凝安上次跟她说过的话——"男人最性感的部位就是喉结……"

阮映突然觉得有些口干舌燥，正准备拿起桌子上的橙汁再喝一口的时候，又很快意识到什么。

她低头看了眼，自己刚才喝的那杯橙汁似乎是蒲驯然的。

这会儿，蒲驯然的手指轻轻点着装着橙汁的玻璃杯，骨节分明的指尖上沾着冰雾。

他那个玻璃杯上还留着她的唇印。

趁着爷爷奶奶正在斗嘴的工夫，蒲驯然微微朝阮映倾身过来，用只有他们两个人才听到的声音调笑着问她:"是不是我喝过的比较好喝?"

阮映的脸一下红了。

吃完饭,阮映就找了借口躲到楼上去了,她追的那部剧只剩最后一集,着急看完。

可是很奇怪,等她再打开平板的时候,突然就没有什么心思看剧了。

不仅如此,阮映总是会下意识关注楼下的动静。看不进去剧,阮映索性就去看书,但她很快发现书上的字更让她看不进去。

这种感觉让阮映觉得陌生不适。尤其想到刚才蒲驯然的调侃,她更觉得没脸见人。他的口吻仿佛她就是故意的,可天地良心,她才没有。

阮映转而把自己一肚子的郁气都吐露给了向凝安。

向凝安震惊:"真的假的!蒲驯然在你家吃晚饭?"

阮映:"千真万确,他现在还在我家楼下。"

向凝安:"快拍张照片给我看看!快!"

阮映:"我不拍。"

阮映:"有点烦。"

向凝安:"烦什么呢?"

向凝安:"我真是做梦都没有想到,你们居然认识。"

阮映:"并不熟。"

按照爷爷奶奶的意思,是想让蒲驯然多来家里做客的。但阮映并不想。

阮映不太欢迎蒲驯然的到来,对他的印象依旧不怎么好。尤其他今天突然过来,让阮映觉得自己的领地受到了侵犯。

不过心里虽然这样想,但阮映并没有表现出来,更不会在蒲驯然面前表现出来,毕竟这是最基本的礼貌。

晚饭前,阮映甚至还很听爷爷奶奶的话主动跟蒲驯然聊了几句,但是他们之间是真的没有任何共同话题,刚说了两句就陷入了一片死寂。阮映索性就找了个借口没有和蒲驯然待在一起。

向凝安:"对了,明天我们约好去水上世界的,你可别忘了。"

阮映:"没忘呢。明天一大早就出发!"

向凝安:"泳衣你试过了吗,合适吧?"

阮映："很合适。"

水上世界离得不远，其实一个下午足够玩了。

向凝安十分体贴周到，做了详细的计划，她准备早上就出发一直玩到晚上回来，水上世界只是其中一站。她还特地给阮映准备了保守的长袖泳衣，两个人穿的是同款，这样避免到时候会尴尬。

这个年纪的孩子，对于肢体上的暴露还是会有一些羞赧。好比今天下午的时候，阮映觉得自己穿成那样子出现在蒲驯然面前，简直丢脸丢到家了。

向凝安对阮映说，明天会给她一个惊喜。

阮映紧张兮兮的，感觉向凝安到时候给她的不是惊喜而是惊吓，因为这种情况不是一次两次了。有一次向凝安说要给阮映带一个非常可爱的小东西，结果带来了一堆的虫子，让阮映头皮发麻。其实倒也不是虫子，而是蚕宝宝。可在阮映的眼中，那一只只蠕动的大白条和虫子根本没有什么差别。

向凝安："不管，反正你等着吧！"

跟向凝安聊了一会儿天，阮映便将蒲驯然抛到了脑后。她戴上耳机一边听歌，一边刷着某论坛和某乎。

时间一分一秒地过去，外头的天也彻底暗了下来。阮映摘下耳机准备起身去趟洗手间的时候，赫然听到楼下的笑声。

阮映微微皱眉，认真听了一下楼下的动静。

蒲驯然居然还没走？

阮映不敢置信，不知道蒲驯然到底是怎么想的，一直留在她家里干什么啊？

难道跟爷爷奶奶就有那么多聊不完的话题吗？

本来这个时间点阮映会和奶奶去散散步，可今天因为蒲驯然在，她总觉得很硌硬，所以也就没有去散步。

阮映想起来，她的那本笔记本还在楼下呢，刚才忘了拿上来。

那本笔记本上还有她上课开小差的时候和向凝安互相写的小字，其中好像还谈到了薛浩言。

想到这里，阮映一个激灵，迅速下了楼，直奔收银台。

奶奶见阮映这么急急忙忙下来，笑着说："刚好阿蒲要走了，你送送人家。"

"我送？"阮映一怔。

奶奶却一个劲儿地推阮映往蒲驯然跟前走:"就送到小区门口,让阿蒲打车。"

蒲驯然撂出几个字:"也好,这里我不太熟悉。"

阮映一愣。

他不是应该拒绝的吗?

大晚上的,哪有女孩子送男孩子的道理?

可是莫名其妙的,阮映就去送蒲驯然了。

阮映家离小区门口也就三百米左右的距离,她穿着夏日的凉拖鞋和蒲驯然并排走着,两人都没有说话。

也不知道该说些什么。

这个时间点,小区的路灯早已经亮起来了。阮映下意识抬头看了眼天空,发现今晚的月亮竟然出奇的圆。不仅如此,天空除了那轮明月,再找不到一颗星星的踪迹。

在夜幕里,阮映感觉自己像是一只黑壳乌龟,默默地缩在蒲驯然的身边。她低着头,看到蒲驯然脚上踩着一双白色鞋面带黑色 Logo 的鞋子,鞋面洁白一尘不染,衬得他的脚型很好看。阮映认得这个牌子,似乎很多男孩子都很喜欢,不过好像价格偏贵,一般人都舍不得穿。

街道两旁全是居民楼,楼层倒是不高。这个季节花开又花谢,小区里种了不少品种的花,几乎每个季节都有花开。花坛里现在各种花正盛放,一大片绿色的草丛中冒出黄色的花,像是星星点缀其中。

他们两个人路过一个路口、一棵树、一片草坪,身影被路灯拉长又缩短。

阮映看到不远处有个老太太带着一个小男孩在散步,小男孩骑了一辆小车,骑得飞快。

突然,阮映听到头顶上方传来淡淡的轻咳。她这才想起来,蒲驯然好像在生病。

阮映顺势打破尴尬:"那个,你住哪里?"

蒲驯然单手插着兜,侧头瞥了眼矮了自己一个脑袋有余的阮映道:"那个?你问谁?"

阮映尴尬:"我问你。"

蒲驯然微微扬眉问:"我是谁?"

阮映更尴尬了。

"你那天倒是叫得挺顺口的。"蒲驯然漆黑的眼睛扫了一下阮映，脸上带着几分不羁和痞气。他口中的"那天"，自然就是那天傍晚在小巷子里的时候。

阮映忽然就意识到，这个人在爷爷奶奶面前那副乖巧懂事的样子都是装出来的！

"那天，是情急之下。"阮映硬着头皮说，"前后都没有人，我只能叫你帮一下忙。"

"帮一下忙？"蒲驯然微微点了点头，嘴角的笑意更加漫不经心，"你记不记得我那天说过什么？"

阮映当然记得，却故意说："不记得。"

她实在捉摸不透这个人是什么意思，眨巴着一双无辜的大眼睛看着他，眼底还带着防备。

蒲驯然突然停了下来，居高临下地望着阮映。阮映穿了一条背带裙，扎着高马尾，整个人看起来竟然有几分孱弱的无害。

两人刚好就站在明晃晃的路灯下，光影打在阮映的脸上，她高挺的鼻子在脸上投下一片阴影。

四班的男孩子总喜欢在课间的时候靠在走廊栏杆上往楼下看，提到最多的女孩子大概就是三班的阮映。蒲驯然听到最多的无非就是"阮映长得好看""学习成绩好""看起来让人很有保护欲"。

可现在，他倒觉得眼前的女孩子像是狡猾的小狐狸。

"不记得？那我再提醒一下。"蒲驯然的声音里带着一股张狂的傲劲，"不是白帮忙的，你欠我一个人情。"

阮映："你到底想干什么啊？"

"你说我想干什么？"蒲驯然反问她，好像听到什么笑话似的。

阮映是真的没有搞明白他什么意思。

蒲驯然的手机在振动，他从口袋里拿出手机接起电话，对电话那头的人说："在门口等着，马上到。"

他把手机放在掌心轻轻拍了一下，随后打开一个二维码递给阮映。

阮映皱眉看着，不为所动。

蒲驯然朝她走近一步，提醒："加我好友。"

他打开的是自己的微信二维码名片。

阮映蹙眉:"能不加吗?"

"也可以。"蒲驯然扬着眉,满脸的匪气,"改天我来你班上找你。"

"不要!"阮映小脸涨红,"你加我干什么啊?"

"等我哪天想到了需要你还人情的地方,就通知你。"

阮映只能忍气吞声,心不甘情不愿地拿出手机。

最令人无奈的是,还是她主动扫他的二维码加他为好友。

加完好友之后,蒲驯然看似满意地点点头,还不忘对她道一声:"走了,再见。"

阮映还皱着眉站在原地,蒲驯然已经重新迈开步伐。他也没有等她的意思。其实马上就到小区门口了,这几步路送不送也无所谓。

忽而,走在前面的蒲驯然顿了一下脚步,转头对身后的阮映说:"平河路。"

"啊?"

"我住在平河路八号。"

阮映反应过来:"哦。"

蒲驯然看着她,眼睛像河底的岩石,黑得发亮。继而他转身,径自朝一辆车走过去。车上有个人下来开了后车门,蒲驯然微微弓着身子上了车。

阮映看着他离开的身影,终于松了一口气。

阮映去过一次平河路,知道那边全都是有钱人家的别墅。

她之前就听说过蒲驯然家里有钱,他一身的行头,尤其是那双鞋,差不多是别人一个学期的学费加上生活费。不过阮映从未羡慕或者忌妒过什么,她的生活里什么都不缺,也不追求那些名牌的东西。

不过对蒲驯然来说,那些别人口中所谓的名牌在他眼里是最平常的装束。他自幼生活条件优越,也从未想过向别人炫耀或者攀比什么。

送走蒲驯然之后,阮映才觉得一切都走上了正轨。她快步回到家,准备把还未追完的剧追完,不料奶奶喊住了她。

"阿蒲走啦?"奶奶问。

阮映点点头。

奶奶问阮映："我看阿蒲这个孩子蛮懂事的，你觉得怎么样？"

阮映无奈："奶奶，那是你没有看到他在学校里的样子！"

"他在学校里什么样？"

阮映想说蒲驯然打架、闹事、考试垫底，但又觉得在背后说人家这些不太好，于是含糊道："反正，没有你看到的那么乖。"

奶奶却一副了然的样子："这个年纪的男孩子有些心高气傲是很正常的。"

"那他考试成绩全年级倒数第一呢？"

"那是他生病没去考试。我记得阿蒲小时候就很聪明，那时候有一颗糖他都知道要先分给你。"

阮映算是发现了，奶奶是胳膊肘往外拐呢，偏心都偏到外太空去了。

这件事再争论下去显然没有什么意义，阮映有预感，无论她怎么说蒲驯然不好，奶奶总是能够强行圆回来。

阮映索性就找了借口上楼去了。

阮映点开手机，屏幕上还是她刚添加蒲驯然的界面。

蒲驯然的头像是一团黑，微信名是"X"外加两个点。

微信对话框里显示："我通过了你的朋友验证请求，现在我们可以开始聊天了。"

讽刺的是，居然是阮映主动添加的他。

阮映退出两人的对话框，又看到蒲驯然就在她聊天界面的第一个，怎么看都感觉怪异，于是赶紧将他的对话框删除。

如此一来，好像一切都回到了正轨。

奶奶知道阮映要去玩，第二天一大早就起来给她准备各种好吃的，生怕她在外面吃不好。

阮映也没有拒绝奶奶的好意，把奶奶给自己准备的好吃的都放在小背包里带上。

到了约定好的目的地之后，阮映就知道向凝安口中所谓的惊喜是什么了。

远远地，阮映一眼就认出了薛浩言。

在校两年，阮映好像练就了某种特异功能——她好像随时随地能够在人群中一眼就找到薛浩言的身影。

在看到薛浩言的那一刹，阮映的脚步忽然就迈不动了。

薛浩言就站在不远处，他一身白衣白裤，脚踩一双白色的板鞋，整个人看起来无比清新阳光。几日不见，他似乎理了发，显得更加精神了。

向凝安连忙朝阮映打招呼："快来呀，愣着干什么呢？"

阮映深吸了一口气，佯装一脸淡然地上前。

其实昨晚阮映就做了心理准备，问过向凝安到底准备了什么惊喜，还让向凝安不要乱安排。可她怎么都没有想到，向凝安口中的惊喜竟然是薛浩言。

因为向凝安的呼唤，薛浩言十分自然地侧头望向了阮映这边。

阮映却低着头，根本不敢看薛浩言。

一行一共有十个人，五个男孩五个女孩。向凝安的组织能力阮映是见识过的，她以前就在学生会里工作，认识的人也多。不过这里除了薛浩言、严阳和向凝安，其他的人阮映都不认识。

阮映到了之后，向凝安连忙介绍："这就是我们三班的班花阮映，这次期末考班级第一哦！"

"别瞎说。"阮映红着脸掐了向凝安一把。

高二（3）班的男孩子都默认阮映是班级里最好看的女孩子，但阮映从来不觉得自己是。有时候别人故意打趣说她是班花，她听到总觉得像是讽刺和调侃。

向凝安笑哈哈的："本来就是嘛，不要谦虚。"又跟着介绍，"这位是已经毕业的学长周翔宇，这位是学姐程璐，这位是高二（4）班的薛浩言……"

说到薛浩言的时候，向凝安加重了语气。

阮映和他们一一打过招呼，只觉得周遭的气温仿佛越来越高了。

在向凝安的要求下，阮映今天也算特地打扮了一下。她穿了一条牛仔裙，上身是白色的T恤，小蛮腰、细长腿，看起来青春朝气。不过很显然，向凝安对阮映的打扮还是不太满意，小声在她耳边说："你怎么没有化妆啊？"

阮映不仅没化妆，而且连防晒霜都没有擦，她选择了物理的防晒方法——打伞、穿防晒服。因为怕热、怕流汗，她把头发扎成了一个丸子头，露出饱满的额头，一张小脸即便是没有化妆也特别精致。

这时薛浩言问了她一句："你是不是很热？把外套脱掉吧。"

阮映努力维持着平静，笑了笑，说："是有点热。"

阮映心里清楚，她之所以这么热，其实并非全部因为天气。

在向凝安的安排下，他们第一站是去水上世界旁边的游乐园游玩。

游乐园和水上世界相邻，规模十分庞大，过山车、跳楼机什么的应有尽有，是他们这个年纪的人最喜欢玩的。

趁着上午太阳还不太毒辣的时候可以在游乐园玩半天，下午再去水上世界。这种安排非常好。

向凝安极力给阮映制造各种能够和薛浩言接触的机会，对她说："你不知道，我可是花费了九牛二虎之力才约到薛浩言呢！"

本来薛浩言是不打算来的，向凝安便约了薛浩言的好朋友陈洲。陈洲也是四班的，还是薛浩言的同桌。向凝安也是在学生会的时候和陈洲认识的，两个人关系还算不错。于是向凝安让陈洲去给薛浩言做工作，让薛浩言无论如何都要过来。

这会儿，薛浩言和陈洲一行人走在前面，向凝安和阮映则慢他们几步。

薛浩言就在眼前，阮映忍不住观察他的一举一动。

同龄人之间要建立友情是一件很快的事情，一起出去玩过，便算是互相认识了，以后在学校里就可以互相打招呼。

向凝安简直为阮映操碎了心，一个劲地推阮映往薛浩言的身边走。

终于，阮映鼓起勇气刚准备上前，却听薛浩言的手机铃声响起。

薛浩言从口袋里拿出手机，接通电话后，笑着对那头的人说："你们也到了？不是说不来的吗……嗯，我们已经进来了……好好好，等你等你。"

电话挂断后，薛浩言转过身原地站着，说："我们班还有几个人要来，等一下她们吧。"

向凝安问："谁啊？"

"余莺。"

薛浩言话刚说完，就听到有人喊他。他朝对方招了招手，大声道："这儿呢！"

阮映顺着薛浩言目光的方向望去，那里果然是余莺。

阳光下，余莺撑着一把蕾丝质地的伞，白得发光。她一头乌黑的长发披在肩上，精致的脸上带着浓浓的笑意。

余莺一过来就故意拉了一下薛浩言,说:"哇,你今天穿得太帅气了吧!"

薛浩言笑着说:"承让承让。你今天也很美啊!"

余莺扬扬眉:"那是当然。"

薛浩言跟着介绍:"这是我们班的余莺和周尔琴,还有……"

他说了一连串,但阮映一个字都没有听进去。她站在向凝安的身边,脸上没有太多表情。

余莺倒是一脸笑意,主动跟阮映打招呼:"嗨,没想到你也在。"

阮映还未开口说话,薛浩言就问余莺:"原来你们都认识啊?"

"认识的呀。"

阮映从始至终没有说一句话。

余莺到来后,气氛好像都活络了不少,她有说有笑,逗得大家一直乐呵呵的,几个人还一起哼起了歌,又是拍照又是发朋友圈。

向凝安咬牙切齿的,对阮映说:"你看到没有,余莺今天好漂亮!"

阮映摇摇头:"我没仔细看。"

也不知道为什么,阮映突然就心如止水,不想去想太多有的没的。

可不得不承认的是,眼前的余莺的确很漂亮。

阮映正想着,忽然有个小男孩走到了她的面前,抱住了她的双腿。

小男孩看起来才三岁左右的样子,小脸肉嘟嘟的,他仰着头朝阮映喊:"漂亮小姐姐,我找不到妈妈了。"

阮映一惊,连忙蹲下来询问:"宝宝,你知道你妈妈叫什么名字吗?"

小家伙点点头,报了妈妈的名字。

一旁的向凝安帮忙出主意:"我们去找工作人员吧,他们可以广播的。"

阮映也想到了这个。

走在前面的几个人听到后面的动静,也跟着围了上来。

薛浩言问这是什么情况,向凝安如实说了。

余莺也跟着蹲在小男孩的面前,说:"小弟弟,要不要吃糖,姐姐给你买糖哦。"

小男孩看了余莺一眼,接着躲到了阮映的身后,说:"坏人!我才不要吃糖呢!"

051

余莺不死心，又跟着说："姐姐不是坏人，姐姐带你找妈妈呀。"

小男孩抓着阮映的双手更紧了，忽然"哇"的一声哭了出来，大叫："坏人，你不要靠近我！"

阮映连忙抱着小男孩低声轻哄，淡淡地对余莺说："你还是别靠过来了。"

后来，阮映和向凝安还有严阳一起带着小男孩去找工作人员，很快小男孩就找到了自己的妈妈。

小男孩的妈妈再三对阮映他们几个人表示了感谢。

经过这件事之后，阮映的心情像突然拨开云雾般，还哼起了歌。

向凝安笑着对阮映说："你现在还笑得出来啊？我看薛浩言和余莺玩得好开心。"

不远处，薛浩言和余莺一行人正在排队坐过山车。他们两个人在人群里比较出挑，有说有笑。不知道薛浩言说了什么，余莺一脸娇嗔的模样，还轻轻打了一下薛浩言的手臂。

阮映淡淡看了眼，收回了视线，说："安安，我不想玩过山车，我们去玩别的吧。"

向凝安点点头："我也不想玩过山车，我们去玩旋转木马吧！"

"好！"阮映的脸上难得露出了兴奋。

大概，对于很多女孩子来说，旋转木马是她们心中无可替代的一个游乐园项目。

小时候阮映跟着父母一起去儿童乐园的时候，第一件事就是要坐旋转木马。旋转木马色彩斑斓，像是一座小小的城堡。那时候她就像是城堡里的小公主，穿着美丽的蕾丝短裙，父亲还会给她买自动泡泡机，阳光下，吹出来的泡泡五彩斑斓。

阮映已经记不得自己上一次来乐园玩旋转木马是什么时候了，只知道那时候自己还小，父母也很恩爱。

因为旋转木马的位置多，倒是不用怎么排队，没一会儿就轮到她们。

当代诗人席慕蓉写过：旋转木马是最残忍的游戏，彼此追逐却有永恒的距离。

阮映却不以为然，她和向凝安手拉着手，开心地大笑。

向凝安赶紧拿出手机开始各种自拍,还不忘把阮映拍到镜头里,发了一条朋友圈:"旋转的木马,让你忘了伤。"

这还不算完,向凝安强烈要求阮映也发朋友圈,说是要见证彼此的友谊。

没办法,万年不发朋友圈的阮映难得发了带图的说说,配文:"旋转木马。"

后来,阮映安安静静地坐在旋转木马上,感受着木马一上一下地奔腾,一圈一圈地旋转。

从旋转木马上下来后,向凝安拉着阮映一起要去坐摩天轮。

摩天轮也是浪漫的代名词。

阮映笑着对向凝安说:"我们不等严阳了吗?"

向凝安面露羞涩:"他也来的呀,又不是不来。"

摩天轮是热门项目,也需要排队。

此时已经将近上午十点,这会儿头顶的太阳毒辣。阮映一只手撑着太阳伞,另一只手拿出手机,看到自己的微信朋友圈已经有不少人给她留言点赞。作为一个有强迫症的人,阮映是绝对不允许自己的微信上出现红点的。

她看完这些留言和点赞,准备将手机上锁时,又看到一个红点。于是她再次点进去,赫然看到一个名为"X.."的人给她点了个赞。

阮映突然想到了蒲驯然那副张扬狂妄的样子。

摩天轮时间漫长。阮映和向凝安以及严阳三个人足足排了将近半个小时队,才轮到他们。而就在这个时候,他们面前突然插进来几个人。是同行的陈洲和周尔琴。他们两个人气喘吁吁的,还朝不远处的薛浩言和余莺招手喊道:"快点过来,马上就轮到我们了!"

还不等向凝安她们说什么,陈洲就笑着说:"辛苦你们排队啦!刚好轮到!"

薛浩言和余莺也走了过来,站在他们前面。

向凝安无语地对陈洲说:"你们应该站在我们后面吧,我们都排了那么久的队了。"

后面的一些游客也不满道:"喂,你们怎么插队啊!还一下子插进来四个人。"

陈洲跟后面的人说:"我们都是一起的,他们几个帮忙占着!"

向凝安就差翻白眼了，小声嘀咕："谁要帮你们占着了？"

后面的游客还是不满："占着？你当是占茅坑啊？"

陈洲脾气大，一下子火气就冒了上来："你说什么？再说一遍！"

一旁的薛浩言连忙拉着陈洲说："好啦，别吵了。"

可即便如此，薛浩言几个人也没有打算去后面排队的意思。

向凝安忍不住在阮映耳边说："真的有点后悔叫他们一起来，自己插队还好意思跟别人吵架。"

阮映的一张小脸这会儿被太阳晒得红彤彤的，突然就没了兴致玩，可好不容易排的队，又不想就这么放弃。

不过上了摩天轮之后倒是没有让人失望。

摩天轮一个座舱可以容纳六个人，阮映、向凝安、严阳、薛浩言、余莺以及周尔琴坐一个座舱。

阮映是第一次乘坐摩天轮，看着自己离地面越来越远，有种不太真实的兴奋感。

上升到离地面十几米的距离时，余莺闭着眼睛说自己恐高，不敢往下面看。

向凝安笑着调侃："真的恐高啊？那你刚才为什么要上来？"

余莺说："我之前没有玩过，所以想尝试一下。"

她说着把头转过去，用额头抵着薛浩言的肩膀，说："班长，你让我靠一下。"

薛浩言一脸担心："你没事吧？"

余莺摆摆手："没事，你们看你们的，不要管我。"

阮映看着窗外，没有管余莺，也没有假惺惺地表示关心。她不恐高，反而很喜欢这种高度。

很快，摩天轮上升到可以俯瞰整个游乐园以及隔壁的水上世界的高度。一切都变得渺小，仿佛随手就可以掌控。阮映看到了自己刚才坐过的旋转木马，还清晰地看到一整条过山车的构造。她的嘴角不自觉露出淡淡的笑容，立刻拿出手机拍下这个画面。不过镜头记录的画面远没有她看到的那般震撼真实。

一整圈转完下来，余莺几乎是被薛浩言搀扶着走的。

向凝安这次真的翻了个白眼，忍不住在阮映耳边小声说："你看看余莺，这会儿都站不稳了，有那么夸张吗？"

阮映摇摇头:"不知道,不过恐高应该很难受吧。"

"你还关心她?"

阮映笑了:"不是啊,我之前看过一本书,有些人恐高还会浑身发抖,这都是很正常的现象。但明知道自己恐高还来玩的,比较少见。"

向凝安轻叹一口气:"接下来我们玩什么?"

阮映刚才在摩天轮上就瞄准了下个要玩的项目:跑跑卡丁车。

只不过还不等她开口,手机铃却先响了起来。

是爷爷打来的电话。

阮映走到一旁接起电话,就听爷爷道:"映映,你奶奶刚才突发心脏病,现在在医院。"

阮映的呼吸和心跳都跟着漏掉了一拍,连忙说:"爷爷,我马上回来!"

阮映心急如焚,以最快的速度到达了医院。

万幸的是,她到了之后看到奶奶安然无恙地坐在三楼走道的椅子上。

倒是奶奶看到阮映的到来颇为惊讶:"你怎么来了?"

阮映还喘着气,说:"爷爷给我打电话了,奶奶你现在感觉怎么样?"

奶奶无奈:"你爷爷也是的,这么一点小事也要给你打电话,你今天不是跟同学出去玩吗?"

"什么时候玩都可以。"阮映走过来站在奶奶面前,问了一些具体情况。

原来是奶奶上午准备去医院买药的时候刚好心脏难受,顺势就让医生检查了一下。

医生说问题不大,但还在等待具体的检查报告。

爷爷就坐在一旁,还叹气:"那你把我搞得紧张兮兮的,在电话里说得那么严重,害得我差点在路上摔一跤。"

奶奶轻哼一声,说:"我还指望着你过来给我排队缴费,幸好我在这里遇到了阿蒲。"

"阿蒲?"

奶奶来找医生开药的时候在大厅里遇见了蒲驯然。蒲驯然今天还是来输液的,自己一个人来的。

阮映当然知道这个阿蒲就是蒲驯然,但实在是有些意外。反应过来后,阮映又问奶奶："你昨天不是来买药了，今天为什么又来买药？"

奶奶说："昨天有一种药刚好没有了，护士就让我今天再来。"

阮映莫名有些自责，这两天她自顾自地放松，都没有好好关心过奶奶的身体状况。本来帮奶奶买药的事情一直是她跑腿的。

奶奶见阮映闷闷的，连忙安慰："傻丫头，奶奶又没有什么事，别哭丧着一张脸。"

阮映点点头，努力微笑。

爷爷问："阿蒲呢？我一来他就走了。"

"他应该在输液大厅。"奶奶说，"对了，映映，你去看看他，他一个人输液肯定会有不方便的地方。"

爷爷也跟着说："你去看看阿蒲吧。这里有我。"

阮映再三确认奶奶没有什么大碍之后，便下楼去了输液大厅。

输液厅里乌泱泱的一堆人，像是一个社会的小缩影。

阮映很快就找到了戴着口罩的蒲驯然，他就坐在靠门的位置，微微弓着身子拿着手机在玩游戏。来来往往的人对他毫无影响，他沉浸在自己的世界里，整个人透着一股淡漠。

还真的跟奶奶说的一样，蒲驯然是一个人在输液，没人陪着。平日他在学校的时候身边总是有一群小跟班。这会儿他身边还有个位置是空着的，也许是他敞开双腿坐着的姿势太霸道，没有人愿意坐他身边。

阮映一时之间不知道该怎么上前打招呼，就站在输液大厅的门口看着蒲驯然。昨天晚上他们两人虽然在一张餐桌上吃饭，可算不上太熟悉。但是要说不熟悉吧，他们又好像有点熟悉。这种感觉让阮映觉得很怪异。

一个姿势维持太久，蒲驯然歪了歪脑袋，还抬手搓了一下自己的后颈。

阮映觉得他的头发看起来真的超级无敌短，却又好像无比适合他。

他大概忘了自己手上还在输液，输液的导管带着点滴瓶晃动，手背上的针头似乎因为这个动作扎了一下他。

蒲驯然反应过来，低头看着自己的手背，似乎在确认血液有没有倒流。

莫名地，阮映觉得他这一连串的动作特别幼稚。

蒲驯然抬起头的时候，阮映的嘴角还带着一抹笑。他直直看着她，眼神里带着些许探究，像是要从阮映的脸上找到什么。

阮映的笑容却僵在了脸上,不自然地上前一步打招呼:"蒲驯然,我奶奶让我来陪你输液。"

蒲驯然敛了敛情绪,认真地说:"问你一个问题。"

阮映点点头:"嗯,你问。"

蒲驯然一字一句说得很清楚:"你是不是喜欢我?"

阮映满脸问号。

阮映简直无语,她是做了什么天理难容的事情让蒲驯然有这种错觉的?

"我不喜欢你!"阮映连忙解释。

许是她解释得有些着急,声音就大了一些,旁边好些人抬起头看着她。

蒲驯然似笑非笑道:"不喜欢就不喜欢,你这么激动干什么?"

"我要证明自己的清白啊,免得某些自恋狂自作多情。"阮映咬着牙说。

"那你解释解释,那天在小巷子里的时候你为什么叫我叫得那么自然?"

解释是吧?

阮映一一细数蒲驯然在学校里的各种罪状:"你期末考试倒数第一,在学校里多次被通报批评,我们的同个任课老师经常提到你这个反面教材。你说说你一个大名人,谁人不知谁人不晓?"

蒲驯然闻言勾起嘴角,整个人看起来张狂又桀骜,说:"原来我这么有名啊。"

"又不是什么好名声。"阮映嘀咕了一句。

"行吧。"看样子蒲驯然算是勉强接受了这个解释,"要是喜欢我就大声说出来,我不会伤害你的。"

阮映翻了个白眼:"你放宽心,我不会的。"

"啧啧,小没良心,好歹哥哥还救过你。"

"哥你个大头鬼,别想占便宜。我都听我奶奶说了,你比我还小一个月,你叫我姐姐还差不多。"

蒲驯然"咻"了一声,把脸撇开,不再和她争辩。

阮映感觉占了上风,心情陡然舒爽。

最起码,她在面对蒲驯然的时候,不会像面对薛浩言那样手足无措,也不会觉得气氛尴尬。

阮映走过去站在蒲驯然的面前,看了眼他头顶上方挂着的两个点滴瓶。一瓶大的正在输液,瓶里面还有大半;另外一瓶小的还没有动,应该是刚输液没有多久。

"你生什么病了?"阮映问。

"肺炎。"

"肺炎?那还挺严重的。"阮映家隔壁就有小孩子得过肺炎,似乎治疗的时间很长,住院都住了大半个月。后来一到流感的季节,那个孩子就特别容易咳嗽。

蒲驯然转而懒洋洋地靠在椅子上,朝阮映挑了一下眉:"一时半会儿死不了。"

他不动声色地往旁边挪了一下,中间空出的位置更大。

不过阮映并没有打算坐下来,她又问蒲驯然:"你吃早饭了吗?"

"没有。"

阮映也猜到了。她翻翻口袋,从兜里找出来两颗牛奶糖,是奶奶早上给她准备的。

因为阮映有点低血糖的毛病,肚子一饿就容易头晕,所以身边经常有糖。

"来,张开手。"阮映对蒲驯然说。

蒲驯然不明所以,但还是乖乖地伸手。只不过他这次又忘了自己手上正在输液,输液的导管牵动,他跟着微微蹙眉。

阮映把两颗糖放在蒲驯然的手掌心,像个家长似的说:"你先吃点垫垫肚子,不吃早饭小心低血糖。"

蒲驯然没有拒绝,低头看了眼自己手上的两颗糖,墨色睫毛如鸦羽一般垂低。

糖纸是黄蓝绿三种色调,上面画有一只黑白色的牛,写着"孺牛"两个字。

这还是第一次有人送他糖吃。

过了好一会儿,蒲驯然还保持伸着手的姿势没有动,他的手心朝上,手掌大而骨节分明。

"不吃吗?"阮映问。

蒲驯然抬眸看她:"我以为某些人会自觉帮忙剥糖纸的。"

阮映无语，只能又从他手上拿了一颗糖，主动帮忙剥了重新放在他的手掌心。

"你自己先输液，我去给你买点吃的，刚好也快中午了。"阮映说。

蒲驯然将手收回来，十分不客气地说："我不吃葱和姜。"

阮映脚步一顿，心想这人还挺挑食，但话到嘴边还是没有说出口。

等阮映走后，蒲驯然重新摊开自己的手掌心，上面有两颗糖，一颗糖的糖纸已经被剥开，是一颗白色的牛奶糖。他不是一个喜欢吃糖的人，但还是把糖放入了口中。

至于另外一颗没有剥开的糖，他放进了口袋。

后来蒲驯然想起来，好像是从这一天起，他喜欢上了奶糖。

而且只喜欢这个牌子的奶糖。

第三章

她误闯了一个关于蒲驯然的全新世界

阮映走出医院准备出去买饭的时候接到了向凝安的电话。

向凝安在电话那头问:"映,你奶奶没事吧?"

"没事。"阮映说。

"那就好,那就好。"向凝安又问,"那你下午来水上世界玩吗?"

阮映没多想:"应该不来了,你们玩吧。"

向凝安一下子就惨叫了一声:"不是吧,我就想跟你一起玩呢。"

"乖啊,让严阳陪着你一起。"阮映哄着。

向凝安开始喋喋不休地抱怨。

阮映走后不久,他们几个人就一起去了鬼屋玩,还是余莺强烈要求去玩的。可到了鬼屋之后,余莺就走不动路了,她这个也怕那个也怕,一点小动静就开始尖叫,最后她几乎全程都黏着薛浩言。

向凝安说:"最气的是那个薛浩言,他对余莺根本毫无原则。"

阮映站在快餐店里,老板娘问她要吃什么,她麻木地指了几道菜,完全忘了刚才蒲驯然所说的不吃葱和姜。

"映,你有在听我说话吗?"向凝安问。

阮映深吸了一口气,说:"不想听,别说他们了。"

向凝安顿了顿:"好吧。"

"安安,我不是那个意思,你别生气。"

"没有啊,我生什么气啊。"向凝安反过来安慰阮映,"你不来也好,省得看了糟心。"

"嗯。"

挂了电话,阮映扫码付了款,提着餐盒回了输液大厅。

蒲驯然还坐在刚才的那个位置,不同的是,这会儿他没有拿着手机在玩游戏了,他身边也空出了好几个位置。

阮映走过来,和蒲驯然隔了一个位置坐着,把带回来的快餐放在他们两个人的中间。

她低着头,麻木地把一次性餐盒一一打开,又把一次性竹筷掰开,并将上面的毛刺弄干净,再递给蒲驯然。这样做倒不是因为她对蒲驯然特别,而是因为她习惯性照顾人。

餐盒一打开,蒲驯然的眉头就皱了起来。

阮映还没有意识到不对劲,脸上没有什么表情地对蒲驯然说:"你先吃点东西吧。"

"这是什么?"

阮映闻言顺着蒲驯然的视线望向餐盒。

她一共买了三道菜,其中两个餐盒里是小葱拌豆腐、红糖姜蛋。

精准地踩中了蒲驯然的雷点。

阮映轻叹一口气:"抱歉啊。"

她刚才打菜的时候分心,完全忘了蒲驯然提过的不吃葱和姜这件事。

蒲驯然缓缓抬眸,眼中却蕴着一道不见底的黑,像是勾人坠入深渊的两汪寒潭。

他看了眼阮映,没有说什么,拿起米饭一分为二,一半给了阮映。

阮映看着蒲驯然递过来的饭盒说:"我不吃。"

"所以这两道菜你打算浪费?"蒲驯然指了指小葱拌豆腐和红糖姜蛋。

阮映面露尴尬,只能接过他递来的饭。

除了小葱拌豆腐和红糖姜蛋,就只剩下小青菜。

阮映心里过意不去:"我再去给你买一份吧。"

"不用了，我没有那么矫情，留着下次吧。"

"还有下次？"

蒲驯然直接夹了一块红糖姜蛋堵住阮映的嘴。

阮映一怔，下意识抓住蒲驯然拿着筷子的手腕。

蒲驯然淡淡扬眉，语气带着轻佻和玩味："抓着我干吗？"

阮映耳根一红，连忙放开。

刚好是午饭的时间点，输液大厅里飘起了一阵阵香味，一些陪同的家属都带来了饭菜。

阮映见蒲驯然吃得那么自然，不好再扭捏什么，也跟着他一起吃。

食不言，况且他们两个人之间好像也没有什么话好说的。

输液大厅外忽然传来一阵哭声，哭声越来越近，近乎号啕。

原本还嘈杂的输液大厅突然安静下来，所有人都看着一个双眼通红的女人跪在身着白大褂的医生面前。

女人似乎很极力克制着自己的哭声，可还是忍不住颤抖："医生，求求你救救她，她才六岁，我求求你了……"

她说着，拼了命地在医生面前磕头。

医生万般无奈，蹲下来劝女人："你别这样，该治疗的我们都在尽力治疗，快起来。"

并不是什么医闹，但保安也怕会引起喧闹，连忙过去将女人搀扶起来。

等人走后，坐在阮映和蒲驯然旁边的人低语："也是可怜，才六岁的小孩子呢，听说没几天活的了。"

"这事不是上 B 市晚报了吗？小女孩好像是得了很罕见的病。"

"唉，你说这个人啊，一辈子图个什么。"

"好死不如赖活着吧。"

阮映抬起头，见蒲驯然抿着唇慢慢咀嚼着，神情里流露出一丝落寞。

她想起来，蒲驯然的奶奶也才过世没多久。

"咳咳。"阮映故意清了一下嗓子。

蒲驯然淡淡瞥了一眼她。

阮映说："我给你讲个故事，你要不要听？"

"嗯。"

阮映把盛着大米饭的餐盒放在大腿上，开始说："有一种小昆虫叫蜉蝣，它只能活一天。小蜉蝣和小蚂蚱交了朋友，晚上来临的时候，小蚂蚱对小蜉蝣说，我要回家了，咱们明天见。小蜉蝣纳闷了，啊，还有明天啊？小蜉蝣死了以后，小蚂蚱就跟小蛤蟆交了朋友。冬天来了，小蛤蟆就对小蚂蚱说，我要冬眠了，咱们来年再见吧。小蚂蚱纳闷了，啊，还有来年呢？这时候如果有亲人对你说，咱们来生见，你一定会问，啊，还有来生呀？不过你没去过来生，你怎么知道没有来生呢？"

这是阮映在网上看到的一则故事，她绘声绘色地讲完，自己倒是有些感慨起来。

蒲驯然听完却是面无表情，还很认真地问阮映："你哄小孩呢？"

阮映满腔想要寻得共鸣的情感，被蒲驯然这句话给打碎："我在安慰你，你听不出来吗？"

"为什么要安慰我？"

"你奶奶……"

蒲驯然神色淡淡的："生死有命，我和她也不算多熟，没什么太大感觉。"

"好吧。"阮映转移话题，"你明天还要输液吗？"

"怎么，想陪着我啊？"

"我才没有想陪着你，你让别人陪你。"

"别人哪有你好，还会给我带我最讨厌的饭菜。"蒲驯然舀了一勺饭放入口中。

阮映瞬间无话可说，知道蒲驯然是故意调侃她。可这人虽然嘴上不讲道理，却没有浪费一粒粮食。

一周的假期转瞬即逝。

很快，高二过渡到高三的补课正式开始。

七月七日正好是小暑的日子，一年中气温最高且潮湿闷热的时段来了。

一大清早阳光就十分毒辣，人行道旁的行道树郁郁葱葱，也算是消减了一分暑气。

阮映到班级的时候向凝安已经来了。

向凝安正在和范萍说："水上乐园蛮好玩的，上次叫你一起你非不来。"

范萍撇着嘴:"我爸妈不让我去啊,我能有什么办法。"

"都多大的人了,你爸妈还那么管着你啊?"

"没办法,我这次期末考试名次掉下来了。"

范萍原先一直都是班级前三名,但这次掉到了第六名。为此她的父母大发雷霆,让她这一周在家里好好补习功课。

范萍见阮映来了,淡淡笑着说:"阮映,你这次考得真好。"

阮映说:"你也考得很好,我们总分没差几分。"

"虽然总分没差几分,但你班级排名第一,我排名第六,在年级段我不知道排到多少去了。"

阮映笑了笑,没有说什么,低头默默地把自己的书本整理好。

一周没来,课桌上落了一层灰,她拿出湿巾擦拭。

阮映知道范萍对于这次的成绩不太满意,可不知道为什么,范萍似乎有一些针对她。这一点从期末考试成绩出来的时候阮映就看出来了,那天成绩出来,范萍还给阮映发了消息说:"恭喜你啊,第一名。我上次教你的题目真的考到了。"

阮映对范萍道了谢,还说一起继续加油。

范萍却回复:"早知道就不教你了。"

接着又发来一个笑脸的表情。

众所周知,在微信里面发笑脸表示阴阳怪气。阮映相信范萍一定知道这个意思,不由得问她:"范萍,你发这个笑脸是有什么想说的吗?"

范萍回复:"就微笑啊,还能有什么?"

对于范萍这种语气,说实话的确让阮映硌硬了一下,但毕竟是前后桌,抬头不见低头见,阮映不想继续多问,免得两个人到时候更加尴尬。

很快,就连向凝安也发现了阮映和范萍之间有一道说不清道不明的屏障,于是向凝安趁着下课的时候偷偷问阮映:"你和范萍怎么啦?"

阮映摇了摇头说:"不知道。"

向凝安说:"可能范萍这次没有考好,所以心里不平衡吧,你别管她。"

"嗯。"

再怎么说,阮映都很感谢范萍每次在她问题的时候都不厌其烦地教她。可两个人之间现在有了这点小矛盾,她一时之间也不知道该怎么解决。

补课的第一天，整个班级人心涣散，一来是向往暑期的自由，二来是还不习惯这种补课。

之前还有体育课充当调味剂，嬉戏打闹放松。现在补课期间就只有文化课，更显得枯燥乏味。

课间的时候，大部分的同学都选择出去透透气。阮映懒得出去，向凝安一个劲儿地拉她："总是闷在班级里，要憋坏啦！"

阮映无奈："我不觉得闷呀。"

"那你陪我去一趟洗手间。"

话都说到这个份儿上了，阮映只能陪着向凝安。

出了班级后，向凝安又一个劲儿地跟阮映使眼色，说："你看看薛浩言是不是在楼上？"

阮映很自然地抬头看了眼。

薛浩言倒是没有看到，反而看到了蒲驯然。

因为是补课，学校并不硬性规定要穿校服，所以蒲驯然只穿着一件素色T恤。他懒洋洋地背靠在栏杆上，漫不经心地听着身边的平志勇说话。

忽然，平志勇小声说："小胖小胖，你的女神出现了！"

蒲驯然闻言侧头瞥了眼，刚好看到楼下的阮映。于是他转过身，淡淡地看着阮映的身影。

平志勇见蒲驯然也看着阮映，明知故问："驯哥，你在看谁呢？"

"阮映。"

蒲驯然回答得干脆，没有一丝拖泥带水，"阮映"这两个字从他的嘴里说出来非常自然。

平志勇"嘿嘿"笑着说："阮映是不是很漂亮？"

蒲驯然点点头："嗯，漂亮。"

"怎么，驯哥你对阮映也有兴趣？"

蒲驯然转过头看着平志勇，神色懒懒的："你说呢？"

平志勇刚想说话，蒲驯然忽然抬脚轻轻踹了一下他的屁股。这一脚倒是不怎么重，充其量只能算是男孩子之间的打闹，可就是这一下把平志勇给搞蒙了。

平志勇一脸无辜地伸手拍拍自己的屁股，苦着脸："驯哥，不是你让我说的吗？你到底是让我说还是不让我说啊？"

他俩旁边围着好几个男生,大家乐呵呵地学平志勇说话。

平志勇无辜地看着蒲驯然,委屈巴巴地喊:"驯哥……"

"闭嘴。"

平志勇委屈得眼眶都潮润了,最后只能鼓着腮帮子不说话。

后知后觉地,平志勇好像意识到什么,突然恍然大悟。

阮映怎么也没有想到的是,有一天走在校园里,薛浩言会主动跟她打招呼。

那是午餐过后,阮映和向凝安慢悠悠地走在绿荫下,她们两个人中午都吃得挺撑,也不着急回教室。就是在这个时候,阮映听到一个熟悉的声音在喊她们:"向凝安、阮映。"

阮映转过头,看到身后的薛浩言。

薛浩言和陈洲并排走在一起。他们两个人今天也没有穿校服,薛浩言穿了一件蓝色的短袖,衬得肤色比之前要黑一些,又或许是那天在水上乐园玩的时候晒黑的。

薛浩言主动问起阮映:"你奶奶没什么事吧?"

阮映摇摇头:"没事。"

薛浩言点点头:"下次有机会再一起玩。"

"好。"

"那我们就先走咯,我看你们两个人很悠闲啊。"

向凝安跟着说了一句:"饭后百步走,活到九十九嘛!"

薛浩言闻言,"哈哈"笑着点头,直说很有道理。

向凝安用肩膀撞了撞阮映,说:"对了,那天在水上乐园的时候,薛浩言好几次都提到你了。"

"提到我什么了?"阮映好奇。

"他说你没去玩挺可惜的,还说有机会的话再组织一起玩。"

阮映轻轻咬着唇,脸上是抑制不住的开心。

向凝安"嘲笑"完她,又提议说:"下次再约出来一起玩。"

阮映点头:"好呀。"

两人正说着,后面又有人喊了一声向凝安的名字。

是严阳。

向凝安转头一看是严阳,于是不管三七二十一,拉着阮映往前走,步伐又快又急,阮映都要跟不上。

阮映走得上气不接下气:"安安,你跑什么啊?"

走到拐角的地方,向凝安却突然停下了脚步。

阮映猝不及防,直接撞上了一个结实的胸膛。她吃痛,下意识捂着自己的鼻子。

头顶传来蒲驯然低沉好听的声音:"干什么毛毛糙糙的?"

离得近,蒲驯然身上淡淡的清爽香气传进阮映的鼻端。

其实不是这一次闻到了,蒲驯然第一次来阮映家里的时候,阮映就闻到了。他身上的味道很好闻,不是香水的那种浓烈的味道。

阮映的班级里不少女生用香水,但那种香味都不是她喜欢的。难得的是,蒲驯然身上的那股香味让阮映很喜欢。

两个人上一次见面,就在昨天晚上。

昨晚奶奶硬是嚷着要蒲驯然来家里吃饭,一通电话打过去,蒲驯然也一点都不客气,说来就来。

一来二去的,阮映和蒲驯然之间好像更熟悉了一点。

阮映往后退一步,揉着自己的鼻尖吐槽了一句:"你的胸膛是钢筋做的吗?这么硬。"

蒲驯然"扑哧"一笑:"不知道,你要不要摸摸看?"

"让我摸我还不想摸。"

"真巧,别人想摸也摸不上。"蒲驯然双手插在裤兜里,朝阮映走近了一步,"让我看看你的鼻子。"

阮映连忙后退,满脸拒绝:"不用!"

蒲驯然似笑非笑的,低头看着眼眶微微泛红的阮映:"不给看算了,我打球去了。"

"哦。"阮映答应的声音轻轻的,听起来像是有几分委屈。

蒲驯然看着阮映红彤彤的鼻尖,又看了眼自己的胸膛,感觉阮映跟棉花糖似的,整个人都是软软的。

阮映走后,站在蒲驯然身边的平志勇却一直望着她的背影,久久不能收回目光。

陈立强拍了一下平志勇的脑袋，说："阿勇，你出息了啊，那么盯着人家看。"

平志勇"啧"了一声，说："你懂什么。"

陈立强一把钩住平志勇的脖颈，问他："你小子话里有话，有什么猫腻啊？"

平志勇也不反抗，小声对陈立强说："你没看到驯哥对三班的阮映态度很不一样吗？"

陈立强顿了一下，望着前面蒲驯然的背影，企图找到什么蛛丝马迹。

其实是有些不同，感觉这两个人好像认识很久了似的。之前陈立强也没见过蒲驯然跟哪个女孩子是这么说话的。

平志勇又小声地对陈立强说："我之前就发现了，每次我们提到阮映，驯哥整个人就不太一样。今天早上更夸张，我说了句阮映是小胖的女神，驯哥就不让说。"

"真的假的？"

"骗你干吗？"

蒲驯然就走在前面，所以平志勇说话不敢太大声。可距离那么近，蒲驯然又不是聋子，自然听得一清二楚。

怪就怪在，蒲驯然没有打断平志勇和陈立强的窃窃私语，反而放任他们两个人的声音越来越大。

最后，蒲驯然才不咸不淡地说了句："说够了没有？不嫌嘴巴累？"

原本陈立强还半信半疑，可见蒲驯然这态度，心里也顿时明了。他朝平志勇使了个眼色，两个人一起偷乐。

可真是千年的铁树开了花。

另外一边。

走出去大老远的向凝安时不时地侧头看一眼。

阮映问："你贼兮兮的在看什么？"

向凝安说："怎么感觉你和蒲驯然关系变好了很多？"

"有吗？"阮映不以为意，"大概是他老来我家蹭饭，一来二去的就熟了。"

向凝安点点头："你有没有觉得蒲驯然看起来很不一样？"

阮映还用食指轻轻点着自己发红的鼻尖,问:"怎么不一样?"

"他看起来坏坏的样子,有时候又好像很正派。那张脸真的太具有欺骗性了。"

阮映想到昨晚蒲驯然在她家里面对爷爷奶奶时那乖乖的样子,下意识笑了笑。

别看蒲驯然在学校里一副唯我独尊不好招惹的样子,可在爷爷奶奶的面前,他连大声说话都不曾有过。昨天晚上奶奶给蒲驯然舀了一碗丸子汤,里面又是葱花又是姜,蒲驯然一脸为难,却也硬着头皮吃了下去。

阮映知道蒲驯然不喜欢吃葱和姜,却故意不跟奶奶说,就看着蒲驯然吃。最后蒲驯然吃了一颗肉丸就把那碗汤放在一边,再也没有动过。

阮映就是觉得蒲驯然这副见人说人话的模样很搞笑。后来趁着爷爷奶奶不在的时候,阮映故意给他夹肉丸子,就见他气得差点七窍生烟。

向凝安连忙问阮映:"你笑什么?"

"笑也不行了啊?"

"我的意思是,你是因为蒲驯然笑,还是因为别的?"

阮映把话题扯开:"就是想笑,我看见你还想笑呢!"

向凝安又把话题扯回来:"听说蒲驯然以前在初中的时候成绩很好,就是高中的时候不认真学习,成绩一落千丈。"

"哦。"阮映也不太在意。

向凝安说:"范萍好像很关注蒲驯然,你发现了吗?"

阮映摇摇头。

她其实想象不出来,一直埋头学习的范萍会特别去关注什么人。

这次期末考试成绩出来之前,阮映一直觉得范萍是那种很好说话、善解人意的女孩子,更别提会有什么恶意。可自从范萍给她发过那个阴阳怪气的微笑表情之后,阮映总觉得怪怪的。

七月中旬补课的日子乏味寡淡,午后的教室里,学生们一个个都像是蔫儿了的绿叶,有些无精打采。

可越是这样的日子,越容易发酵出一些不一样的气息。

这两天,关于蒲驯然对待阮映与众不同的这个话题不胫而走。

很快，四班几个和蒲驯然关系好的男孩子都在私底下讨论起了阮映。

男生们三三两两地坐在教室最后一排，头顶的风扇慢悠悠地转动。

陈立强拍了拍小胖的肩膀："你快别拿阮映当女神了，小心驯哥找你麻烦。"

小胖是个胖胖的男孩子，经常和平志勇一起玩。几个人经常会坐在一起开玩笑，什么话都说，但就是不聊学习。

这会儿，平志勇也跟着劝小胖："要不，你把目标对准余莺，余莺也不差。"

小胖轻哼一声："余莺黏着薛浩言又不是一天两天的事情了。"

平志勇不忘落井下石："那你瞧着，阮映会看得上你吗？"

一句话逼得小胖哑口无言。

陈立强嘻嘻哈哈的："小胖，别伤心啊，被驯哥抢走女神这件事不丢脸。"

又有人打趣："就是就是，那是小胖你的荣幸。"

"哈哈哈。"

"小胖，来笑一个。"

后排几人说话的动静大，还不时笑哈哈的，坐在前面几排的好学生忍不住转过头来说："你们能不能声音轻一点啊？打扰到别人了。"

平志勇连忙抬起头说："好好好，我们出去，不打扰你们。"

其实他们几个人虽然动静大，但不算吵闹。男孩子们调皮，虽然他们自己不爱学习，但也比较尊重爱学习的学生。

不多时，一帮男生一哄而散，直接往操场而去。

那帮人走后，坐在位置上的陈洲不由得问薛浩言："他们说的阮映是三班的那个？"

薛浩言点点头："应该是。"

陈洲笑了笑："没想到这个阮映还挺受人关注的。"

"怎么，你也关注了她？"

"那倒没有。不过她是长得挺漂亮的。你说，是咱们班的余莺漂亮呢，还是阮映漂亮？"

"余莺吧。"薛浩言回答。

陈洲点点头："不过余莺这人大小姐脾气，娇生惯养的。听三班的人说，阮映的父亲很早就意外去世了，她一直跟着爷爷奶奶生活。"

"是吗?"薛浩言不以为意,"一般这种女孩子都很缺爱吧。"

陈洲耸了耸肩:"谁知道呢。"

下午第二节课后,向凝安突然小声地对阮映说:"薛浩言要加你微信。"

阮映不相信:"你别骗我。"

"骗你是小狗。"

向凝安把聊天记录给阮映看,还真的是薛浩言主动提出要加阮映的微信。

学校里其实是不允许带手机的,但因为是暑假补课,管理上也没有那么严格,所以大部分的学生都带了手机来,包括阮映。

向凝安当着阮映的面把她的微信名片推送给薛浩言。

果然,没有多久薛浩言就加了阮映。

薛浩言的微信名是一个字:薛。

头像是一个卡通图案。

阮映看着薛浩言发来的添加好友请求:我是薛浩言。

阮映想过很多种可以和薛浩言成为微信朋友的可能性,但从来没有想过会是这一种——是薛浩言主动加她。

一旁的向凝安见阮映扭扭捏捏的,直接帮她点击了通过好友验证,阮映想要阻止都来不及。

很快,列表里就弹出了她和薛浩言的对话框,显示的是已通过好友请求验证。

时间是,下午三点半。

薛浩言主动给阮映发来了第一条消息——是一个表情包,上面写着:"还请多多关照。"

向凝安看着阮映的手机屏幕,连忙在一旁出主意:"你快回复!"

"我回什么啊?"阮映问道。

"回什么都可以,总之要回复!"

"好!"

于是阮映壮着胆子,也回了一个表情包。

消息刚发送出去,上课的铃声就敲响了,阮映依依不舍地看着手机屏幕,期待着薛浩言再发消息过来,但最终她还是选择把手机放进了抽屉里。

放学的时候，阮映放在抽屉里的手机微微振动了一下。

是她特地设置的振动，因为不想错过薛浩言的消息。

老师在讲台上老生常谈地说着周末也要多学习一下，阮映偷偷摸摸地把手机拿出来，低头看了下。屏幕上亮起提示："收到一条微信消息。"

老师在讲台上滔滔不绝，没有注意到阮映这个地方，于是她划开手机屏幕，点开微信。

然而，让阮映失望的是，并不是薛浩言给她发的消息。

X..：回去的时候等我。

阮映看着这个黑乎乎的头像，顿时像泄了气的皮球。

给她发消息的是蒲驯然，这是两个人加微信以来他第一次主动给她发消息。

阮映没有回复蒲驯然，将手机锁屏，放回了抽屉。

下午放学时间在五点，明天是周六。

晚自习还没有开始，走读的学生可以直接回家。

阮映和向凝安都是走读的，两个人放学的时候经常结伴而行。向凝安所住的小区就在学校对面，步行几分钟就能到。阮映家则稍微远一些。

和向凝安分别之后，阮映独自一人继续往家走。走着走着，她总感觉背后有人跟着，一个转身，就见到蒲驯然站在自己身后不远处。

蒲驯然没有在意阮映脸上惊讶的神色，自顾自地往前走。等走到她身边的时候，他倒是淡淡道了声："让你等我，你跑什么？"

阮映皱着眉："放学那么多同学，被人看到多不好。"

蒲驯然垂眸看着她："你心虚什么？"

"我才没有心虚。"

阮映说完却莫名开始心虚，不再理会身后的蒲驯然。

不多时，她放在口袋里的手机振动。

是薛浩言。

薛："你和蒲驯然认识？"

阮映等了一下午的消息，没想到等到的却是薛浩言问她认不认识蒲驯然。

她下意识四处看了看，怀疑薛浩言看到了她和蒲驯然走在一起。

不过薛浩言的家在她家相反的方向，不可能会走到这条道上来。

但无论如何，是薛浩言主动发来的消息，这已经足够让阮映感到高兴了。

阮映回复："认识的，我们两家以前是邻居。"

薛浩言："哈哈。"

薛浩言："周末有空一起写作业啊。"

阮映看着薛浩言的消息，简直不敢相信自己眼睛看到的。

天哪！他说要一起写作业！

该怎么回复呢？

直接答应？这样会不会显得她不够矜持？

还是婉言拒绝？可阮映的心里是一万个想要答应。

这时，忽然响起一阵急促的喇叭声，紧接着，阮映感觉到自己的手臂被用力一扯。她连连往后退了几步，撞进蒲驯然的胸膛。

阮映完全没有反应过来是什么情况，就见到一辆电动车急促地停在她面前，坐在电动车上的中年男人骂骂咧咧："走路也不看的吗？你是不是瞎了啊！"

阮映连忙道歉："对不起，对不起！"

蒲驯然将阮映拉到自己的身后，语气不善地对中年男人说："你搞清楚，这里是人行道，不是电动车道，你开那么快赶着去投胎啊？"

中年男人恶狠狠地盯着蒲驯然，想说些什么。

蒲驯然先发制人："看什么看？"

"神经病！"中年男人扭动手柄，开着电动车就跑了。

蒲驯然这副刺头的架势，任谁看了都要忌惮几分。

中年男人本来也理亏，跑得比谁都快。

蒲驯然转而看着阮映，一改刚才的狠色，淡淡询问："没事吧？"

阮映紧紧攥着手机，摇摇头。

她才刚刚反应过来，知道是自己的不对。在马路上分神看手机，这是大忌。

"手机里有什么，盯着它连路都不看了？不知道大马路上这样很危险吗？"蒲驯然的眉头微微皱着，说教的样子像个严肃的家长。

阮映有些难堪。

更让她感到羞愧的是，蒲驯然说的话并没有错。

当年父亲是怎么意外去世的，阮映再清楚不过。正是因为在路上分神讲电话，这才造成了意外。

这件事是阮家上下的痛，所以爷爷奶奶千叮咛万嘱咐阮映上下学路上一定不要开小差，要注意左右看看来往的车辆。阮映也一直都很注意的，可今天却太得意忘形了。

蒲驯然说完才意识到自己的语气似乎有点重。阮映低着头，像是一个做错事的小孩子那般手足无措。

"下次别这样了。"蒲驯然摸了摸自己的后颈，有些不自然地说道。

阮映点点头，声音有些发颤："对不起。"

蒲驯然听她的语气就感觉不对劲了："喂，你该不会哭了吧？"

"没有。"阮映逞强地转过身，继续往前走。她把手机放回口袋，不再分心去想其他的。

夏日的傍晚，空气中还带着暑气，阳光的热辣已经消散许多。

蒲驯然走在阮映的身后，越发觉得不太对劲。他两步走上前，见到阮映的一双眼睛红得像兔子眼。

"别哭啊，好好好，我刚才语气是重了点，我道歉好吗？"蒲驯然软下声。

阮映侧头看了一眼蒲驯然，解释："我没有因为你的原因哭，我只是想到了其他事情。"

她不是爱哭的人，顶多就是触景伤情，眼眶有些湿润而已。

蒲驯然微微抬了一下眸，眼底有些疑惑。

阮映没有扭捏，说："我想到我爸爸了，他就是在马路上发生意外的。"

蒲驯然了然地点点头，没有继续这个话题。

对于阮映的情况，蒲驯然多少是了解的，也没有继续这个话题的必要。

两人从原本的一前一后，渐渐地并排而行，不知不觉就走到了小区里。

远远地，阮映看到爷爷正在水果店门口切西瓜，于是大声喊道："爷爷，我们回来了！"

因为这句话，蒲驯然看了一眼阮映。阮映在喊"爷爷"的时候眼睛里是有光的，她的嘴角会不自觉上扬，五官精致，唇红齿白，满脸都是喜悦。一抹夕阳刚好照耀在阮映的身上，像是给她洒了一层金光。

爷爷连忙转过身来，笑着说："你们回来啦，刚好吃西瓜！"

又是一批刚下的西瓜。

最近天气炎热,西瓜尤其畅销,就像爷爷前些天说的那样,到了吃西瓜的季节,所有的水果在它的面前都不值一提。

阮映自然不会客气,大步上前接过爷爷手上的西瓜,大快朵颐。

蒲驯然见阮映不久前还红着眼眶,这会儿又吃得不亦乐乎的样子,不由得笑了笑。

小丫头没心没肺的,害他紧张了半天。

也不知道是不是因为蒲驯然在路上"救"过阮映,她总觉得有些心虚。

奶奶还在做饭,阮映帮不上什么忙,就拿出书来看了一会儿,刻意避开蒲驯然。

蒲驯然见阮映故意避着他,就越要往前凑。

"在看什么?"他漫不经心地靠在收银台前问。

阮映把语文书封面朝他亮了一下,继续看自己的书。

她正在看的是李白的《蜀道难》,估计说了他也不会懂。

蒲驯然淡淡瞥了一眼,不再多说什么。

爷爷正好进来,对阮映说:"你别总是自己埋头看书,也要和阿蒲一起看书一起讨论。都说三人行必有我师,你懂的可以分享给阿蒲,阿蒲知道的也可以告诉你。"

不是阮映不想跟蒲驯然一起分享,而是她清楚蒲驯然肯定不知道。

这会儿水果店没什么人,爷爷就坐到了阮映的旁边,见她正在看课文,就问她:"你知道这个蜀道指的是哪里吗?"

阮映连忙回答:"这个我当然知道,是指从陕西、甘肃等地进入四川的道路。"

爷爷转而问蒲驯然:"你见多识广,应该也知道吧?"

蒲驯然摇头:"不是很清楚。"

阮映强忍着笑意,又听蒲驯然说:"之前去过四川广元的剑门关,听导游说那一块就是蜀道经过的地方。"

"真的吗?那你走完蜀道了?"阮映半信半疑。

蒲驯然说:"不知道算不算走完了。南起成都,过广汉、德阳、罗江、绵

075

阳、梓潼,越大小剑山,经广元而出川,在陕西褒城附近向左拐,之后沿褒河过石门,穿越秦岭,出斜谷,直通八百里秦川。我也只去了这几个地方,也就是所谓的古蜀道。"

不管是真是假,单单是这一连串的地名,阮映都分不出哪里是哪里。她自幼在B市长大,连省都没有出过,更别提去剑门蜀道。

爷爷跟着说:"我年轻的时候倒是去过秦岭一带,山路狭窄且难走。"

蒲驯然点点头:"现在倒还好,坐车方便。不过有一段路依旧难走,就像书中说的那样'青泥何盘盘,百步九折萦岩峦,连峰去天不盈尺,枯松倒挂倚绝壁'。但不得不说,景观是真的很绝,有机会的话是可以走一走。"

阮映是真的惊了。

她没有想到蒲驯然居然会背出《蜀道难》的句子,还字正腔圆没有背错。他不仅背出来了,更厉害的是他还去过那些地方。

有那么一瞬间,阮映觉得蒲驯然好像又不一样了。他一脸平平无奇地叙述着这一切,却让她颇为震撼,仿佛这一切都是蒲驯然与生俱来所拥有的经历。

蒲驯然一侧头,就见阮映呆呆地看着自己,他伸手在她脑门上轻轻拍了一下,吊儿郎当地用舌尖顶了一下腮帮,笑道:"怎么,被哥哥迷住了?"

阮映拍开蒲驯然的手,一脸无奈:"知道自大加一点是什么吗?"

蒲驯然还真的思考了一下,微微蹙眉:"什么?"

阮映扬着眉,一脸狡黠的笑意:"臭啊!说的就是你。"

"阮映,你好样的。"

阮映朝他扮了个鬼脸。

饭后,阮映的手机"叮叮咚咚"有不少动静。

都是向凝安发来的消息,她一个劲地问阮映和薛浩言之间聊了什么。

阮映也没有隐瞒,把下午和薛浩言之间的对话发给向凝安看了。

向凝安看到阮映和薛浩言的聊天记录后简直比阮映本人还要激动。

向凝安就对阮映说:"你一定要主动啊!他都约你一起写作业了。"

向凝安:"他约了你就答应,别太矜持了!"

阮映心里虽然喜滋滋的,却也保留了一些看法:"他应该是那种很爱交朋友的人吧,我们班就有好多同学有他的微信。"

向凝安:"那能一样吗?你是薛浩言主动要加的,在他心目中的分量肯定不一样!"

这么一句话,瞬间让阮映心情大好。

她低着头,和向凝安一来一回地发消息,嘴角还带着不自知的笑意。

奶奶在一旁见阮映聊得那么开心,就问:"映映,你跟谁聊天呢?"

阮映头也没抬地说:"向凝安。"

"今天不着急写作业吗?"奶奶问。

阮映说:"明天和同学一起去市图书馆写。"

阮映和薛浩言约好明天早上去市图书馆写作业。

也正是因为这件事,她现在心情别提有多好。

这两天都在复盘试卷上的错题,所以作业量并不是很大。按照阮映写作业的速度,基本上可以很快写完,所以她才要留着作业,好到时候和薛浩言一起写。

奶奶听闻,连忙对阮映说:"那你拉上阿蒲跟你一起写作业。"

"他?"阮映这会儿心情好,忍着笑意,"他肯定不会写作业的。"

让一个年级倒数第一的人写作业?

简直天方夜谭。

奶奶却不相信阮映的话,说着喊外面的蒲驯然:"阿蒲。"

阮映连忙捂住奶奶的嘴巴:"奶奶,其实我是和同学一起写作业,不方便带上他。"

"这有什么不方便的?"

"他毕竟是男生啊。"

谁料奶奶却说:"男生又怎么了?只要不耽误学习,这有什么关系呢?"

因为家庭环境的影响,阮映成了一个积极向上的人。爷爷奶奶都是老师退休,他们也有自己的一套教育理念,从来不会逼着阮映做什么,也不会干涉她做什么。奶奶总是会很耐心地引导阮映,就像是现在。

奶奶拍拍阮映的肩膀,问:"要不要去散散步?"

阮映说:"好。"

一出去,就见到蒲驯然和邻居家那个三岁的小朋友顶顶玩。

蒲驯然手上拿着小号的篮球,顶顶就追在他的身边嬉戏。

顶顶十分捧场,双手用力鼓掌,大声地喊:"哥哥真帅!哥哥真帅!"

蒲驯然力气大,一把将顶顶抱起来扛在肩膀上。顶顶那叫一个开心,笑得"咯咯咯"的。

顶顶的奶奶也站在一旁,跟着说:"顶顶以后也要长得跟哥哥一样高,这样就帅气了。"

蒲驯然也不谦虚,说:"长得像哥哥我这么帅气可能有点难度,不过你努努力不挑食,没准能达到哥哥我二分之一的帅气。"

阮映忍不住"扑哧"一笑,说:"蒲驯然,你快收敛收敛吧。"

蒲驯然淡淡扬眉:"收敛什么?这难道不是事实?"

阮映愣了愣。

她可真服了蒲某人。

第二天一大早,阮映就拿着作业和习题册去了市图书馆。

奶奶知道阮映要出门,还特地给她微信上转钱,让她出门在外要抢着付钱,不要蹭人家的。

阮映自己身上也有钱。平日里爷爷和奶奶给她的零花钱就多,加上逢年过节什么的都会有亲戚给她塞钱,她其实是个名副其实的"小富婆"。

整个阮家上下对阮映都格外照顾,或许是因为她早早没了父亲,又或许是她的母亲改嫁,亲戚朋友看待她的目光里总是带着怜爱,爷爷奶奶对阮映更是近乎溺爱。好在阮映是一个值得被疼爱的孩子,从小阮映就是别人口中的孩子,她长得好看,成绩优异,嘴巴也甜。这样一个女孩子,几乎没有人会不喜欢。

阮映到市图书馆的时候是上午八点。

因为今天是周六,图书馆里倒是有不少学生。

阮映挑选了一个僻静的位置,然后拿出自己的练习册低着头开始写。

起初她还会紧张,不知如何面对等会儿过来的薛浩言。但渐渐地,她沉浸在习题当中,便忘了等人这件事。

薛浩言迟到了。

约定的时间是八点半,但是八点四十分了他还没有出现。

不过阮映也没有催促,她独自一个人安安静静地坐在那里写作业。

等到八点五十分的时候,薛浩言主动给阮映发了消息。

薛浩言:"抱歉抱歉,我有点事,要迟点来。"

阮映看到消息，十分理解地回复道："没事，你先把事情忙完吧。"

薛浩言："你不会生气吧？"

阮映："当然不会。"

薛浩言："那就好。"

不多时，向凝安来了。

阮映见到向凝安，连忙招招手。

向凝安一边拿手扇风，一边走来，小声地对阮映说："这大清早的就那么热。"

没办法，谁让这就是夏天呢。

好在图书馆里开了空调。

原本是薛浩言主动邀请阮映一起写作业，但阮映怕只有两个人太尴尬，于是拉向凝安一起。

向凝安当然不会客气，爽快答应了。

入座后，向凝安不客气地拿起阮映的水壶喝了一口水，问："薛浩言呢？"

"他还没来。"

"还没来啊？"向凝安无语，"他约你一起写作业，他居然好意思迟到？"

"没事，他被别的事情耽误了，还发消息跟我说过了。"

"这样还差不多。"

向凝安转而认真看着阮映，末了点点头："我说啊，你就该这样打扮打扮，更好看了。"

阮映脸颊一烫："你看出来我化妆了啊？"

"化妆？"向凝安不敢置信地凑近阮映，"你哪里化妆了？"

阮映指了指自己的嘴唇："我涂口红了。"

向凝安无奈地翻翻白眼："涂个口红就叫化妆了？你这口红的颜色涂了跟没涂似的。"

阮映没说什么。

但阮映今天是真的很不同。

她把一直扎起来的长发放下来，看起来和平日在学校里的样子很不同，显得清新的同时又不乏一些韵味。

看得出来，阮映今天是精心搭配过穿着的，不会像之前一样一套运动服走天下。她穿了一件白色的针织短袖外加百褶裙,很符合这个年龄段的秀气。

到底是快要十七岁的女孩子,是人生最美的一个阶段,更何况阮映长得也出挑。

到十点钟的时候,薛浩言才终于姗姗来迟。他穿了一身运动套装,看起来十分阳光。

薛浩言一到就连连道歉,说自己家里有点事情,还很周到地准备了一份赔罪的礼物给阮映。

是一个很小的水晶球,直径大概才五厘米,还是阮映最喜欢的粉红色的。水晶球里面有一只小黄鸭,还有很多银色的闪粉。特别梦幻可爱的小物件,十分精致惹人喜欢。

一旁的向凝安见了,连忙从阮映的手里抢过来玩,不忘调侃:"这位薛同学,你是不是忘了这里还有一个人啊?"

薛浩言笑着说:"我的错我的错,下次给你赔罪。"

"算了算了,反正我只是来凑数的。"向凝安把水晶球还给阮映,又朝她眨眨眼。

阮映觉得此时此刻的自己就像是这个水晶球里的小黄鸭,泡在水里面,整个人晕乎乎的。

她真的没有想到自己会收到薛浩言的礼物,还是她那么喜欢的东西。对她来说,这是千金不换的、可以当成宝贝的礼物。

阮映小心翼翼地把水晶球放进了自己的书包里,一抬头,刚好对上薛浩言的双眼,赶紧仓皇地转移视线。

薛浩言大方地笑了笑,说:"有什么不懂的问题吗?可以问我。"

向凝安笑着说:"哎哟,你就这么自信你都知道啊?"

薛浩言一顿,笑着说:"可以一起讨论。"

阮映还真的有不理解的问题,而且刚好是她薄弱的数学。她指着试卷上的题目给薛浩言看。薛浩言看了看,微微皱眉,说:"等我看看这个题目,这个题目好像有点问题。"

"嗯,我也觉得这个题目怪怪的。"

上午十一点半的时候,薛浩言提议去吃饭,他请客。

他说是他迟到在先,请客是必然的。

中午他们三个人就去吃麻辣烫,便宜实惠。

不过等到要付款的时候,薛浩言才知道阮映已经提前付过了。

现在手机支付十分方便,也不需要掏现金,阮映付钱的时候很顺手。

薛浩言知道后有些意外,对阮映说:"这么看来,下次我一定得请回来了。"

阮映的脸有点红,说:"不用不用。"

"让你一个女孩子付钱,怎么说得过去?"

向凝安连忙说:"那你下次再请回阮映吧,谁也不欠谁,反正我是来吃白食的。"

下午过得飞快,三个人写起作业时间不知不觉流逝,等抬头看一眼表,发现已经四点多了。

三人相互告别,各自回家。

阮映家和向凝安家在同一个方向,所以一起走。

两人打打闹闹的,来到了市政府前的广场。

市政府前的广场一向是男女老少的聚集地,这里总是比其他地方要热闹一些。

广场中心有假山流水,还有不少绿化植被,很适合平日里休闲散散步。

到了周末的时候,这里还会举办一些小型的活动。没事的时候阮映会和奶奶一起到这里散步,奶奶多数时候会跳一会儿广场舞。老太太动作不整齐,但好歹还会扭一扭。

这会儿广场上围聚了不少人,似乎是在举办什么活动,向凝安一看这个阵仗就拉着阮映要去凑热闹。

阮映不是很想去,反手拉着向凝安说:"不早啦,还要回家呢。"

向凝安说:"回家也不急这一会儿嘛,我们去看一眼。"

广场中心有一些年轻人在跳街舞,放着有节奏的歌曲。她们人还没到,就能听到那些动感的音乐,让人不由自主想要跟着摇晃。

阮映不是很喜欢这种吵闹的音乐,她喜欢听的都是舒缓的轻音乐。

"好像有很多帅哥呢!"向凝安一脸兴奋。

阮映无奈:"你啊你,一天到晚就是帅哥帅哥的。"

"帅哥才养眼嘛。"

"小花痴。"

两人走近一看,发现广场中间围了一个圈,很多少年在圈中间跳街舞。

学校里每逢元旦会演的时候也有人跳街舞,街舞节目必定是最受瞩目的。这个年纪的孩子喜欢这种酷帅十足的东西。

现场还有主持人,拿着话筒介绍:"今天上场的是我们的STORM街舞社,以及酷赛街舞工作室,大家掌声再热烈一点……"

后面主持人说了什么话阮映完全没有听进去,因为她看到了一个人。

是蒲驯然。

此时的蒲驯然正在和身旁的一个男人说话,他神色轻松,嘴角微微上扬。

随着一段节奏感极强的音乐响起来,预示着两个街舞社的人要开始进行一场友谊赛。

不远处的蒲驯然也不再和身旁的人讲话,专注舞池。

他站在舞池旁边,弯着腰双手撑着自己的膝盖,认真看着舞池里的比赛。有人时不时低头在蒲驯然耳边说话,他漫不经心听着,脸上的表情肆意。

阮映后知后觉地发现,全程她的注意力似乎都只在蒲驯然一个人身上。

他撩衣服擦汗水,他歪脑袋低笑,他和别人低声说话……

站在蒲驯然身边的是一个黑人男孩,他们除了语言交流,似乎还切磋技艺,动作幅度不算大,但也足够吸引人。

现场气氛火热,到处都是尖叫声。年轻人占了大多数,看起来都是活力四射的,他们打扮得前卫潮流,透着一股潇洒。有的人身上露出一大片文身和花臂,看起来气势汹汹的;有的人cosplay(角色扮演),看起来足够可爱。

这似乎与阮映认知中的街舞不同,她以为街头舞蹈是弥漫着硝烟的战场,但其实并不然。

"拍到蒲驯然没有?"

"拍到了,拍到了!"

"记得还要拍周柏元啊!"

"拍了拍了,一个不落!"

"今天这一趟来得可真值得啊!"

"谁说不是呢!"

向凝安也认出了蒲驯然,更加激动地拉着阮映的手,说:"你看到蒲驯然了没有？"

"看到了。"阮映回答。

"天啊，他太酷炫了吧！比在学校里的时候帅一百倍！"

阮映后知后觉地意识到，她以为的那个自恋自大的男孩，其实是全场最耀眼的。他仿佛天生就是众人的焦点，舞池里是风景，他也是一道风景。

很多人在叫蒲驯然的名字，尤其是女生。

嘈杂的音乐声、鞋底与地面的摩擦声、人与人之间的交谈声……不绝于耳。

阮映仿佛来到了一个异度空间，这是她全然不知道的世界。

这里热情、肆意、律动。

阮映在某一个时刻对上了蒲驯然的视线。他朝她微微抬了一下眉，没有刻意耍帅，更像是在用眼神询问她为什么在这里。

阮映也不知道自己是怎么来到这里的，可能是她误闯了一个新世界，一个关于蒲驯然的全新世界。

阮映心里莫名有些慌乱，不管三七二十一，拉着向凝安就跑。

向凝安一头雾水："映映，跑什么啊？"

"不想看到蒲驯然。"阮映说。

好在向凝安也理解阮映，没有继续追问，两人就一起回了家。

只不过阮映走后，广场上的蒲驯然却一直望着她的背影。

他看着阮映过了马路，又见阮映消失在了街角，确定她这次走路没有分心，这才不紧不慢地收回视线。

今天的阮映看起来挺不一样的，蒲驯然一眼就看出来了。

不过更让蒲驯然印象深刻的是她刚才看他的眼神，眼波清浅澄澈，双眸明耀动人。

"喂，终于舍得把注意力转到场上了啊。"一旁的周柏元手臂轻轻搭在蒲驯然的肩膀上。

蒲驯然半蹲在地上，思绪有点乱。

周柏元俯身在蒲驯然耳边说："我可看到了啊，那边有一个姑娘。"

蒲驯然瞥了周柏元一眼："不是个瞎子都能看到。"

"你对我的态度能不能温和点？"

"怎么办？你又不是姑娘。"蒲驯然笑得匪气，他起身，舒展了一下脊背。这个年纪的他本来就是少年，身上的线条流畅。

周柏元还想说话，被蒲驯然打断："废话少说，盯好了。"

周柏元耸了一下肩，认真而专注地看着场上。

蒲驯然也收起了懒散的样子，整个人都透着一股专注认真。

周围很快有女孩子窃窃私语：

"周柏元和蒲驯然同框，我太幸运了吧！"

"多拍点吧，机会难得。"

蒲驯然和周柏元两个少年站在一起，风华正茂。他们身高差不多，有着同样优秀的外貌，骨子里也是很相似的人。

蒲驯然是两年前加入的 STORM 街舞社，原因就是身边这位同龄的少年周柏元。

当初为了求蒲驯然加入街舞社，周柏元使尽了浑身解数。只不过蒲驯然对于街舞的兴趣并不大，顶多只是打发打发时间。

周柏元对于街舞才是真正的热爱，他想要的是世界冠军，想让全世界的人看到华人也能做出高难度的舞蹈动作。

蒲驯然没有那么伟大的梦想。

他们两人以前初中同校，都在 B 市外国语学校。B 市的人都知道，那是贵族学校，一般要进这所学校非常困难。初中毕业后，周柏元继续在外国语高中部就读，蒲驯然则转了学。

要不是蒲驯然坚持要转学，周柏元还真的不能把他拉到 STORM 街舞社来。

在 B 市外国语学校时，蒲驯然的成绩相当优异。他一直以为，成绩优异能够获得家人的认同，得到父母更多的关心，可事实并非如此。当他兴致勃勃地拿着全国英语大赛一等奖的奖状给母亲看时，母亲却对他说："然然真乖，这样就不用妈妈太操心了。"

蒲驯然满心欢喜地以为自己得到了认同。

第二天蒲驯然放学回家的时候，却怎么也找不到母亲的身影。家里的阿姨支支吾吾地对他说："你妈妈走了，带了好多行李。"

蒲驯然发了疯似的给母亲打电话，却怎么都打不通。他还给父亲蒲德本打电话，但电话那头的父亲语气里充满了不耐烦。

大概是从那个时候开始，蒲驯然就不太爱学习了。

初中还未毕业时，蒲驯然就想过辍学。有段时间他旷课闹得尽人皆知，这才使得校方联系上了他的父母。可父母一见面并不是关心蒲驯然，而是喋喋不休地争吵。

其实当时以蒲驯然的条件，完全可以继续留在外国语学校，可他执意转学。因为当时天真的他以为只要他闹出的动静越大，就越能获得父母的关注。

后来蒲驯然就转到了 B 市城北高中。

城北高中虽然比不上外国语学校，但在 B 市也能排得上名次。

对于蒲驯然转校一事，最愤慨的人莫过于他当时最好的朋友周柏元。

周柏元当时给了蒲驯然两个选择：要么蒲驯然来 STORM 街舞社，要么两个人从此陌路。

蒲驯然选择了前者。

晚上七点多的时候，阮映收到了一条微信。

是蒲驯然发来的。

X..:"在哪儿？"

阮映回复："家里。"

X..:"下午看见我跑什么？"

阮映："谁看见你跑了？我急着回家吃晚饭。"

X..:"你家什么时候下午四点吃晚饭了？"

这段时间蒲驯然经常在阮映家里蹭饭，也算是总结出来了一些规律。

基本上，老太太都会在六点左右把饭菜摆上桌，吃饭前，阮映要先吃一些水果垫垫肚子。

阮映这会儿正靠在椅子上塞着耳机听轻音乐，于是她随便找了个借口搪塞。

阮映："不喜欢那么吵闹的音乐，吵得耳朵要聋。"

X..:"是吗？说说看，你喜欢什么音乐？"

阮映刚好在听一首纯钢琴曲《水边的阿狄丽娜》，就跟蒲驯然报了钢琴曲名。

她并不知道这首钢琴曲背后有什么含义，只是单纯觉得很安静，听起来很舒服。

X..:"嗯。"

一时间没了下文。

阮映这会儿闲着没事干,抬头看着窗外将晚的天色。

这个时间点,正值黑夜和白昼交替,天地灰蒙蒙一片,天空中的云一层叠着一层,像是要掀起巨浪。

她正望着天,忽而手机又振动,还是蒲驯然发来的消息。

蒲驯然给阮映发来了一个几十秒钟的短视频。

阮映好奇地点开,首先映入眼帘的是一双骨节分明的手,继而是黑白的钢琴键。

随着视频被打开,手指在琴键上跳动,婉转音乐随即流淌出来。刚好就是她在听的这首《水边的阿狄丽娜》。

蒲驯然正在一家高档餐厅用餐,恰好餐厅里就有钢琴。

他莫名其妙心血来潮,在钢琴前坐下来,录了这么一段发给阮映。

镜头里没有露出蒲驯然的脸,所以阮映也不知道这是谁弹奏的。他们两个人的关系,还并没有到靠一双手就能认出蒲驯然的地步。当然,阮映打死也不可能想到蒲驯然居然会弹钢琴。

七月份补课的日子对绝大多数的学生来说算是煎熬,可对阮映来说却充满了期待。

不知不觉间,阮映和薛浩言之间似乎更熟悉了。他们不再是陌生人,而会互相打招呼。多数时候都是薛浩言主动跟阮映打招呼,还会偶尔跟她打趣,逗一逗她。

这天午间,阮映走在树荫下时,薛浩言故意在她身后说:"阮映,你身上有一只虫子!"

阮映不慌不忙,转头问:"哪里?"

薛浩言有些意外:"你不怕?"

"不怕。"阮映说着伸手拍了一下自己的后背,这才知道薛浩言是在和她打趣。

薛浩言说:"你是我见过的第一个不怕虫子的女孩子。"

大多数女孩子一听到自己身上有虫子,第一件事就是急得跳脚,但是阮映并没有。她一脸淡然,看起来是真的不害怕。

阮映说："我不仅不怕，还敢抓虫子。"

"这么厉害。"薛浩言一脸笑意，"你还真是有趣。对了，我还欠你一顿饭，哪天有空，回请你。"

"不用不用。"阮映拒绝，"要是你实在想要请，可以请我喝一杯奶茶。"

"好说。"

"开玩笑的，不用请。"

"那可不行。"

阮映是真的不打算让薛浩言回请自己。

可第二天午休的时候，阮映的桌上就多了一杯奶茶。

还是她最喜欢的口味。

阮映一进教室，学习委员陈优乐就一脸笑嘻嘻地对她说："阮映，你和薛浩言是什么关系啊？"

阮映脸上一烫，说："没什么关系啊。"

"没什么关系他给你买奶茶呀？"陈优乐说，"真的假的呀？"

爱八卦是这个年纪的人的共性。

阮映红着脸说："真的呀，骗你干什么。"

她连忙把奶茶收起来，不再让同学看到。好在这会儿班级里人也不多。

下意识地，阮映拿出手机，给薛浩言发了条消息："你还真的给我买奶茶了呀？"

那头薛浩言几乎是秒回："那可不，欠你的。"

阮映："你太客气了。"

薛浩言："你跟我还不是一样客气。"

阮映不知道说什么，就发了个表情包回去。

原以为薛浩言不会继续和她聊下去，没想到他又主动发来消息："我买的奶茶是你喜欢的口味吗？"

阮映看了眼消息，又低头看了眼自己手中的奶茶。

她最喜欢的就是杨枝甘露，也只认这个牌子。她爱柠果、爱充满凉意的碎冰、爱西米和西柚。

阮映抿着唇笑着回复薛浩言："喜欢。"

薛浩言："那就好，以后可以经常给你买。"

在阮映的心目中，薛浩言是高不可攀的高岭之花，是她的日月星辰，是她学习的动力，她不敢奢求两个人之间会有更深的交集。

然而真的有这么一天了，却让阮映有些不知所措。

又或许，她是不知道怎么处理。

不巧的是，这会儿向凝安也不在班级里，阮映不知道该找谁去诉说。

阮映一抬头，刚好看到范萍在看手机。她本无心偷看范萍手机上的内容，但还是一眼就看到范萍正在看蒲驯然的照片。

这张照片似乎是偷拍的，照片上蒲驯然的穿着打扮是今天的样子，他站在食堂里，手上端着一个餐盘，整个人懒懒的，好像没睡醒似的。

阮映有些意外。

在阮映的眼中，蒲驯然简直就是蛮横无理、偏执暴躁的代名词，没想到范萍的手机上居然会有蒲驯然的照片。

说起来，自从七月补课开始，阮映就一直没有和范萍说过话。可身为前后桌，她们两人之间又避免不了会有一些其他接触。

向凝安就一直在她们两边做工作，希望她们两个人的关系能够和好如初。

可女孩子之间的关系真的很微妙，说不清道不明。

楼上，高二(4)班，午休时间大部分同学还在吃饭，教室里只有零星几个人。

这会儿，陈洲正拿着薛浩言的手机，他一边看一边笑，说："阮映还真的正经，你觉得她现在会是什么表情？"

"正经"在陈洲口中可不是什么好词。

事实上，刚才是陈洲拿着手机在和阮映发消息，就连送给阮映的那杯奶茶都是他跟薛浩言打赌打输了去买的。

陈洲跟薛浩言打了个赌，陈洲赌的是阮映这个人很不好相处。

薛浩言却一脸笃定地说："阮映挺好说话的。"

陈洲不解地问薛浩言："你从哪里看出来？"

"感觉上。"薛浩言不太在意地说。

陈洲又说："继续打个赌呗。"

"赌什么？"薛浩言问。

陈洲："我想想啊……"

正说着，楼梯口上来一帮男孩子。

不用说，平志勇身后的都是和他一起玩的那帮男孩子，其中还有蒲驯然。

他们刚打完球回来，陈立强追着平志勇打闹。忽然平志勇停下脚步，害得陈立强差点一头撞上去。

陈立强见平志勇站在那里，忍不住问："你干吗呢？"

蒲驯然远远落在后面，走近后，微微蹙着眉："都挡在门口干什么？"

这时候平志勇才开口："喏，薛浩言。"

陈立强跟着说："哦，原来是看到了墙头草啊。"

平志勇："那可不，我们来打赌看看风吹时这墙头草会不会两头倒？"

此话一出，引起一阵哄笑。

蒲驯然的视线淡淡落在薛浩言的身上，索性就靠在栏杆上看好戏。

"那可不！"

但薛浩言显然也不是吃素的，闻言上前用力推了一把平志勇。

平志勇不甘示弱："你推我！"

眼看着就要打起来的阵仗，却听蒲驯然掷地有声地喊了句："平志勇。"

平志勇伸出去的手停在半空中，只听蒲驯然用漫不经心的语调说："吃一堑长一智的道理，你怎么就是学不会呢？"

第四章
一幕幕从未想过的童话篇章在悄然上演

蒲驯然说着走到平志勇身边，把胳膊搭在平志勇的肩膀上。

平志勇矮了蒲驯然一个脑袋有余，站在他身边像小人儿似的。

蒲驯然懒懒地靠在平志勇身上，凌厉的目光却看着薛浩言。

薛浩言咬咬牙，说："蒲驯然，你想怎么样？"

"我想怎么样？"蒲驯然像是听到什么笑话似的，"我们阿勇这个家伙虽然傻里傻气的，但拳头不认人。好学生，我现在帮了你，你也不说一声谢谢，这就有点说不过去了。"

"我让你帮了吗？"薛浩言也不甘示弱。

两个人面对面，身高不相上下。

薛浩言似乎代表了正派一方，而蒲驯然则浑身上下透着一股子野蛮。

蒲驯然吊儿郎当地轻叹一口气，朝薛浩言走近一步。

两人之间距离缩短，身高差也越发明显，腿长的蒲驯然高出了薛浩言好几厘米。

"哎呀，那可能真是我自作多情了呢。毕竟我们好学生一开口，老师自然就会向着你。"蒲驯然满脸不屑，伸手推了一下往薛浩言的肩膀，将他推向一边,力道说不上很重,却让薛浩言一个踉跄。

蒲驯然又笑着说:"那麻烦我们的好学生让一让,正所谓,好狗不挡道。"

薛浩言一让开,教室门口就畅通了。

蒲驯然踩着张扬的步伐进了教室,没有再理会身后的情况。而原本堵着薛浩言的那些男生,也不再理会薛浩言,一个个跟着蒲驯然一起进了教室。

有时候,比起被针对,这种被无视看轻的感觉更加让人窒息。

四班很多男生都不喜欢薛浩言,且多数都是蒲驯然那一阵营的。

这种不喜欢并非空穴来风。

高一的时候,四班有几个男同学一起打篮球比赛。薛浩言明明犯规,却不承认,最后比分落后,还把责任全部推卸给队友。

这几天,就连奶奶都看出来阮映的心情很好。

饭桌上,奶奶忍不住问阮映:"映映,在学校里有什么好事吗?"

阮映吃饭说不上多秀气,大快朵颐着,回答奶奶:"没有啊。"

"那我瞧着你心情看起来很不错。"奶奶又给阮映夹了一块鸡腿。

阮映吃了一口鸡腿,连连称赞:"奶奶做的饭菜就是比食堂里的好吃一百倍。"

奶奶一脸欣慰的笑容,突然又想起了什么似的,对阮映说:"阿蒲好些天没来了,也不知道他最近过得怎么样。"

阮映不以为意地说:"奶奶,他自己有家啊,天天来我们家算什么事。"

阮映知道蒲驯然家里的情况,虽然他父母不在身边,但家里有保姆,住的地方还跟个宫殿似的。

再怎么都轮不到他们家来同情。

奶奶看了阮映一眼,说:"映映,你可别当着阿蒲的面说这种话。我们好歹多年前都是邻居,他奶奶曾经还救过我一命。他来我们家吃饭只是多一双筷子的问题,你不能这么没有礼貌。"

阮映有些羞愧,连忙说:"知道了。"

数年前,就是奶奶被诊断出有心脏病的时候,正好蒲驯然的奶奶在身边。若不是蒲驯然的奶奶及时找人帮忙,恐怕现在阮映的奶奶已经不在了。

那个时候根本没有手机，从村子里到大医院走路起码都得一个小时。

蒲驯然的奶奶硬是背着阮映的奶奶，一路边走边喊，这才有好心人帮忙一起将阮映的奶奶送到了医院。到了医院之后直接进了急诊，医生说再晚一点就救不活了。

所以阮家一直记得这份恩情。

奶奶对阮映说："你明天在学校里碰到阿蒲，就让他来我们家吃饭。外面的饭菜再好吃，也不如咱们自己做的好，更何况你们都还在长身体呢。"

阮映心里虽然一万个想要拒绝，但还是点点头说："好。"

其实根本不用在学校里碰面，阮映只要在微信上发个消息给蒲驯然就好。

当天晚上阮映就给蒲驯然发了消息。

阮映：奶奶让你明天来吃饭。

蒲驯然倒也很快回复。

X..：奶奶让我来的，还是你让我来的？

阮映无语：当然是奶奶啊！

X..：奶奶真是客气，我怎么好意思天天来？

阮映心想这人还有点自知之明啊。

阮映：你也可以不来啊。

X..：奶奶都亲口邀请了，我怎么好意思不来？

阮映：你可真是三斤面粉包个包子。

X..：？

阮映：厚脸皮。

X..：哎哟，看来你很了解我嘛。

阮映：了解你个头。

X..：想不想更了解我？

阮映：神经病！我才不想。

X..：别人想了解都没有机会，你不赶紧把握？

阮映看着蒲驯然回复过来的消息，觉得好气又好笑。

她也不想败下阵来，又给他发消息。

阮映：好呀，我想知道考试永远倒数第一名是什么感觉？

X..：怎么，你对我考倒数第一这件事很介意？
阮映：我只是觉得，正常人都不可能考那么差。
X..：也是，这样显得我很不正常。
X..：要不，你给我辅导辅导？
阮映：我才没有那么闲。
X..：那你问那么多。
阮映：不是你让我了解你的吗？
X..：好像是的。
阮映：瓜分分的。
X..：这样，我下次进步一些，你给我点什么好处？
阮映：嗯？
阮映：我为什么要给你好处啊，学习是你自己的事情。
阮映：有本事你考年级第一啊。
X..：真的？
阮映：你真的能考到再说吧。

不知不觉间，阮映和蒲驯然之间的对话似乎越来越肆无忌惮。
没了一开始的隔阂，也少了陌生。

第二天阮映出门的时候，奶奶还嘱咐了她一句："记得喊阿蒲过来吃晚饭。"
阮映说："我昨晚就跟他说了，他会来的。"
"那就好，我这会儿就去买菜。"
阮映看得出来奶奶很喜欢蒲驯然。

事实上，蒲驯然在长辈面前那副乖巧的样子的确很讨人喜欢，和私底下在阮映面前那副自大又自恋的样子截然不同。蒲驯然不仅招老人家喜欢，还挺招小孩子喜欢的。这几天蒲驯然没有过来，隔壁家的顶顶一见到阮映就一直问——"阿蒲哥哥怎么没有来呀？""阿蒲哥哥什么时候来呀？""阿蒲哥哥说他要教我打篮球的！"

怪不得蒲驯然这人这么自恋臭屁，原来还真的有点资本。
阮映到学校的时候，远远地就看到了蒲驯然。

蒲驯然骑了一辆自行车在前面，那辆自行车是纯黑的，座位很高，前后轮胎很大，看起来倒是挺别致的，和车棚里一众自行车好像都不太一样。

他慢悠悠地刹车，一只脚点地，利落地从自行车上下来。

很快，阮映就听到自己身边有人提到蒲驯然："知道吗，蒲驯然那辆自行车是SPECIALIZED（闪电），现在市场价要两万多呢。"

"真的假的？"

"骗你干什么，早就说过蒲驯然家里很有钱的，所以他才这么嚣张。"

"怪不得，富二代就是好。"

阮映闻言，也不由得多看了那辆自行车好几眼。

难以置信，一辆自行车居然卖那么高的价格？是金子做的吗？

课间闲着没事，阮映上网搜索了一下SPECIALIZED这个自行车的牌子。她仔仔细细看了眼官网上的各种自行车，还真的找到和蒲驯然那辆一模一样的，至于价格，是真的很吓人。

怪不得蒲某人考了年级倒数第一还能那么自信。

放学的时候，阮映一抬头就刚好看到楼上蒲驯然的身影。蒲驯然抿着唇，一脸生人勿近的样子，还挺能唬人。

虽然说好了去她家吃饭，但也没有必要一起回去，阮映并没有打算等蒲驯然。

阮映挽着向凝安的手下了楼。

也就是在她走到楼下的时候，听到身后有人喊："阮映。"

阮映转过身来。

蒲驯然手上拿着一个篮球，淡淡地说："我先打一会儿球，等下再去你家。"

一句话瞬间惹得身边的同学注目。

任谁都没有料到，四班的小恶魔蒲驯然和三班的班花阮映会有什么瓜葛。

更多的就是好奇他们之间会是什么关系，看起来很暧昧。

阮映连忙说了一句"知道了"，拉着向凝安就走。

向凝安笑嘻嘻的，一副看热闹不嫌事大的样子在阮映耳边小声说："我看你和蒲驯然现在关系很好嘛。"

阮映解释:"没有,就是我奶奶让他来我家吃饭。"

这一幕,刚好被薛浩言一清二楚地收入眼中。

不多时,阮映收到了薛浩言的短消息。

薛浩言:明天周末,刚好把上次欠你的一顿饭给补上吧。

薛浩言:不要拒绝哦。

阮映心里还很烦,烦的是蒲驯然刚才那么明目张胆地在人群中叫她。

当着那么多人的面,肯定会引发各种各样的猜测。

阮映不喜欢这样。尤其是阮映刚才看到范萍也站在自己的身边。

阮映余光注意到,在蒲驯然喊她的时候,范萍的脸色都变了。

本来阮映和范萍之间的关系就已经很紧张了,现在要是再让范萍误会什么,她们两个人可能真的做不成朋友了。

大概是心里太烦了,阮映并没有第一时间回复薛浩言。消息看过了,她也就忘了。

等到晚上的时候,薛浩言又主动给阮映发来了消息。

薛浩言:怎么不理我了?

阮映刚吃完饭没多久,看到消息的时候心里还是很开心的。

她捧着手机回复薛浩言:不是不是,我忘了回复。

薛浩言:好吧,看来是我自作多情了呀。

阮映连忙找补:当然不是!我是真的有事才忘了回你。

薛浩言:这样还差不多。

薛浩言:那你明天有空吗?

阮映:有空。

于是两人约定好了时间。

其实和上周差不多,就是去市图书馆一起写作业,然后中午薛浩言再请客吃饭。

不同的是,这次阮映不会再带向凝安一起去。

阮映发完消息,蒲驯然刚好从外面进来,她做贼心虚,连忙把手机锁屏。

蒲驯然刚才在外面和顶顶玩,这会儿满头大汗,他朝阮映抬了一下眉,问:

"有水吗？"

"有！"阮映心情好，还主动给蒲驯然递过去一瓶矿泉水。

蒲驯然伸手去接水的时候，和阮映的指尖轻轻摩擦。

阮映也没有在意，甚至见蒲驯然满头大汗的，还给他扯了几张纸巾，说："快擦擦吧，都是汗。"

蒲驯然没有接，而是自顾自地拧开矿泉水瓶，倾身朝阮映靠近了一点，声线带着一点点哑："你帮我擦，我不方便。"

阮映当然不肯，把纸巾拿在手上说："你自己动作快点。"

蒲驯然当着阮映的面仰起头喝水喝得爽快，凸起的喉结随着喝水动作上下滚动。一瓶水几乎见底，他才心满意足。

阮映都惊呆了："你也太能喝了吧！"

蒲驯然没说什么，而是抓着阮映的手腕，就着她手上的纸巾在自己的脸上擦汗。

他的手掌心一片火热，她被他抓住的手腕皮肤好像都燃起了火。

离得近，蒲驯然身上还有一股热气传递过来。

阮映似乎被他烫到了，一把将他的手甩开，灰溜溜地躲开。

蒲驯然脸上带着嬉笑又有几分正色："我发现，你总是喜欢躲着我。"

有吗？

阮映并不心虚。

这个年纪的男孩和女孩总是要保持一些距离才好，免得别人说闲话。

不过蒲驯然似乎也并不在意，他喝完水之后就打算走了，骑着他那辆价值不菲的自行车。

下午的时候，阮映还凑近蒲驯然的那辆自行车看了好几眼。

或许是知道了这辆自行车的价格，她眼里不自觉带了滤镜，总觉得十分高大上。

隔壁家的顶顶倒是很想尝试骑一下蒲驯然那辆自行车，好几次想要爬上去。不过顶顶实在个子太小，那辆自行车都比他高出了一大截。他一直求着蒲驯然："哥哥哥哥，我要骑自行车。"

蒲驯然就抱着顶顶让他坐在自行车中间的那根横杆上，带着他绕着小区转了好几圈。

　　小孩子，只要越放纵，就越能顺着竿子往上爬。顶顶尝到了兜风的乐趣，就怎么都不肯下来了。连他的奶奶在一旁都看不过去了，扯着嗓子教训顶顶："顶顶，哥哥会累的，你别老是缠着哥哥。"

　　顶顶委屈得眼泪直流，就差撒泼打滚。

　　让人意外的是，蒲驯然居然有降服顶顶的办法。不知道他在顶顶耳边小声说了句什么，只见顶顶伸出小手擦擦眼泪，一脸委屈地点点头。

　　蒲驯然走的时候还不忘跟顶顶打招呼，语气里都是宠溺和耐心。

　　这件事让阮映对蒲驯然有了一个颠覆性的认识，她原本以为像蒲驯然这种性格的人肯定不会喜欢小孩子，没想到他降服小孩子倒是一套一套的。

　　不多时，阮映收到了向凝安的短消息。

　　向凝安：阮映，刚才范萍问我你和蒲驯然是什么关系。

　　向凝安：我要告诉她吗？

　　阮映觉得自己身正不怕影子斜，对向凝安说：我自己来跟她说吧。

　　向凝安：别啊，这样她就知道我来问你了。

　　阮映：那你就跟她说，我和蒲驯然什么关系都没有，就以前当过邻居。

　　向凝安：好的！

　　向凝安夹在中间也不太好做，当墙头草的感觉谁当谁知道。

　　没一会儿，向凝安又给阮映发来了消息。

　　向凝安：啊啊啊！

　　向凝安：范萍打算去跟蒲驯然要联系方式！

　　阮映看到这个消息的时候也有些意外。

　　向凝安：映映，你要不要去探探蒲驯然的口风？

　　阮映不解：我探什么口风？

　　向凝安：你就问问蒲驯然，问他是不是所有人要他的联系方式，他都会给？

　　阮映：我才不问。

　　阮映：突然这么问，感觉怪怪的。

　　向凝安：这有什么。

　　阮映突然想到什么，问向凝安：你不会告诉范萍我的秘密了吧？

097

向凝安心虚地发来了一个表情包。

向凝安：你不会怪我吧？

阮映：向凝安！我们绝交！

向凝安：不要啊！

向凝安：我错了，我错了！

阮映：我杀了你。

向凝安：来吧，我躺平。

两人说说笑笑，也没有真的翻脸。

不过今晚阮映手机里的消息的确一直没有停过。

等阮映洗完澡回来的时候，又收到了范萍的短消息。

第二天阮映如约去了市图书馆。

今天她也经过了一番精心的打扮，整个人看起来更加好看秀气。

路过市政府前的广场时，阮映下意识望了眼。她没有忘记上次在这里看到蒲驯然跳舞的事，说实话她是有些意外的惊喜。

昨天晚上范萍主动联系阮映，让阮映去问问蒲驯然喜欢什么东西，她想作为朋友送给他。

范萍倒是对阮映没有什么戒心了，但阮映觉得这样突然去问蒲驯然真的很奇怪。但她也没有拒绝范萍，想着以后找个时间问问蒲驯然应该也不是什么难事。

阮映和薛浩言约定的时间依旧是八点半，不过她习惯性早一些到达。

不过让阮映失望的是，今天薛浩言依旧迟到了。

等到十点的时候薛浩言才姗姗来迟。

上次薛浩言迟到，特地送给阮映一个水晶球，这次又送给她一个钥匙扣。

那个水晶球阮映就放在自己卧室的书桌上，每天写作业的时候都可以看见。

这次薛浩言送的钥匙扣也是粉色的，上面有一个粉色的娃娃挂件，十分精致好看。

这个钥匙扣，可以带在身边了。

"你不要再送我礼物了，你迟到也不是故意的。"阮映对薛浩言说。

薛浩言笑着说:"那我下次争取不再迟到。"

阮映没有说话,心里却喜滋滋的。她听得懂薛浩言话里的意思,代表他们以后还有机会一起再到图书馆写作业。

薛浩言坐下来没有多久,隔壁桌就来了一对母子。一位年轻的母亲带着一个小男孩来图书馆看书,那个小男孩看起来和阮映隔壁家的顶顶差不多大。

起初那对母子还在安安静静地看书,小男孩也很乖,自己翻看儿童绘本。不一会儿小男孩就开始小声问母亲各种问题——"妈妈,为什么飞机会飞呀?""妈妈,为什么这个动物要这样走路?""妈妈,你可以这样子吗?"……这个年龄段的孩子,简直就是十万个为什么的化身。

薛浩言显然有些不太耐烦,小声对阮映说:"小孩子就不应该来图书馆,真的太打扰到别人了。"

阮映下意识看了眼那个可爱的男孩子,对薛浩言说:"要是你觉得太吵,换个位置?"

薛浩言却摇摇头:"算了,太麻烦了。"

其实阮映并没有觉得那个小男孩有多吵,他应该知道图书馆里不能大声喧哗,所以问母亲问题的时候总是把声音压得很低。孩子的母亲也并没有不耐烦地大声喝止他不要问问题,而是予以小声回应。

可以说,坐在这对母子周围的人都没有被影响到,唯独薛浩言非常反感。

这一天依旧过得很快,等到下午四点的时候,阮映和薛浩言互相道别,各自回家。

几乎是阮映刚和薛浩言分开,向凝安的夺命连环 call 就直接打了过来。

"怎么样怎么样?今天有什么进展?"向凝安问。

阮映回头看了好几眼,确定薛浩言已经走远了,才跟向凝安说:"今天把习题都写得差不多了,还解决了一个我一直不太明白的物理问题。"

"谁要问你这个啊!"向凝安叹了一口气,"我问你,你们两个人有什么互动?"

"没什么太多互动。"

图书馆里安静,每个人都低着头看书或者学习,所以他们两个人也基本不说话,都是自顾自地在做题。没了向凝安在,阮映感觉自己在薛浩言面前

099

完全不会说话，尤其当阮映知道薛浩言不喜欢吵闹之后，更不太敢主动开口跟他说话。

就连中午两个人一起在餐厅吃饭的时候，她都不知道该说些什么。

薛浩言一开始还有说有笑的，后来渐渐也没有怎么说了。

要不是在写作业，阮映觉得气氛肯定尴尬得不行。

现在一个人了，阮映终于算是松了一口气。

"我总觉得，薛浩言对我笑的时候好像特别勉强。"阮映说。

向凝安说："怎么会啊，他犯不着吧？"

"唉。"阮映也是一个头两个大，"算了算了，不想这些了。"

阮映和向凝安说了一会儿就挂断了电话，她一个人背着书包，撑着太阳伞慢悠悠地回家。她像是刚从一本童话故事书里走出来，心旌摇曳。

还不到傍晚，阳光还有些毒辣。

今天是大暑的日子，三伏天站在阳光底下能让人热得汗水直流。不过阮映刚从充满冷气的图书馆里出来，倒也没有觉得那么热。

图书馆里的冷气开得足，阮映在里面坐了一整天，也没有带件外套，整个人冷得手脚都冰凉。薛浩言自然也没有发现阮映冷，他一个血气方刚的男孩子倒是没有觉得多冷。

到家时是下午四点半。

还没到家门口，阮映就看到四季汇水果店里簇拥着不少人，看着都很年轻，在排队称水果。

是蒲驯然带来的客人——街舞社的成员。

蒲驯然带头吆喝："随便挑随便选，你买不了吃亏，买不了上当。咱们四季汇店的水果都是一手货源，保证新鲜好吃！"

阮映差点被蒲驯然这副样子给逗笑。

他一只手上拿着个小喇叭，另一只手上拿着电动小风扇，架势倒是做得十足。

刚好蒲驯然也看到了阮映，朝她抬了一下眉。

爷爷站在一旁乐呵呵的，对蒲驯然说："真是乖孩子，还知道给爷爷带生意过来。"

蒲驯然说:"咱家这么好的水果,不来咱家买上哪儿买?"

他甚至还知道各种水果的价格,帮着称重。

爷爷一辈子教书育人,退休后才想着开这么一家水果店,起先也是想要给阮映买好吃的水果,后来就琢磨着自己开店。他挑选的水果基本上都是直接从果农手上批发来的,所以很新鲜。但新鲜的同时,也会有一些弊端,比如水果若是不及时销售出去,就会腐坏。

爷爷倒是没想着赚大钱,就是心疼这些坏了的水果。那天在饭桌上,他无意间提了那么一句,没想到蒲驯然却记在了心里。

阮映走进店里,把书包放下,准备帮忙。

夏季的水果除了西瓜,还有哈密瓜、荔枝、杧果、桃子等。

要是顾客有需要,一般都会对一些水果进行剥皮、切块、装盒处理,这样人家就能现买现吃。

但是来的这一帮人都不需要处理,直接买了就放在袋子里,这样就省了不少麻烦。

爷爷心里很过意不去,给每个人称斤的时候都抹个零。

其乐融融的。

有一个打扮酷帅的小姐姐看了阮映一眼,走过来说:"哎,你是蒲驯然的妹妹吗?"

阮映连忙否认:"我当他姐姐还差不多。"

蒲驯然便故意在阮映耳边喊了声:"姐姐,麻烦你让让,挡着我卖西瓜了。"

说着,他还仗着身高优势,故意伸手在阮映的脑袋上轻轻敲了一下。

阮映不甘示弱,反手在蒲驯然的手臂上拍了一巴掌:"你这个当弟弟的怎么没大没小的?"

"谁让我家姐姐这么矮?"蒲驯然吊儿郎当地看着阮映,问她,"哎,你多高啊?一米六有吗?"

"我一米六三,谢谢。"

"怎么看着这么小只?"

"总比某些人四肢发达、头脑简单要好一些。"阮映话是这么说,但心里

101

并没有贬低蒲驯然的意思，吵架斗嘴，也就是过过嘴瘾而已。

蒲驯然见奶奶刚好出来了，连忙伏低做小，可怜兮兮地拽着奶奶的手诉苦："奶奶……"

奶奶被蒲驯然一阵妖言蛊惑，反过来"指责"阮映。

阮映气急败坏，趁机狠狠掐了蒲驯然一把。可这人就跟没有痛感似的，故意在她耳边挑衅："姐姐你怎么这么一点儿力气？挠痒痒呢？来，左边也挠挠。"

阮映差点气得七窍生烟。

一大批的人来了又走，最后只剩下一个周柏元。

周柏元大大方方地坐在椅子上吃西瓜，伸手比了一个赞。他模样长得好看，高鼻深目，肩宽腿长，个子高挑。要是向凝安在这里，恐怕又要犯花痴。不过，就算没有向凝安在这里喋喋不休，阮映也由衷地觉得这个男孩子长得很好看。

奶奶笑着对周柏元说："小伙子，有空常来啊。奶奶家的水果你们尽管吃，我敢打包票，肯定比商超的要好。"

蒲驯然在一旁调侃："这位少爷可不能常来，人家忙着呢。"

周柏元吐了一颗西瓜子在蒲驯然的身上，说："去去去，你少埋汰我。"

蒲驯然也不躲闪，用眼神警告周柏元："你再吐一个试试，我有洁癖你不知道啊？"

"哎呀，我好害怕哦。"

这两人简直像是一对活宝。

虽然奶奶一直邀请周柏元在家里吃饭，不过周柏元似乎真的很忙，也就没有留下来。

等周柏元走后，阮映找了个时机故意跟蒲驯然说话："你今天都在干什么呀？"

蒲驯然正低头玩游戏，漫不经心地回道："在街舞社里待了一整天。"

"哦。"阮映其实是想帮范萍套一下蒲驯然的话，问他有没有什么喜欢的东西。

"你们街舞社里是不是有很多漂亮的女孩子啊？"阮映没话找话。刚才她看到有几个长得挺好看的女孩子，不过看起来挺成熟，不像是学生。

蒲驯然说："我在打游戏，你等一下。"

"你打你的游戏，我就随口问问。"

"随口问问？"蒲驯然说着直接把手机放在一边，似乎对阮映口中的"随口问问"十分感兴趣。

他淡淡扬眉，摆出一副准备回答问题的姿态："问吧。"

阮映也不打算拐弯抹角了，直接问："蒲驯然，你有什么特别喜欢的东西吗？"

果然，蒲驯然又是一脸臭屁。

他刚准备开口就被阮映截断："不是我要问的，是我帮别人问的。"

"别人？谁？该不会就是你吧？"

阮映白眼都要翻到天上："你为什么那么爱脑补？"

"你行为诡异。"

"我哪里诡异了？"

"那为什么不告诉我是谁？"

阮映说："你别问是谁，这是秘密。总之你告诉我吧，你喜欢什么东西？"

蒲驯然微微皱着眉，一脸疑惑地看着阮映，那双浓墨似的眼眸仿佛要在她身上灼烧出两个洞。

他也不着急回答，反而优哉游哉地靠在桌子上。

"你快说啊。"阮映被他看得莫名心虚。

"我就不说。"

"你吊我胃口吗？"

蒲驯然一脸调笑："要不然你求求我，我就告诉你。"

"放心吧，那是不可能的！"

阮映无语，拿着书包上楼。

岂料刚到楼上，范萍就给阮映发了一条消息，问她：你有帮忙问吗？

阮映简直怀疑范萍在她身上装了什么雷达探测器，她实话实说：我问了，但是他不回答。

范萍：哦。

范萍：阮映，你觉得我送他东西的话，他会接受吗？

这让阮映怎么回答呢？

阮映走到书桌前坐下来，桌上放着一个粉红色的水晶球。是上周薛浩言送给她的。

当然，凭借阮映对薛浩言的了解，他要是不喜欢的东西，应该会用一种最体面的方式礼貌拒绝。

但换成蒲驯然这种人，那可就不好说了。

虽然阮映和蒲驯然接触了一段时间，两人之间的关系像是朋友，但是按照蒲驯然这种自恋自大的性格，要是不喜欢的话，恐怕会把对方的东西喷得一无是处。

晚上吃饭的时候，阮映故意专门挑蒲驯然要夹的菜，瞄准了再捷足先登，还"好心"地给蒲驯然夹了一颗满是姜末的肉丸子给他，让他补补身子。

蒲驯然笑着问她："给我补身子干什么？"

"你看你，又要打球，又要跳舞，又要上学，太累了。"阮映声情并茂，一脸体贴。

"你可真关心我，谢谢了。"蒲驯然当着阮映的面，把那颗肉丸子放入口中，抿着唇嚼碎，吞咽。

如果是讨厌吃姜的人，此刻应该很能理解蒲驯然的心情。

阮映眨眨眼，笑得狡黠："应该的呀。"

不知道两人之间暗潮汹涌的奶奶还乐呵呵地说："你们就应该这样相处，之前总是不说话，熟了就好了。对了，明天反正也不上课，阿蒲就在这里住下吧。"

阮映第一个不同意："不行！"

蒲驯然却得意扬扬地说："好啊。"

蒲驯然说要住下，其实就是故意跟阮映唱反调。

可他见阮映的反应实在过大，又忍不住故意板起脸来逗她："怎么，这么不欢迎我住在你家？"

他这个人，嬉笑打闹的时候跟人没有距离感，可一旦沉下脸来，好像全世界都欠他五百万没还似的。

就像向凝安说的那样，蒲驯然这张脸太具有欺骗性了。这估计跟他过于立体的五官有很大的关系，导致他不笑的时候总是一副生人勿近的样子。

之前阮映还会被蒲驯然这副外表欺骗蒙蔽，现在倒是不会。

不过她意识到自己的反应的确有些大，缓和了语气，说："我猜你肯定不想住我家的，毕竟我家不大。"

三室一厅，使用面积一百一十个平方，对于阮映一家来说足够了。

不过蒲驯然住的是什么地方？

据说平河路那边随随便便一套房子都顶得上这个小区一整幢了。

蒲驯然突然叹了一口气，多愁善感地说："天大地大，居然没有我容身的地方。"

这话刚巧被奶奶听到了，一向爱哭的奶奶立刻红了眼眶，说："孩子，你别说这种话，奶奶家里随时欢迎你过来。"

蒲驯然大概也没有料到奶奶居然哭了，神情稍显严肃："奶奶，我开玩笑的。"

奶奶却不听："阿蒲，你心里有什么委屈奶奶都知道，你奶奶虽然已经过世了，但你可以把我当成你的亲奶奶。"

蒲驯然的脸色更沉了些，完全没有了刚才故意捉弄人的模样，淡淡点头道："好的，奶奶。"

等奶奶走后，阮映斜眼看着蒲驯然，问："你装够了没有？"

"不装了，没劲。"蒲驯然说。

本来蒲驯然是不打算住下的，但现在骑虎难下。

奶奶甚至将房间都收拾出来了，还帮蒲驯然铺上了干净的床上用品。

家里原本就有一个房间是空着的，一般也都是有客人来的时候住。

爷爷奶奶都是爱干净的人，家里经常打扫得一尘不染。除此之外，家里还点着香薰，一进门就有一股扑鼻的香气。这香薰的味道是奶奶最喜欢的，说是能够安神。也是这个香薰的味道，以至于未来很多年的时间里，蒲驯然只要一闻到，就会有一种熟悉的归属感。

这是蒲驯然第一次到阮家的楼上，和他想象中的没有太大的偏差。

他站在玄关的位置看着阮家的温馨布置，不敢轻易踏进去，心里似乎被什

105

么东西填满，不再是空空荡荡的。

阮映就站在蒲驯然的身后，见他站在那里，还主动从鞋柜里给他拿了一双干净的拖鞋。

蒲驯然淡淡道了声："谢谢。"

阮映调侃："没想到啊，你居然会说谢谢。"

"是吗，看来你对我的了解还太少了，要不要多了解一点？"

"不用。"

蒲驯然的嘴角勾着笑，看着阮映头也不回地进了自己的卧室。

阮映的卧室门上贴了一张粉红色的牌子，上面写着：宝贝的房间。

这是阮映的爷爷弄的。

别看爷爷是个小老头，但心思一直很细腻。

蒲驯然走到他暂时居住的小房间，一推开门，就看到不远处的桌子上摆着的一本台历。

台历是红色的，上面用正楷写着：欢迎回家。

童话故事其实并不专属于女生。

当蒲驯然和阮家产生交集的时候，一幕幕他从未想过的童话篇章在悄然上演。

晚上阮映出来喝水的时候，看到阳台上有一团高大的黑影，吓得她连忙开了客厅的灯。

一看，居然是蒲驯然在那里。

"大晚上的，你在干吗呢？"阮映问。

蒲驯然诚实地说："睡不着。"

阮映眯了眯眼："蒲驯然，你该不会有心事吧？"

"怎么？我不能有心事？"蒲驯然一脸无辜。

蒲驯然朝阮映眨眨眼："怎么，姐姐你想安慰我？"

"我才懒得管你呢。"阮映张牙舞爪的。

蒲驯然的嘴角染上笑意："哦。"

他难得没有反驳什么，转头看向窗外。

阮映去喝水，折返回来见蒲驯然还靠在阳台上，就说："记得等下把防盗窗关上。"

怎料蒲驯然老神在在地说："你来关。"

阮映也不想在这种小事上跟蒲驯然拉扯，就自己去把防盗窗给关了，随口问道："都快十二点了，你还不睡？"

"睡不着。"

"想什么呢睡不着？"

"在想你为什么那么迷恋我。"

阮映呆住了。

蒲驯然见阮映这种反应，"扑哧"一笑。他双手搭在阳台的栏杆上，弓着身子，白色的T恤勾勒出好看的背脊线。

阮映一脸无语，转而要回房间的时候，又被蒲驯然拉住后衣领。

阮映嫌弃地拍开蒲驯然的手，问："你是不是皮痒了？"

蒲驯然笑着问阮映："有冰棍吗？"

"冰棍没有，棒球棍倒是有。"

"说正经的。"

"有啊，就在冰箱里。"

"姐姐，给我来一根。"

"你自己没手吗？"

"我作为贵客，你就这么招待我的？"

"贵客？"阮映被气笑，"蒲驯然，你给我等着。"

嘴上斗归斗，不过阮映对蒲驯然的态度倒一直很和煦。

没一会儿，阮映还是给蒲驯然拿了一根冰棍，顺便给自己也拿了一根。

两根都是牛奶口味的冰棍。

蒲驯然不客气地接过阮映递过来的冰棍，问她："你很喜欢牛奶？"

上次在医院输液大厅里的时候，她给他的那两颗糖也是奶糖。

阮映说："爷爷说多吃奶制品可以长高。"

蒲驯然看了眼只到自己肩膀的阮映，默默的不说什么。

阮映还奇怪了，这人这会儿居然不调侃她了。

107

她盯着他看了一眼,他似乎就知道她想说什么,便解答了她心中的疑惑。

"下午说你矮,没有恶意。"蒲驯然说着撕开了手上的冰棍袋子,递给阮映,并朝她扬了一下眉,"喏,这个当赔罪了。"

阮映不客气地接过,小声嘀咕:"有谁道歉跟你这样的?这还是我拿来的冰棍呢。"

蒲驯然笑着去拿阮映手上那根还没有拆开袋子的冰棍,轻松撕开,丝毫没有什么形象地当着她的面咬了一块。他唇红齿白的,关键牙齿还特别整齐,去拍牙膏广告都完全不是问题。

"你戴过牙套吗?"阮映问蒲驯然。

蒲驯然孩子气地啃着冰棍,含混不清地说:"戴那玩意儿干吗?"

"牙齿不整齐矫正戴的。我看你牙齿很整齐,矫正过吗?"

"没有。"蒲驯然故意咧开嘴笑,"哥哥我天生丽质,用不着那玩意儿。"

"你还挺臭不要脸的。"

阮映小时候牙列不齐,换完牙齿之后就戴牙套了,一直到初中毕业才把牙套摘下来,现在每天晚上还要佩戴保持器。

戴牙套的那段时期应该是阮映最自卑的时候,她觉得自己长得难看,嘴里时常长溃疡,吃不了多少东西,瘦得像是一根干柴。这种自卑的心理一直延续到高中,以至于高一见到那么优秀的薛浩言的时候,她更加自卑。

如今虽然大家都默认阮映是三班的班花,但阮映骨子里并没有觉得自己有多漂亮。

吹着夏夜的晚风,吃上一根冰棍,简直别提有多美妙。

只不过,阮映从未想过自己和蒲驯然会这样和谐相处。

阮映和蒲驯然两个人就靠在阳台上,看着楼下偶尔驶过的车辆,偶尔抬头看看天。

不用刻意找什么话题,也不会觉得尴尬。

这种时候,如果能够套一套蒲驯然的话,那自然是再好不过的事情了。

阮映想到范萍的事情,默默先在心里组织了一下语言,再装作若无其事地对蒲驯然说:"蒲驯然,有没有人说过你长得挺好看的?"

蒲驯然"咻"了一声:"废话,我这颜值还需要别人来评头论足?"

阮映假面微笑:"那你长得这么好看,崇拜你的女孩子一定很多吧?"

"还行吧。"蒲驯然说着故意撩了一下他本就很短的头发,一脸臭屁,"也不一定是女孩子,男孩子也有可能。"

阮映惊呆了:"所以,你来者不拒?"

"你哪只眼睛看到我来者不拒了?"蒲驯然说。

阮映眨眨眼:"那你一般都是怎么拒绝别人的?"

蒲驯然也学她的样子眨眨眼:"你问这个干吗?"

"就随便问问呗。"

"哦,下午随便问问我喜欢什么东西,现在又问这个。"蒲驯然说着故意凑近阮映,小声地问,"怎么?你有礼物送我?"

他故意压低声音,声线就变得越发低沉沙哑。

阮映又一次被蒲驯然噎得无话可说。

她逐步发现了一个规律,蒲驯然这人是给一点阳光就能灿烂,给一点雨水就能泛滥。

蒲驯然笑得意味不明:"放心,你要是送我礼物我肯定不会拒绝,免得你伤心过度。"

"蒲驯然,你哪里好看了?我为什么要送你礼物?"

"啧啧,瞧你这话前后多矛盾。刚才不是还说我好看?"

阮映再次无语。

蒲驯然却乐得开怀大笑:"阮映同学,我等着你的礼物啊。"

"你做梦吧。"

"那晚上梦里相见。"

阮映觉得蒲驯然显然是得意极了,把自己的快乐建立在捉弄别人的痛苦之上。

这一局阮映暂落下风。

这个周末过去后,迎来了暑期补课的第三周。

学生们从一开始的叫苦不迭到接受现实。

学习压力早就成了这个社会的共同话题,高三党更是要在关键时刻全力冲刺。

但抱怨归抱怨,每个人的心里都清清楚楚,自己的命运就掌握在自己的手上。

周一一大早,三班的学习委员就在黑板的一个角落写上了"高考倒计时"几个大字。

同学们看了大叫"不要",这几个字完全可以等到下个学期再写在墙上。

但学习委员也是奉命行事,只能硬着头皮在众目睽睽之下写下那几个字。

"高考倒计时"这几个字仿佛是某种警铃,坐在教室里的学生只要一抬头就能看到,紧张感不言而喻。

这一周倒是过得平平无奇。

大概是天气太热,每个人都懒洋洋的,学习已经压得人喘不过气来,更别提分心其他的事情。

转眼又到周五了,向凝安问阮映这个周末有什么安排。

阮映摇摇头:"就在家里做题。"

向凝安觉得意外:"薛浩言这周没有约你去图书馆?"

"没有。"

"啊?不会吧。"向凝安还有些不敢置信。

事实上,这一周薛浩言都没有主动找过阮映说话,偶尔在学校里遇上,也只是点点头微笑,算作打招呼。

阮映心里也没有觉得这有什么不好。

自从上次在图书馆的尴尬相处之后,阮映倒是觉得像现在这样反而更好。只不过被向凝安这么一提醒,阮映莫名又有一股怅然若失的感觉。

向凝安问阮映:"会不会是你表现得太冷淡了?"

"不会吧?"

"怎么不会?你对他的态度就是冷冰冰的啊。不知道的还以为你讨厌他。"

"我怎么可能会讨厌他……"

"你看,每次都是薛浩言主动找你聊天,你从没有主动找过他吧?"

阮映点点头。

"这两次也是,都是薛浩言主动邀请你一起写作业,但你没有邀请过他吧?"

阮映还是点点头。

向凝安伸手拨了拨阮映夹在书包上的一个粉色钥匙扣,说:"不得不说,薛浩言的眼光还挺不错的。"

阮映低头看着薛浩言送给她的钥匙扣,忍不住开始反思自己。

如果按照向凝安这种说法,她的态度的确会让别人造成误会。

可她也不好意思主动去联系薛浩言。

该说什么呢?

这天放学,四班的人尾随三班的同学一起下楼。

远远地,陈洲就看到走在前面的阮映,下意识问身边的薛浩言:"对了,咱们的赌约你还记得吗?"

薛浩言点点头:"还记得。"

"那我怎么见你最近都没有什么动静?"陈洲一脸笑意,"游戏机不想要了?"

"有点无聊。"薛浩言说。

陈洲问:"什么无聊?你是指这个赌约,还是我的游戏机?"

"你说呢?"

陈洲笑得意味不明:"哦哦哦,明白明白。"

不偏不倚,平志勇刚好就在这两人的身后,将薛浩言和陈洲的话听得一清二楚。

只不过他们言语之间滴水不漏,不知道是在打什么赌。

平志勇看热闹不嫌事大,凑过去问:"你们两个人在憋着什么坏呢?"

陈洲一脸嫌弃地让开,没准备搭理平志勇。

薛浩言侧头看了一眼平志勇,轻"哼"了一声。

平志勇备受打击,转而跑到蒲驯然的身边,可怜兮兮地说:"驯哥,我被冷落了。"

一旁的陈立强看不惯,说:"平志勇,你又发什么神经呢?做个正常人不好吗?"

蒲驯然则一脸宠溺地钩着平志勇的脖颈,对陈立强说:"这就是你的不对了,为什么要为难我们家阿勇呢?"

平志勇拽着蒲驯然的衣袖,顺着竿子往上爬,顺便把刚才听到的话都跟蒲驯然说了。

蒲驯然站在一堆人里尤其高挑,不偏不倚,他一抬头就看到不远处的阮映。

阮映这几天都穿短裤,露出一截细细的小腿,脚下是一双白色帆布鞋。

她小小的个头,背着大大的书包。

此时,薛浩言正好走到阮映的身后,伸手拍了一下她的肩膀。

阮映转过头,脸上略带惊讶,但很快平静下来,朝薛浩言淡淡微笑。

这一幕全落在蒲驯然的眼中,显得有些刺眼。

平志勇几个人眼尖,很快也看到了薛浩言和阮映走到一起。

几个人都不说话,看着蒲驯然的脸色。

平志勇忍不住嘀咕:"这些女孩子都是怎么回事?怎么都喜欢薛这种表里不一的人?"

蒲驯然笑了:"阿勇,你说说谁不喜欢学霸呢?"

"学霸又怎么了?人品不好也不行。"

"那就是你的不对了,等你考到年级第一,照样一堆女孩子喜欢。"蒲驯然伸手拍拍平志勇的脑袋,"怎么样?能做到吗?"

平志勇非常有骨气地说:"做不到!"

"那就别吃不到葡萄说葡萄酸。"

虽然蒲驯然说话的时候仍然是一副吊儿郎当的样子,但大伙儿都看得出来他脸色有点变了。

而众人自然而然将这个缘由归结到一个人身上——阮映。

蒲驯然对阮映的不一样,所有人都看在眼里,但没有人敢调侃。

偶尔碰面的时候,蒲驯然会主动跟阮映打招呼,阮映也是蒲驯然在学校里第一个直呼姓名的女孩子。

不过阮映并不清楚,她只是单纯地觉得蒲驯然是那种自大臭屁的人,跟谁都能打成一片。

从傍晚回家起,阮映嘴角的笑容就一直没有消失。

那种开心是发自内心的,因为薛浩言又约她这周六去图书馆一起做题。

下午放学的时候,薛浩言当着众人的面,主动开口询问阮映明天要不要一起去图书馆。

那会儿人多,三班和四班的人大部分都听见了。

阮映对薛浩言点点头,答应了他的邀请。

上周虽然两人相处有些尴尬,但这一周时间过去,那种尴尬早已经被时间冲淡。对阮映来说,更多的是期待。

周六一大早,阮映就如约去了图书馆。

只不过阮映没有想到的是,这一次薛浩言没有迟到,但他的身边多了一个人——余莺。

而且不只是余莺来了,她一直要好的闺蜜周尔琴也来了。

这些日子,阮映一直埋首读书,似乎并没有在学校里见到过余莺。听说余莺这段时间去参加一个省级的钢琴比赛,所以才没有来学校的。

余莺见到阮映的时候还主动挥挥手打招呼:"阮映。"

阮映的笑容有些沉,跟着打了声招呼。

余莺笑着问:"怎么样?是不是有点意外?"

阮映缓缓坐下来,拿出书本,淡淡点了点头。

一旁的薛浩言问余莺:"说起来,你们两个人怎么认识的?"

余莺说:"那说来话可长了,要不然,你问一下阮映啊。"

阮映坐下来,看着余莺,说:"我也忘了咱们是怎么认识的。"

"那你可真是健忘。"余莺笑着拢了拢长发。她披着长发,似乎是刻意做过造型,发尾微微有些卷,看着自然也不失小清新。

阮映见余莺还要喋喋不休的样子,小声提醒:"快写作业吧,不要浪费时间。"

这话也算是提醒了薛浩言。薛浩言也对余莺说:"就你话多,快写作业吧,来这里不是为了让你聊天的。"

余莺吐了吐舌,一脸歉意。

从早上九点一直到上午十一点半,他们几个人一直坐在一起写作业,都很安静。

一直到阮映起身去上厕所的时候,余莺也跟了过去。

厕所里倒是方便说话,余莺特地拦了阮映的去路,说:"有空来我家里吃饭呀,你妈妈可想你了。"

阮映低头洗手,淡淡回应:"没空。"

"你不想你妈妈吗?"余莺看着自己刚做的粉色指甲。因为弹钢琴不能留长指甲,她的指甲倒是一直都精心打理。她个头足足有一米六八,算是非常标准的好身材。阮映在她面前矮了一些,更别提今天她还穿了带着一点点鞋跟的凉鞋。

阮映洗完了手,拿了张纸在擦拭。

余莺又说:"对了,你妈妈最近都在陪我练钢琴呢,她还蛮好的,早中晚三餐都给我准备得妥妥当当的。"

阮映闻言侧头看了眼余莺,跟着点点头:"怪不得你看着胖了些。"

余莺闻言一怔,下意识低头看了眼。

阮映忍不住一笑:"开玩笑的。"

余莺翻了个白眼:"阮映,你到底什么意思?"

"这话应该我问你吧?"阮映缓缓将手上的纸扔进垃圾桶里,"余莺,你特地跑过来跟我说这些又是什么意思呢?"

"哦,我只是没有见过像你妈妈那么贱的人。"余莺靠在墙上,歪了歪脑袋。

"你说什么?"阮映的脸色沉下来,朝余莺走近了一步。

余莺不慌不忙:"我说什么你听不见?难道你也跟你妈一样是个聋子吗?别人说什么难听的话,她都可以当作听不到。"

有那么一瞬间,阮映真的很想用力地给余莺一巴掌。

阮映跟着自己当警察的大伯学过武术,想要轻易拿捏一个女孩子不是什么问题,她知道哪里是致命的弱点。

可暴力不能解决问题。

阮映深吸了一口气,咬着牙对余莺说:"你说我什么都可以,但请你不要说我妈妈。"

"可我偏要说呢？"余莺满脸的笑意，"你妈嫁给我爸不就是为了钱吗？她一定没少给你拿钱吧？呵呵。"

阮映一把扯住余莺的衣领，气势汹汹地说："我再说一遍，请你不要说我妈妈。"

余莺大概没有料到阮映会来这么一下，彻底愣住了。她想要挣扎，可奈何小小的阮映力气比她想象中要大很多。

阮映很快意识到自己有些冲动，放开了余莺："下次再招惹我，我可能真的会打你。要是你没有妈妈管教，我不介意来管你。"

阮映说完，狠狠瞪了余莺一眼，转身离开。

余莺气得咬牙切齿，喊住阮映："你别以为我不知道你对薛浩言的心思，但你要搞清楚，我不喜欢别人碰我的东西。"

阮映的脚步只是顿了一下，继而扬长离去。

几年前，阮映的母亲嫁给余莺的父亲时，余莺就给过阮映一个下马威。

站在阮映的角度，她其实很能理解余莺为什么会那么排斥她的母亲。

毕竟，童话故事里的后妈一向都是恶毒的。

可这个恶毒的后妈变成阮映的亲生母亲，她看待的角度就不同了。

阮映的母亲名叫陈桦琳，是个长相非常好看的女人。

余莺的父亲名叫余乐志，是本市一个私企老板。

陈桦琳和余乐志两个人都是二婚，但郎才女貌，也算是受到很多人的祝福。

还未嫁给余乐志之前，陈桦琳是一名初中老师，再婚后就直接当了家庭主妇，还生了一个儿子。

有了这个儿子，陈桦琳也算是在余家站稳了脚跟。

阮映和母亲之间鲜有联系，一来，是为了避嫌；二来，在阮映的心里，或多或少是感觉到委屈的。

爷爷奶奶总是教育阮映，她母亲陈桦琳这一辈子还很长，不可能被她拖累着。

阮映不明白，自己怎么就成了一个拖累了？

她那么认真读书,那么听话懂事,从来不会惹母亲生气。

可母亲还是要嫁给别人。

阮映曾经大哭着让母亲不要离开自己,但终究抵不过现实。

后来,阮映逐渐地接受了这个事实,也理解了母亲。

但余莺不理解。

阮映和余莺第一次见面,余莺就给阮映泼了一盆冷水,将阮映浑身上下浇了个透。

余莺要赶走阮映和阮映的母亲,在客厅里撒泼打滚,哭得梨花带雨。

那时候,也没有人责怪余莺。

这些年,阮映经常会听到母亲在余家那边的情况,但日子久了,好像也没有太大的感觉。

都说养成一个习惯只需要二十八天。

阮映早就度过了不知道多少个二十八天。

午饭的时间阮映就找借口走了。

一个上午阮映都不太能够专注学习,导致效率低下。阮映仔细想了想,不能浪费时间耗在这里,便果断选择离开。

薛浩言特地追出来,问阮映:"怎么了?"

阮映说:"说实话,我和余莺的关系不算很好,所以在一起的时候挺尴尬的。"

薛浩言没有料到这一点,解释说:"抱歉,并不是我主动邀请余莺过来的。"

"没事,我没有怪你的意思。"阮映勾了勾唇。

"那你真的要走了?要不要我送你?"

"送什么啊,就那么点路程。"阮映拿着一把太阳伞,让薛浩言进去,"外面太阳大,你进去吧。"

薛浩言点点头:"那你路上小心。"

"嗯。"

阮映走的时候,薛浩言目送了她一段。

这些日子相处下来,阮映给薛浩言的感觉是安安静静的,不争不抢。他看得出来阮映是在意自己的,昨天下午他主动跟她打招呼时,他没有忽略她眼底的惊喜。

从某种程度上来说,阮映的态度给了薛浩言一些优越感。

只不过,薛浩言的身边一向不缺崇拜自己的女生,阮映似乎不值一提。

这样想着,薛浩言就折返回了图书馆。

回到图书馆后,薛浩言主动问余莺:"你和阮映关系不好?"

"你看出来了?"

"阮映自己说的。"

"她还说什么了?"

"也没说什么。"薛浩言的八卦劲上来,"你们两个人之间什么情况啊?"

余莺靠近薛浩言,眨巴着眼睛问他:"告诉你有什么好处啊?"

随着余莺的靠近,薛浩言不由得仔细地看着她的这张脸。

其实要论长相的话,他还是更喜欢余莺这种类型的。

正午烈日当头,街道上几乎没有什么人,偶尔有一些车急速驶过,似乎都要躲避这股热浪。

天气预报说今天 B 市的气温最高会有 35 摄氏度。

阮映加快了脚步,花了比平常更少的时间回到家,难免气喘吁吁。

刚一到家,阮映就听到一声调侃:"哎哟,姐姐体力这么不行啊,看把你给喘的。"

是蒲驯然。

他一身白衣、牛仔裤坐在收银台前,单手撑着腮帮,整个人懒洋洋的。

阮映收了伞,问:"你怎么在这儿?"

"奶奶说家里怪冷清的,让我来吃饭。"

"哦。"

"你说你,大热天的不在家里陪着爷爷奶奶,老往外瞎跑什么?"

"要你管啊。"阮映心情不太好,语气也冲了些。

蒲驯然不以为意:"是哪个不知好歹的惹我家姐姐生气了?"

阮映白了蒲驯然一眼,拿着书包"噔噔噔"就跑上楼了。

回到房间，阮映坐在椅子上有些失神。她心里有股郁气堵着，也不知道是因为余莺，还是因为其他。

阮映拿出手机，给向凝安发了条消息：在干吗？

向凝安秒回：刚准备吃午饭，你呢？

阮映：糟糕透了。

向凝安：怎么了？

阮映把今天在图书馆所发生的来龙去脉跟向凝安说了。

向凝安开始骂街。

向凝安：我天！

向凝安：这个余莺也太过分了吧！

向凝安：气死我了，我今天怎么就不在呢？早知道我就应该去的！

…………

阮映看着向凝安这一连串的消息，心情突然就好了不少。

有个跟自己一起吐槽的姐妹，这种感觉真的太棒了。

向凝安：姐妹，你接下来打算怎么办？

向凝安：这个余莺怎么总是阴魂不散的？

向凝安：总不能一直让余莺牵着鼻子走吧？

阮映：我也不知道。

向凝安：有办法了，薛浩言上次不是送你东西了吗？你也可以给他送个小礼物，多在他面前刷刷存在感。

阮映看着向凝安发过来的话，脑子里一团浆糊。

向凝安：再写张小卡片什么的。

可在这个当下，她似乎真的有了些许逆反心理，咬了咬牙输入两个字。

阮映：好的。

自从做了这个决定之后，阮映就开始罗列计划。

向凝安充当起了阮映的狗头军师，在线指导。

蒲驯然上楼找阮映的时候，她刚找到一沓封存的卡纸，吓得立马将其藏在身后。

四目相对，蒲驯然疑惑地看阮映一眼，说："在楼下叫了你好久，你怎么不答应?"

阮映心虚:"我没听到。"

蒲驯然见阮映把双手藏在身后,眯了眯眼:"你在干什么坏事?"

"我能干什么坏事!"阮映后知后觉,她只是拿卡纸而已,不用这么紧张兮兮的,于是大方亮给蒲驯然看。

蒲驯然看着那一沓粉红色的卡纸,微微蹙眉:"奶奶让你下楼吃饭。"

"知道啦,马上来。"

"嗯。"

蒲驯然说完,转身下楼。

从头到尾,蒲驯然自觉地没有踏进阮映的房间半步。刚才蒲驯然在楼下喊了阮映好几声,都没有听到她的回应,还以为她怎么了。刚好阮映卧室的门没有关,他就直接站在门口叫她,自然也将她鬼鬼祟祟的行为尽收眼底。

可即便如此,蒲驯然还是不小心看到了阮映房间的布局。

她的房间比他想象中要小一些,但依旧干净整洁。

有一张小床,上面铺着粉红色的床上用品,床上还有一只粉红色的小公仔。

书桌上也铺了一条粉红色的桌布,桌子上还有一个粉红色的水晶球。

到处都是粉红色。

阮映可真喜欢粉红色。

暑期补课仅剩下最后一周,时间也转眼到了八月。

等到高三党这周补课过后,紧接着学校就要迎来高一新生的军训。

阮映的礼物早早就已经准备好了,但一拖拖到了周五,还是未能送出去。

正所谓皇帝不急太监急。

向凝安比阮映更着急。

"明天补课就结束了,你打算什么时候去送礼物啊?"向凝安追着阮映问。

这段时间阮映亲手制作了一串贝壳钥匙扣,但她又怕薛浩言不喜欢这份礼物。

向凝安在一旁喋喋不休:"纯手工多难得啊!薛浩言肯定会喜欢的。"

她根本不给阮映犹豫的机会，直接约好了薛浩言，让他放学的时候迟一点走。

放学铃响了二十分钟后，整栋教学楼几乎已经空空荡荡的了。

为了确保万无一失，向凝安还特地上楼去踩了点，确定四班只有薛浩言在，才让阮映去。

阮映完全是被刀架在脖子上。

向凝安告诉阮映："薛浩言的位置就在第一排的第一个，他现在就一个人在教室里等你呢。你把礼物给他之后就下楼。"

"嗯。"

向凝安拍拍阮映的肩膀："去吧。"

阮映手上拿着包装精美的小礼盒，再将小卡片放在最上面。她缓缓地从自己的教室里出去，紧张得心跳都快了几拍，转而往楼上走。

楼上一共有三个班级，四班在中间的教室。

阮映深吸了一口气，小心翼翼地走到四班的教室后门。她不敢贸然进去，而是先透过窗户看了眼。

这一眼，让阮映有些意外。因为四班不仅仅只有薛浩言在，余莺刚好就坐在薛浩言身边的位置。

很显然，向凝安给的情报有误。

阮映转而想要快步下楼，却听到余莺正好在问薛浩言："你觉得三班的阮映怎么样？"

薛浩言笑着："什么怎么样？"

阮映就站在门口，脚下像是灌了铅，怎么都挪不动。

四班教室里，余莺朝薛浩言娇嗔一声："你别装傻啊，你是不是对阮映有意思啊？"

"你哪里看出来的？"薛浩言问。

余莺说："我有眼睛啊，今天中午你还跟阮映打招呼了呢！"

"都是同学，打招呼有什么关系吗？"

"薛浩言，你到底怎么想的啊？"余莺委屈巴巴的。

阮映的心跳得更快了，像是溺水的鱼，想要挣扎，却发现自己就在水里。

她屏着呼吸,等待着薛浩言的回应。

很快,薛浩言语气散漫地说:"阮映啊,长得一般般,也没啥特点,我眼瞎了才会觉得她好看吧。"

第五章

"不用客气,明天起我罩着你。"

后来很多日子里回想起这一天,阮映都感觉自己像是一个跳梁小丑。

在盛夏最热的一天,她的心仿佛被一把用寒冰制成的利刃狠狠刺中,没有一丝一毫的痛感,却让她浑身冰冷颤抖。

小小的礼盒连同那张小卡片,眼下正被阮映死死地攥在手里。她的指尖发白,轻颤。

"长得一般般,也没啥特点,我眼瞎了才会觉得她好看吧。"

"长得一般般,也没啥特点,我眼瞎了才会觉得她好看吧。"

"长得一般般,也没啥特点,我眼瞎了才会觉得她好看吧。"

…………

这句话一次又一次在阮映的耳边响起,犹如一句句咒语,越念越快,压得她头疼欲裂,四肢无力。

阮映下意识想逃离这个地方,转身时,却意外撞上身边的一个垃圾桶。

铁质的垃圾桶被阮映撞倒在地,发出不小的声响。坐在教室里的薛浩言和余莺显然已经听到。

薛浩言连忙问了声:"谁在外面啊?"

余莺跟着轻笑:"薛浩言,你紧张什么啊?"

阮映顾不得将垃圾桶扶起来，抬起腿往楼梯口而去。

只不过令阮映万万没有想到的是，她在楼梯拐角处和蒲驯然迎面相撞。

蒲驯然似乎刚打完球，他身上的T恤湿了大半，面颊上也有汗水。没想到撞到的人是阮映，蒲驯然不知道发生了什么，堵住楼梯上问她："你在这里干什么？"

高中这两年，三班和四班一个在楼下一个在楼上，蒲驯然从未见过阮映上楼。

这个点无缘无故在这里见到阮映，又见她一脸失魂落魄，蒲驯然没去猜测她到底怎么了，只是担心她这副跌跌撞撞的样子。

阮映不知道怎么回答，有那么一刻，她被撞得大脑一片空白。

蒲驯然的洞察力到底比一般人强，他低头看到阮映手上的东西，最上方还有一张粉红色的小卡片，有些眼熟。

不一会儿，四班的薛浩言打开了教室前门，从里面迈出脚步。

薛浩言一出教室就看到了阮映和蒲驯然站在楼梯口，他下意识喊了阮映一句。

余莺也从班级里出来，一脸好奇地看着不远处的阮映和蒲驯然。

阮映没有回应薛浩言，她犹如一只惊弓之鸟，一双鹿眼死死看着蒲驯然。

那一瞬间，蒲驯然分明从阮映的双眸中看到一丝祈求。

虽然他并不知道她想要求他什么。

很快，行动代替了思考，蒲驯然居高临下地看着阮映，笑得匪气："怎么？有礼物送我？"

阮映失魂落魄，声音很轻："不是……"

阮映话还没说完，蒲驯然一把将阮映手中的东西抢过来，塞进自己的口袋："礼尚往来，从现在起我罩着你。"

阮映欲哭无泪。

她这会儿没心思和蒲驯然斗嘴。下一秒，阮映就听到身后的动静。那些声音在不断放大，刺激着阮映的感官。

薛浩言走近，问了句："你们在干什么？"

不用说，他听到了刚才蒲驯然和阮映的对话。

蒲驯然低头看了眼阮映，再抬起头，淡淡笑着对薛浩言说："好学生，你那么爱管闲事吗?"

"管闲事?"薛浩言自然不相信,"你和阮映?"

蒲驯然伸手将阮映拉到自己身边,用自己的大半个身子将她挡住。他高大的身躯完完全全成了她的屏障,护她周全。

眼前的一切,阮映其实是心知肚明的,但她也不想解释。

将错就错,或许是给自己最好的体面。

蒲驯然一脸散漫又嘲弄地看着薛浩言,语气却很坚定:"阮映,以后要是有人敢欺负你,我蒲驯然第一个不肯。记住了吗?"

一字一句,说得清清楚楚,掷地有声。

在蒲驯然说话的同时,楼下风风火火上来一帮男孩子。

都是刚才和蒲驯然一起打球的,有陈立强、平志勇、小胖等人。一开始他们还嘻嘻哈哈,不过见到眼前的情形之后,一帮人一愣一愣的,站在那里久久不敢动弹。

唯有一个人,在静谧的走廊里突兀地轻轻一笑。

余莺歪了歪脑袋,问:"蒲驯然,你开玩笑的吧?你和阮映什么关系啊?"

听人提到自己的名字,阮映有些敏感地抬头,直直地看着余莺,清晰地从她脸上看到不屑。

换成以往任何时候,阮映或许都不会任由余莺这样轻视,可现在不一样,她的自信早在刚才就已经被人踩在脚下,她没有力气翻身。

蒲驯然轻笑着问余莺:"关你什么事?"

此话一说,后面几个男孩子发出一阵阵笑声。

说来奇怪,跟蒲驯然一起玩的那帮男孩子都不太喜欢余莺。余莺漂亮归漂亮,但在班级里十分霸道。

余莺的脸青一阵白一阵的,明显很不服气。可是没有办法,面对蒲驯然这种不讲道理的人,她只能是撞到枪口上。

蒲驯然说完,转身拉着阮映的手腕准备下楼。那帮站在楼梯上的男孩子就自发地分成两边,将中间的路让给他们两个人。

也不知道是谁,突然带头轻喊了一声:"阮映姐!"

继而一帮人跟着起哄大喊:"阮映姐!"

蒲驯然并未阻止,而是侧头看了眼阮映。

阮映的脸上并没有什么表情,仿佛置身事外。

恍恍惚惚的,阮映只觉得这一切都很不真实。她麻木地被蒲驯然拉着走下楼,一直到向凝安喊了她一声,她才回过神。

阮映抬起头,很艰难地朝向凝安勾起嘴角。

向凝安刚才在楼下也亲眼见证了一切,不同的是她一头雾水,不知道事情怎么会演变成这样。

但向凝安看阮映的脸色,很快就知道事情不简单。

楼上一帮男孩子看热闹不嫌事大,这会儿偷偷地站在楼梯口张望。

蒲驯然伸手拍了一下阮映的脑袋,对她说:"傻瓜,时间不早了,早点回家吃饭。"

阮映回过神来,对蒲驯然说:"谢谢。"

蒲驯然勾着唇:"谢什么啊,我的好姐姐。"

阮映这会儿真的没什么心情和蒲驯然开玩笑,她拉着向凝安的手,缓缓下了楼。

蒲驯然并未追过去,望着阮映的背影,嘴角那抹笑意渐渐淡去。他知道她现在需要一些时间独处。

等阮映消失在了自己的视野里,蒲驯然折返上了楼。

刚才他回教室是准备拿书的。

不过书没有拿到,他倒是意外地收到了一份小礼物。

蒲驯然上楼的时候,嘴角的笑意早就已经敛了下去。他一副要找人干架的气势,就连一向喜欢打闹的平志勇也不敢出声。

从始至终,薛浩言一直站在刚才的位置,看着阮映和向凝安下了楼。他眼底有一团疑惑,似乎在思考什么。其实不难猜测,刚才他在教室里所说的话十有八九可能被阮映听到了,但他又迫切地希望阮映没有听到。

蒲驯然走过去,用自己的肩膀狠狠撞了薛浩言一下。薛浩言猝不及防被撞得连连后退,还撞到了垃圾桶上。

铁质的垃圾桶发出刺耳的声响,蒲驯然不悦地皱皱眉,对薛浩言说:"连着好几次挡我的道,你是不是对我有意见?"

薛浩言还未开口,一旁的余莺就跟着说:"蒲驯然,明明是你撞到别人,干吗贼喊捉贼啊？"

蒲驯然狠狠地剜了余莺一眼："要你多话了？"

余莺从没被人这么对待过，平日里哪个男生不是对她谄媚客气，唯独蒲驯然一副凶神恶煞的样子。

更气的是，她无可奈何。

平志勇连忙过来将余莺拉到一边，小声地说："我的余大美人，这个时候你就不要凑热闹了。"

余莺心里虽愤愤不平，却又没有办法。

蒲驯然这个人已经不能用"霸道"两个字形容，他不仅撞了薛浩言，还咄咄逼人。

薛浩言心虚地连连后退，最后背靠在墙上，咬着牙问蒲驯然："你到底想要怎么样？"

"怎么样？"蒲驯然用舌尖轻轻抵了一下腮帮，语气不善，"离阮映远一点。"

薛浩言不甘示弱："关你什么事。"

这话摆明了就是故意刺激蒲驯然的。

蒲驯然在学校里劣迹斑斑，若是这会儿他动手，薛浩言正好有证据反咬一口，而且墙上有监控，他们做了什么一清二楚。

马上就要高考，这个时候蒲驯然再被记上一个大过，可能会被学校劝退，甚至是开除。

蒲驯然缓缓朝薛浩言走近一步。

两人面对着面，剑拔弩张。

余莺第一次见这种阵仗，她虽然早就听说蒲驯然会打人，但在学校里没有见过他对任何一个人动手。相反，平日里蒲驯然吊儿郎当的，和谁都能打成一片，四班的男孩子似乎都很喜欢他。

眼下，蒲驯然这副狠厉的神色，让余莺也产生了浓浓的忌惮。

余莺轻声问平志勇："他们会打架吗？"

平志勇说："我哪里知道啊。不过真要打架，薛浩言算是完了。"

余莺着急地喊："薛浩言，你别理蒲驯然啊！"

然而，薛浩言却故意刺激蒲驯然，一改刚才那副心虚的样子，笑着说："没想到啊，你什么时候和阮映成为朋友了？我看她也一般般。"

蒲驯然单手插在裤兜里，指尖摸到了一张小小的卡纸。他俯身轻轻对薛浩言说："那是你眼瞎。"

薛浩言预料中的拳头并没有砸过来，相反，蒲驯然懒洋洋地朝教室里走去，拿了几本书出来。

这两年蒲驯然无心学习，就连课本都是崭新的。

不过，现在他突然有了一些不一样的想法。

要是他蒲驯然想，抢个年级第一来玩玩又有什么问题？

闷热的暑期，终于迎来了一场暴雨。

这场暴雨其实早已经有明显征兆。

B市是一座沿海城市，每到夏天必定要经受几次台风。

台风天的雨水充沛，且毫无规律可循。可能上一秒还是晴空万里，下一秒就狂风大作。这种情况通常会有两三天，那么这两三天整个城市都是凉爽的。

台风是个让人又爱又恨的东西，一方面能让炎热的天气得到短暂的舒缓，另外一方面又会给整个城市造成巨大损失。

这场暴雨是夜里九点左右倾盆而下的。和正常雨季时节的雨水不同，雨水倾盆而下，让人猝不及防。

奶奶叮嘱阮映晚上把窗户关好，以免雨水打进来。

阮映笑着说"好"，顺便拉上了窗帘。

B市人面对台风天早就见怪不怪，并未当成一回事，该做的准备工作早已齐全。

夜里十点，阮映还在写作业。

暑期的补课已经结束，按道理可以放松几日，但阮映不能停下来，因为一旦停止写作业，她就会想到其他事情。

终于，在一道题目上死磕了整整二十分钟后，阮映选择放弃。她趴在书桌上，整个人绵软无力。

整整一天阮映都没有什么胃口，但她生怕爷爷奶奶会发现什么端倪，一碗饭捧在手上大快朵颐，没有夹菜，三两下吃完就上楼继续学习了。

总是需要一些时间来慢慢缓和心情，阮映知道，这不过是时间早晚的问题。

只是阮映没有想过，她竟然会听到那些不堪入耳的话——"长得一般般，也没啥特点，我眼瞎了才会觉得她好看吧"……

这句话将她打入了十八层地狱。

没有一个女孩子能够经受这样的言语，更何况还是自己默默崇拜了两年的男孩子说的。

不过阮映不哭不闹，不怨天尤人。

从事情发生到现在已经过去整整二十多个小时，阮映的表现在爷爷奶奶眼中与往常并没有太大的不同。

只是独自一个人的时候，阮映不由得还是会自我怀疑。

她真的有那么差劲吗？

晚上十一点，向凝安给阮映发来消息。

向凝安：映映，你已经一天没有理我了哦。

向凝安：天气预报说，凌晨台风就有可能登陆了呢。

向凝安：风好大好大啊。

向凝安早已经知道了事情的前因后果，愤慨的同时，自然是要第一时间安慰阮映。

要不是阮映亲口所说，向凝安也不敢相信，一向正派的薛浩言居然会在别人背后说这样的话。

向凝安对薛浩言的滤镜早碎了一地，要不是阮映拦着，她早就冲到薛浩言家里狠狠骂他一顿。

这会儿，雨停了，风似乎也小了一点，外面一片祥和的景象，让人无法相信这就是台风天。

阮映不是故意不回向凝安的消息，而是她把手机关机了。

一打开手机，向凝安的消息"噼里啪啦"地传进来，足足有上百条。

阮映的嘴角突然上扬了一下，很是欣慰，因为她知道还有很多关心自己的人。

她连忙回复向凝安。

阮映：抱歉啊，我手机今天关机了。

向凝安几乎秒回：啊啊啊啊啊！

向凝安：你终于回复我了！

向凝安：呜呜呜，我都想哭了。

向凝安：你没事吧？

阮映并未逞强，她说自己不太好，心里还是很不舒服。

不过她又说，她会尽快调整状态，希望向凝安不要担心。

阮映倒还算乐观：其实挺好的，幸好发生了这件事，也让我能收一收心思。

阮映：接下来我就不会去想这些有的没的，全力以赴冲刺高考吧！

到底是年纪太小了，有的时候会产生诸多不切实际的幻想。

如今幻想破灭，也就不需要再去幻想。

晚上十一点，阮映卧室的窗户突然被什么东西轻轻砸了一下，发出声响。

起初，阮映以为是大风引发的，但很快，她发现这声响有点不太对劲。

阮映拉开窗帘时，正好有一块东西砸向窗户。

不知道是不是恶作剧，阮映看到了站在楼下的一个人影。

大台风天的，楼下的店铺都关得死死的，路上连一辆车都没有。

为了一探究竟，阮映打开了窗户，微微探出脑袋。

这一眼，她看到了楼下的蒲驯然。

暴风雨短暂停歇，蒲驯然站在一闪一闪的路灯下，一身白衣黑裤，手上抱着一袋奶糖。

在他扔到第九颗的时候，阮映打开了窗户。

蒲驯然顺势又扔了一颗糖上去，只不过这次没有玻璃的阻隔，那颗糖刚好扔到了阮映的书桌上。

"咚"的一声，是"孺牛"奶糖。

上次在医院的时候，阮映给过蒲驯然一模一样的。

阮映将糖抓在自己的手心，又把脑袋探出去了一点。

外头似乎又要下雨了，风吹得路边的树叶左右摇晃。有一只白色塑料袋不知道是从哪里被吹过来的，这会儿飞在半空中。

夜晚很静谧，越发显得风声像是在咆哮。

阮映压着嗓子朝楼下喊："蒲驯然，你干什么？"

蒲驯然仰着头看她，双眸里映着忽明忽暗的灯光。他晃了晃手上的糖，对阮映说："给姐姐送糖吃。"

几乎是蒲驯然的话刚说完,瓢泼大雨就倾泻了下来。

四季汇的水果铺子前之前是有遮阳伞的,但因为台风,爷爷早已经将遮阳伞收了起来。大台风天的晚上,阮映不知道蒲驯然站在外面多久了,她听不清楚他说了什么,见他没有雨伞,立即关了房间的窗户,转身下楼。

阮映大概没有想到,当她关上窗户的那一瞬间,蒲驯然以为这是一种无声的拒绝。他原地愣怔了一下,回味过来后,幽深的眼眸蕴了点似是而非的笑意,继而倒退几步,将奶糖放在墙角,打算离开。

这包"孺牛"糖是蒲驯然经过一家二十四小时便利店的时候无意间看见的。看见了糖,他下意识想到阮映,就想给她送糖吃。

他猜她心情应该不太好。

蒲驯然今天过得也不太顺心。暑期补课结束的第一天,父亲蒲德本打了个电话问蒲驯然要不要去C市。现在蒲德本的工作和生活重心都在C市,没空来来回回跑。只有寒暑假,蒲驯然若是想去了,就自己坐飞机过去。前两年蒲德本还会让自己的助理来接蒲驯然,但现在蒲驯然这个年纪了,蒲德本认为他已经有了能够独自出远门的能力。

不过蒲驯然也过了非要缠着父母不可的年纪,他谢绝了父亲的好意,表示自己一个人过得很好。可在蒲德本看来,蒲驯然是在公然挑战他的耐心。父子俩自然免不了一顿争执。

蒲德本在电话里语气不佳,对蒲驯然说:"我知道你想要跟你妈在一起,但是没办法,是她不想要你。蒲驯然,我请你搞清楚,我供你吃供你住,每个月给你花不完的零花钱,我已经仁至义尽!"

蒲驯然冷笑:"真是有趣,不知道你把我生下来干什么的。"

后来蒲德本大概是给蒲驯然那个远在A市的母亲方慧艳打了个电话,让她管管儿子。不多时,方慧艳就给蒲驯然打了个电话,让蒲驯然听话一点,去C市。

蒲驯然不肯听话,便直接挂断了方慧艳的电话。

方慧艳又给蒲驯然发了一条短消息,说:明年你就年满十八周岁,不是小孩子了。你真不想去就不去,好好照顾自己。妈妈爱你。

平河路八号很大,可蒲驯然并不认为这是一个家。

蒲驯然从顶楼卧室乘坐电梯来到地下一层。空空荡荡的负一层,有影音室、台球室、KTV，甚至还摆着不少的游戏机。他百无聊赖地逛了一圈，最后出了门。

蒲德本有一点很好，起码在饮食起居上不会亏欠蒲驯然。这几年，在花钱用度上，蒲驯然一向大手大脚。

蒲驯然一直漫无目地地游走，没想到不知不觉走到了阮家附近。

这期间下了一场大雨。蒲驯然就独自一人站在便利店的门口，看着雨水砸在地面上溅起水花，心里却没有半分波澜。少年背对着便利店站在台阶上，双手插在休闲裤的口袋里，肩宽腰窄，个子高挑，是最标准的身材。只不过，少年侧脸锋利，身上有股生人勿近的气势，叫人不敢贸然上前。

便利店里有个女店员刚好在值班，看到这个长相不错的少年站在门口，几次想要上前询问他是否需要帮助，但最后还是没能鼓起勇气。

蒲驯然并未觉得有什么，甚至也没有把自己想得可怜兮兮的。他只是单纯地想出来透口气，后知后觉今天是个台风天。

上一次刮台风是去年的九月。

那会儿刚刚开学，因为台风断断续续下了一整天的雨。蒲驯然没有带伞，出了校门后就站在一个屋檐下躲雨。他抬起头，正巧看到站在自己对面的阮映。阮映也没有带伞，她咬着唇四处张望。不多时，一个小老头急急忙忙朝阮映跑过去，阮映就笑着喊："爷爷，你来啦！"

小老头一脸宠溺地对阮映说："我就知道你没带伞。"

狂风将蒲驯然身上薄薄的T恤吹鼓起来，像是要让他变成一个气球，飞向远方。他还想起自己有一年心血来潮去了一趟内蒙古，在草原上坐过一次热气球。

那时他靠在热气球上俯瞰整个大草原，碧蓝的天空，青翠的大地，整个人飘浮在空中，仿佛脱离了地心引力的控制，一切变得自由而开阔。后来有人跟蒲驯然说，要坐热气球就应该去土耳其卡帕多奇亚。他天马行空地想，到时候一定会带上心爱的人，再次去体验。他会攥紧对方的手，告诉她不要害怕。但回过神来，蒲驯然还站在便利店的门口，形单影只，额角的头发被雨水打湿。

雨来得急，走得也急，无法预料下一场是什么时候。

蒲驯然抬起脚步准备离开的时候，不经意通过透明玻璃看见摆在货架上的糖，感觉有些眼熟，于是他又转身进了便利店。

女店员连忙起身，对蒲驯然说："欢迎光临。"

蒲驯然抿着唇，淡淡点头，径直走过去拿起那袋糖，扫码付款，迅速离开。

过客匆匆。有些人这辈子或许注定只能擦肩而过，就好比蝴蝶摇曳的翅膀掠过湖面，却能在湖面上引起久久不能停止的涟漪。

大晚上的，蒲驯然觉得自己大概是被狂风刺激，才会想一出是一出。他转身准备离开，也是在这个时候，四季汇水果店的卷帘门有了声响。

阮映伸手将卷帘门向上拉起，呼吸间还带着不稳的喘息。

"下雨了，快进来。"

阮映微微俯着身子，随着卷帘门升高，整个人出现在蒲驯然的面前。她穿了一件卡通睡衣，长发披在肩上，手心还攥着刚才蒲驯然扔上楼的那颗糖，光洁的小脚上套着一双粉红色的拖鞋。

蒲驯然站在门口，并未第一时间进去。一日未见，他觉得阮映似乎哪里有些不同了，但又说不上来。

阮映将卷帘门推到顶端，见蒲驯然一直不进来，便问他："你怎么不进来呀？"

蒲驯然俯身拿起那包被他放在墙角的糖，走过来塞到阮映的怀里："大晚上的，我就不打扰了。"

阮映低头看看自己怀里的糖，又看看蒲驯然被打湿的头发，到底还是问："你怎么了吗？"

蒲驯然神色自然，甚至带着轻松的笑意："我能怎么？"

"我看你心情好像不太好。"

很显然，今天阮映也感觉糟糕透了，但她还是能够一眼看出来蒲驯然的脸色不太好。即便是不看蒲驯然的脸色，这大台风天的晚上，他独自一个人站在这里，也有些不符合逻辑。

阮映没有继续追问，而是问蒲驯然："刚才你在楼下说什么？我没有听清。"

她是真的没有听清。

蒲驯然开始回想，他刚才和她相隔一层楼，总共只说过一句话——"给姐姐送糖吃。"

但有些话，说过一次就好，不用再刻意重复。

蒲驯然用屈起的食指关节轻轻点了一下自己的鼻尖,对阮映说:"我问你睡了没。"

阮映摇头:"还没。"

她又像是一朵在台风天被打蔫了的小花,轻轻地问蒲驯然:"你呢?是迷路了吗?"

蒲驯然低笑:"嗯,迷路了。"

他迷路了,所以才会步履蹒跚、跌跌撞撞来到这里。

楼上的爷爷奶奶听到了楼下的动静,一起下楼。见蒲驯然就站在门口,奶奶连忙说:"阿蒲,快上楼啊。"

蒲驯然想拒绝,奶奶却已经来到了他的身边,一脸着急地说:"你看看你,身上都被雨淋湿了,快上楼去洗个澡!"

"奶奶,大晚上的打扰了。"

"傻孩子,说什么傻话啊。"奶奶拍拍蒲驯然的肩膀,催着他上楼。

爷爷走过来准备关上卷帘门,显然也没有打算让蒲驯然离开的意思。

阮映怀里抱着蒲驯然塞过来的那袋糖,跟着一起上了楼。

后半夜的时候,狂风肆虐,没有电闪雷鸣,只有"唰唰唰"的大雨声。整个小区电路发生了问题,家里一片漆黑。台风天就不用指望能够睡一个整觉,更何况阮映原本就毫无睡意。

朋友圈里到处都是关于台风的消息:

"台风正面袭击,有够恐怖的!"

"家里断电了!手机也只剩下百分之十的电了。"

"没想到这个台风那么厉害。"

这些年,夏季的台风基本上都是无关痛痒地擦过B市边界,然后正面袭击其他地方。倒是这一次,B市遭受了重创。

外面的风声呼啸,像是无数人在嘶吼哭泣。如果初次经历台风,恐怕会被吓得捂住耳朵,但阮映早已经习惯。

黑暗里,爷爷拿出手电筒照亮了客厅。蒲驯然跟在爷爷的身后,生怕老人家磕碰到。阮映也从卧室里出来,积极地帮忙检查有没有哪里进水。不过即便是进水了,也没有办法处理得当,只能等待风雨过去。

奶奶坐在沙发上,一脸乐呵呵地问阮映怕不怕。阮映说不怕,她终于找到了一根蜡烛，连忙点燃。

　　暖橙色的烛光照亮了客厅，带来了一派祥和。外头的风雨和室内的平静形成鲜明对比。

　　奶奶又看看蒲驯然，说："没想到阿蒲穿老头子的衣服也这么帅气。"

　　阮映闻言瞥了眼蒲驯然，见他半蹲在阳台上摆弄那些花盆。蒲驯然洗了个澡，换下了被雨水打湿的衣物。眼下他正穿着爷爷的一件白色汗衫，这件汗衫因为有些大，爷爷没有穿过，但穿在蒲驯然的身上很合适。

　　记得以前还没有搬迁到这个安置小区的时候，每逢台风天，家里的窗户就被吹得"呜呜"响。那时候阮映年纪还小，但她一点都不怕，碰到台风天就乐呵呵地期待着发大水，这样就能等暴风雨过后穿着雨鞋去外面玩水。

　　不多时，爷爷奶奶都去房间睡觉了，只留阮映和蒲驯然还站在阳台上。

　　阳台做了封窗处理，所以雨水淋不进来。

　　蒲驯然忽然朝阮映伸手，说："糖呢？"

　　阮映看着他骨节分明的手，淡淡地说："在房间里。"她刚才随手放在房间的书桌上了。

　　"怎么不吃？"

　　"不太想吃。"

　　阮映摸了摸口袋，有一颗糖被她放了口袋里，她拿出来，放在蒲驯然的手掌心。

　　蒲驯然不依不饶，朝阮映抬了一下眉："剥一下。"

　　"你自己没手吗？"

　　"是啊。"

　　阮映没力气和他争辩，索性直接把糖纸剥开了再给他。

　　她有些话想对蒲驯然说，但一时间又不知道该从哪一句开始说起。

　　昨天发生的一幕幕本来已经被阮映消化得差不多了，可蒲驯然的出现，让一切都回到了原点。

　　阮映甚至开始回想昨天蒲驯然说过的所有话。在那个当下，阮映的确没有顾及太多，只当蒲驯然是避风港。可现在想想，那些话的确容易造成某些误会。

　　还是蒲驯然率先打破了尴尬，问她："你干吗这么含情脉脉偷看我？"

　　一句话，让彼此之间的距离瞬间拉近不少。蒲驯然还是那个自大又臭屁的人,能让她放松警惕。

阮映鼓起勇气,对蒲驯然说:"昨天……你拿走的那张卡纸,能还给我吗?"

蒲驯然嘴里含着糖,一脸无赖道:"什么卡纸啊?倒是有一串贝壳钥匙扣。"

他说着从口袋里拿出那串钥匙扣,在阮映面前晃了晃。

阮映没打算要回钥匙扣,只是疑惑:"就是放在礼盒最上面的卡纸啊!你没有看到吗?"

"没有。"蒲驯然又晃了晃手上的钥匙扣,"谢谢你送的小礼物。"

"不还也没事。"阮映说,"那你把它扔了吧。"

"你肯定知道,那不是送给你的。"阮映低着头。

蒲驯然收起吊儿郎当的表情,认真地看着阮映。他轻咬着嘴里那颗已经变软的奶糖,下颌的弧线清晰流畅。

"我不想知道,你也不用解释。"蒲驯然居高临下地看着阮映,"阮映,我昨天当着那么多人的面说的话,你应该也听得一清二楚。"

"我没有听到。"

"那我再说一遍。阮映,以后要是有人敢欺负你,我蒲驯然第一个不肯。记住了。"

阮映心里也像是经历了一场超强台风。

她刚刚缓和的心情,就像是风平浪静下的台风眼,一切看似无异,下一秒又开始狂风暴雨。

面对这样的蒲驯然,阮映不知该如何招架,索性就躲回了自己的房间。

当一只鸵鸟,把脑袋一埋,就可以当作一切都没有发生。

窗外的风越来越急,吹得树叶"沙沙"作响。

这一夜注定不平静。

蒲驯然看着阮映落荒而逃的背影,终究没有再咄咄逼人。

他回了属于自己的房间,从口袋里拿出那张已经被打湿了的粉红色卡纸。

卡纸上并没有署名,但一看字迹就是阮映的。只有几行字的内容,蒲驯然却并不打算细看。

阮映的行楷写得很漂亮,这得益于她从小在爷爷的逼迫下苦练字帖。

蒲驯然走到书桌前坐下来，桌上刚好有纸和笔，他便拿起笔，在纸上利落地写下两个字：阮映。

笔力劲挺，"阮映"这两个字被他写得格外好看。

初中的时候，蒲驯然写的行楷得过全省青少年书法大赛一等奖。而在获奖名单上，"阮映"这个名字就在蒲驯然的名字旁边。

洋洋洒洒写满了一页纸的"阮映"后，蒲驯然将这张纸叠起来放回自己的口袋，连同那张卡纸。

他双手交叠枕在脑后，漫不经心地看着窗外的黑暗世界，蓦地勾起嘴角。

第二天，太阳照常升起。

昨晚被风雨破坏的街道，这会儿被邻里街坊一起打扫干净，看不出一丝痕迹。唯有被折断的树枝和吹倒的花草，证实这场暴风雨的恶劣行径。

这场台风大肆扫虐，将花草树木全部吹得一时之间无法直立。

总是需要时间来慢慢平复这一切，再重新恢复生机。

阮映起床下楼的时候，蒲驯然已经走了。她难得睡了一个懒觉，醒来的时候已经是上午十点多。爷爷奶奶没有特地催她起床，知道她昨晚肯定睡得迟。

准确地说，高三党的暑期从现在正式开始，接下来会有将近三个星期的假期。

而这也是高考前夕最后一次的全身心放松，过后就要进入更为激烈的决赛圈，所有人都要开始全力以赴地冲刺。

见阮映下楼了，奶奶问："是不是饿了？厨房里有刚蒸好的豆沙包，快去吃。"

阮映去厨房拿了一个豆沙包，走到奶奶旁边。

奶奶对阮映说："阿蒲天刚亮的时候就走了。对了，他过两天就搬过来和我们一起住。"

"什么！"阮映简直不敢相信自己的耳朵。

奶奶乐呵呵的："怎么了？你不欢迎啊？"

阮映故意说："他是要赖上我们家了吗？"

"映映，你怎么又说这种话？"

阮映知道自己不应该说这种话，但她是真的不想蒲驯然住到家里。

他们两个人面对面说了那样的话，接下去她该怎么和蒲驯然相处？她完全不知道该怎么办。

昨晚阮映躺在床上辗转，最终决定和蒲驯然保持距离。但按照接下来的发展趋势，她和蒲驯然几乎抬头不见低头见。

奶奶拉着阮映到一旁坐下，开始苦口婆心地说："一大早的，蒲家就给我们打了电话。昨晚台风天蒲驯然没有在家，蒲家人都急疯了，后来知道在我们家，他们才放心下来。"

"他又不是小孩了。"

"话是这样说没错，但他身边一个家人都不在。"奶奶说，"映映，你不是一直嫌弃阿蒲成绩不好吗？你成绩好，可以多教教阿蒲。"

"奶奶，你就不怕你孙女吃亏吗？"

奶奶闻言怔了一下："吃亏？吃什么亏？"

"我十七岁了，和一个同龄的男孩子同处一个屋檐下，到底不太方便。"

"怎么就不方便了？你一个房间他一个房间，又不是以前一帮人挤在一个小房间里过日子。"奶奶倒是很心宽。

"奶奶……"

奶奶见阮映一脸不乐意，最终还是承认："好吧，其实是我做主让阿蒲在咱们家住下的。我想着，反正你们都高三了，一起也有个伴。"

奶奶这个人心肠软。

其实阮映也不是那种咄咄逼人的性格，只不过现在这种情况，真的不知道怎么和蒲驯然相处比较好。

为了让阮映有个好心情，趁着台风刚过天气不错，向凝安就带着她一起出去玩。

她们去的是海洋馆，就在平河路那一带。阮映最喜欢水母，向凝安就带她去看。

B市有名的平河路，据说以前是租界，道路两旁全都种满了法国梧桐树，美不胜收。

这些法国梧桐树都已经"年过半百"，一棵棵高大挺拔、郁郁葱葱。宽阔的平河路被两边梧桐树伸展开来的枝丫完全遮蔽，形成一道天然的屏障，阻隔了夏日的暑气。

阮映和向凝安各自骑了一辆自行车,慢悠悠地骑行在绿荫下,感受着清风拂过时沁人心脾的阵阵凉意。

不多时,严阳居然也骑着自行车来到她们身边。

严阳笑着跟阮映打招呼:"抱歉,并不是要刻意打扰你们,你们把我当空气就行了。"

阮映对严阳的印象一直都很不错,并没有觉得有什么。

向凝安一见到严阳就憋不住笑,问他:"你来干什么呀?"

"你说干吗?"严阳跟着笑。

"我不知道啊。"向凝安装无辜。

严阳说:"来找你。"

"找我干吗啊?"

"没什么。"

一旁的阮映受不了了,笑着说:"要不要我让个位置,我感觉我这个电灯泡瓦数太大了。"

向凝安连忙对阮映说:"喂喂喂,今天我是陪你的,要走也是他走。"

严阳自然不会离开,他慢悠悠地骑在两个人的身后,距离不远不近,保持得刚刚好。

这一路骑行花了半个多小时,在路过平河路那一幢幢别墅的时候,向凝安想起蒲驯然似乎也住在这一带,就问阮映:"你去过蒲驯然家吗?"

阮映说:"没有去过。"

向凝安说:"听说蒲驯然就住在平河路,你看,那边看起来好高大上。"

阮映顺着向凝安手指的方向望过去。

在郁郁葱葱的法国梧桐的掩映之下,是有不少别墅,那里戒备森严,透着神秘和未知。据说本市的首富就住在那里,可想而知,那里不是一般人住的地方。

阮映当然记得,蒲驯然说过他住在平河路八号。

终于抵达海洋馆,严阳是第一个冲过去买票的。

即便学生票可以打五折,但三个人下来花费也不少。阮映当下就把钱转给了严阳。

严阳憨憨地笑着说:"不用,我一直在课余时间做兼职,自己有存钱。"

许是台风刚过,游客并不多。

他们三个人慢悠悠地逛进去,不疾不徐地观察着神秘的海洋生物。

阮映最感兴趣的是水母,自然第一站就是先去看水母。

"据说,水母是没有心脏的。"一旁的游客轻声道。

晶莹剔透的水母在五光十色的灯光照射下,秀出旖旎的景象,绽放着与众不同的惊艳,一伸一缩,漫无目的地游弋。

阮映初中的时候心血来潮买过水母养,但养着养着,水缸里的水母就不见了。后来才知道,原来水母对环境的要求极其严格,而那只不见了的水母大抵是死了化成水了。

后来阮映就没再尝试过养水母,只是偶尔来看一看。

阮映安静地看着,整个人也仿佛游弋在水中,周遭的一切都顾不得。

她想一出是一出,又打算过两天去游泳,真正地感受一下漂浮在水中是什么样的体验。

向凝安和严阳默契地没有打扰阮映,他们两个人就在一旁,也不会觉得无聊。

置身在水母馆,仿佛身处一个异度空间,心情似乎也会变得不错。

向凝安拍了几张照片,故意带上阮映美美的侧脸照,发了一条朋友圈:"那些不长眼的人自有天收,宝贝独自美丽。"

严阳站在一旁,看着向凝安发的这条说说,轻叹一口气:"你这样做,是要给薛浩言看吗?"

"当然!"向凝安也不隐瞒,她就是要给薛浩言看的,"薛浩言这个坏人,害我闺蜜伤心,简直有眼无珠!"

向凝安并没有删除薛浩言的微信,本来她是想删除的,但想想还是先留着。她就想看看薛浩言会有什么动作。

果然,这两天薛浩言厚着脸皮主动给向凝安发消息,问她有关于阮映的事情。

向凝安只是回复了一个阴阳怪气的微笑表情,让薛浩言自己体会。

薛浩言居然还一副无辜的样子,说不知道到底发生了什么事情。

向凝安觉得薛浩言真的是有够恶心的。

向凝安问严阳:"那你说,薛浩言这个人怎么样?"

"我和他接触并不多,不能主观地做出判断。但是如果像你所说的,他在背后评论女孩子的外貌,那的确不是什么君子所为。"严阳一脸严肃地说。

向凝安白眼都要翻到天上去了:"还君子?他就是一个小人!"

严阳的嘴角带着温润的笑意,没有反驳向凝安。

没一会儿,向凝安的手机就振动起来。

向凝安心想,肯定是薛浩言看了她发的朋友圈又来找她,但意外的是,给她发消息的人是四班的小胖。

小胖全名叫陈光亮,因为他体重将近一百八十斤,所以大家都亲切地称呼他为小胖。

向凝安和陈光亮也是在学生会里认识的,但是平时两人几乎没有什么太多的接触。他们加了微信,一直到现在似乎都没有聊过一次。

小胖:你发的那个侧脸照是大姐的吗?

向凝安还有些疑惑:什么大姐?

小胖:阮映姐啊。

向凝安恍然大悟。

小胖:驯哥跟你们在一起吗?

向凝安:没有。

小胖:好的,我知道了。

于是小胖自作主张,把阮映现在在海洋馆的消息散布了出去。

他们一个个的刚放假无所事事,就想找点事情来做呢。尤其现在知道阮映成了蒲驯然的"姐姐",大家都想趁这个时候闹一闹蒲驯然。

海洋馆虽然游客不多,但是该有的表演一个不落。

下午三点半的时候,可以看到美人鱼的表演。

阮映满心期待着,早早找了个位置坐下。

时间尚早,她就拿出手机,看了看自己拍的那些水母照。此刻她的心情的确好了不少,最起码那些杂七杂八的思绪都已经烟消云散。

阮映正专注看着,突然感觉到身边有一股暖暖的气息靠近。她没有抬头,以为是向凝安,于是拿着手机问:"这些水母是不是超级好看?"

回答阮映的,是低沉喑哑的声线:"嗯,好看。"

阮映闻言吓了一跳,连忙侧头,就见自己身旁不知何时坐着蒲驯然。

蒲驯然微微勾着嘴角,眼神和语调都沾染着痞气。他大大咧咧地坐在那里,头戴一顶鸭舌帽,脖颈到锁骨的线条流畅,纯黑的装束带着神秘,白皙的肤色又柔和了这份不羁。

阮映微微蹙眉:"你怎么在这儿?"

蒲驯然漫不经心地说:"知道你想我了,我就来了。"

阮映无奈,小声嘀咕:"我才不想你。"

蒲驯然伸手将阮映拉到自己的身边,低头去看她手机上的照片。他是野蛮的人,浑身上下都透露着一股侵略和占有的气息。

阮映力气抵不过他,索性就把手机扔给他,然后离他远一点。

蒲驯然拿着她的手机,整个人透着慵懒,好像刚睡醒的样子。

其实昨晚蒲驯然一晚上都没有睡着,一大早他就离开了,是怕阮映见了他会不自在。

"拍照技术不错。"他不吝啬点评。

阮映还是不解:"你怎么知道我在这里?"

蒲驯然说:"你相信心电感应吗?"

"不相信。"

"好吧,有人通风报信。"

阮映微微蹙眉。

表演场馆里人还不多,蒲驯然突然又朝阮映凑近,逼得她退无可退。阮映想站起来,又被蒲驯然一把拉坐在位置上。他的动作霸道且自然,仿佛本该如此。

"阮映。"他低沉的声线轻呼她的名字,甚至还带着点沙哑,刺激着人的感官。

阮映一万个不自在:"干吗?"

"我坦白。"蒲驯然的语气吊儿郎当的。

"嗯?"

蒲驯然摘下自己的帽子盖在阮映的脑袋上,挡住了她那双看着自己的无辜大眼。

阮映下意识的反应是挣扎,但蒲驯然却轻轻按着鸭舌帽帽檐,让她看不到

141

他的面颊。

很快,阮映听到蒲驯然轻声说:"我坦白,是我想见你。"

阮映目光所及只有蒲驯然的耳朵和流畅的下颌,但她注意到,他的耳垂似乎从原本的白皙变成了粉红色。

阮映只是这个世界上最普通不过的女生,她有喜怒哀乐,有七情六欲,有自己的小情绪,也有她善解人意的地方。只不过,这个世界对于女性的"恶意"总是要大一些。

刚经历一段不美好的回忆,阮映已经极力不让自己的负面情绪影响到任何一个人。若是她表现出极其痛苦的情绪,别人反而会觉得她这个人十分矫情。

可这个时候,却还有人刻意在她面前煽风点火,后果可想而知。

蒲驯然的出现在当下看是有些不合时宜的。只不过后来很多时候阮映回想起来,那个时候的她没有上帝视角,不知道这个人在她未来的人生道路上扮演着何种角色,所以她才会下意识地排斥。

现在的阮映甚至觉得,蒲驯然所做的这一切都是"戏弄"和"玩笑",他用最稀松平常的语气捉弄她,不知道她现在正在承受的痛苦。

可当阮映看到蒲驯然泛红的耳垂,内心突然有一种说不清道不明的柔软,于是伤人的话到了嘴边又被她咽了下去。

刚好向凝安他们也到了人鱼场馆,演出即将开始。

阮映又一次落荒而逃,起身朝向凝安走去。向凝安忍不住朝阮映挤眉弄眼,小声询问发生了什么事情。

向凝安总是热心肠,可有时候这股热心肠会好心办坏事。但无疑她是最关心阮映的朋友,无论是现在还是将来。

表演场馆里的人越来越多,四班的一帮男孩子也都来了,全部规规矩矩地坐在蒲驯然的身后。而蒲驯然则坐在阮映的身后不远处。

距离隔得不算太远,阮映挽着向凝安的手臂一起看人鱼表演,蒲驯然则大大方方地看着阮映的背影。

今天阮映穿的是长袖长裤,她是有点怕冷的,这点蒲驯然知道。

去年冬天蒲驯然还见过阮映穿着一件厚厚的白色带毛领的羽绒服,硬生生把自己裹成了一个球。那天天气的确很冷,但不至于穿那么多。她路过他的身边,像是靠近了什么病原体,跑得飞快,没有一丝一毫的留恋。

后来蒲驯然也注意到,她的冬季校服要比别人换得晚一些,夏季校服要比别人换得早一些。

没了帽子的遮挡,蒲驯然的刺头发型在人群中尤其显眼。他微微弓着身子,双手手肘抵在敞开的大腿上,十指交叉,大拇指指尖轻轻触碰。

想到自己刚才和阮映所说的话,他低眸勾唇笑了一下,也觉得有些不可思议。

坐在蒲驯然身后的小胖清楚地看到他的神情,连忙伸手扯了扯一旁平志勇的袖子,压着声音说:"驯哥自己一个人在傻笑呢!"

"快拍下来啊!"

"我不敢啊!"

"真没用!"

"你行你上啊!"

人鱼表演的时长只有二十分钟,很快就结束了。阮映看得认真,还有些意犹未尽。

结束后,阮映就和向凝安慢悠悠地往外走。向凝安时不时转头看一眼身后,实在好奇蒲驯然这个家伙是什么心态。

前面的通道有一些小拥堵。四班那群大男生的到来,几乎一下子就把海洋馆的通道占满。

蒲驯然走过来站在阮映的身边,高高大大的他像个人形立牌,也不说什么话。

阮映刻意让开一点,蒲驯然就凑过来一点,简直无赖到了极点。

这时,眼尖的平志勇带头起哄,喊阮映:"阮映姐好!"

这突兀的叫喊声,让还滞留在场馆里的人下意识回头望了一眼。

阮映没有理会平志勇,而是瞪了蒲驯然一眼。她对别人倒是不会发脾气,把所有的气都撒在蒲驯然的身上。因为始作俑者就是蒲驯然,冤有头债有主。

蒲驯然照单全收,看了眼阮映的脸色,不自然地摸了摸自己的鼻子,轻轻咳了咳,对那帮人说:"一边玩儿去,我家姐姐害羞了。"

"蒲驯然!"阮映神色严肃,"你跟他们说清楚,我跟你什么关系都没有!"

"你要是不喜欢,我就让他们别叫。"蒲驯然一脸无辜又无赖。

阮映气得牙痒痒,很想动手在蒲驯然那张伪善的脸上用力拧一把,但人多口杂,显然会越描越黑。她不想再纠结这件事,拉着一旁的向凝安就走。

可刚走了两步,阮映又想起自己脑袋上还顶着蒲驯然的鸭舌帽,于是又走回去把鸭舌帽摘下来,十分不客气地扔在蒲驯然怀里。

蒲驯然伸手接过,帽子上还带着阮映的体温,他笑着说:"等会儿,我跟你一起回家。"

得到的是阮映无声的回应。

四班的那群男生哪里见过蒲驯然对一个女孩子这么服服帖帖的,全都肃然起敬地看着阮映。他们一个个心想,阮映果然不一样,能把蒲驯然收拾得毫无脾气。

能让这一帮人看到这一出好戏的,小胖的功劳自然不用多说。

平志勇钩着小胖的肩膀,朝他竖起了大拇指:"行啊,小胖!"

小胖眨眨眼:"小意思,小意思。"

另外一边,阮映拉着向凝安越走越快,向凝安简直要跟不上阮映的步伐。

"慢点慢点!"向凝安拉着阮映,"我要摔倒了呀!"

阮映反应过来,放慢了脚步,对向凝安说:"抱歉啊。"

"阮映啊,你有没有发现你的表现有一点点反常?"向凝安笑嘻嘻的,"说实话,我感觉碰上蒲驯然的时候,你表现得要奇怪很多。"

"还好吧。"阮映仔细分析,"他突然跑过来,让我有些抵触。"

"也别太抵触嘛,我看蒲驯然其实也蛮不错的。家里有钱,人长得也帅,看着还特别有安全感。"

"安安……"

向凝安见阮映一脸苦恼的样子,忙摆摆手:"好吧好吧,不说这个了,咱们走吧,下一站去小吃街。"

"嗯。"

从海洋馆里出来,时间已经是下午四点多了。小吃街在城区热闹的地方,要坐公交车过去。

从海洋馆一出来就是公交车的始发站,所以几乎每个人都能坐上位置。

阮映和向凝安两个人坐在后排双人座的位置上，四班一群男生就大大咧咧地坐在最后两排。严阳不知道什么时候跟四班那群人混到一起去了，一路上有说有笑的。

其实跟蒲驯然一起玩的那帮男生也不全都是差生，其中的小胖就是年级前二十，成绩十分优异。

今天公交车上没有开空调，车窗大开着，凉爽的风就从窗户吹进来，吹得人懒洋洋的。

阮映有一点点累了，闭着眼睛靠在椅背上，算是小憩。

蒲驯然坐在阮映身后的位置，双手撑在她的椅背上，从另外一个角度看，他整个人像是从后面拥着她。不过阮映不知道，她也无暇顾及。

半个小时后，公交车到达小吃街附近，阮映也睁开了眼。

这一路上阮映仔仔细细捋了捋一些事情，也渐渐拨开云雾见青天。

下公交车的时候人挤人，阮映走在一个年轻男人的身后，突然肩膀被人用力撞了一下，站在阮映身侧的中年男人骂骂咧咧："快点啊！别站着不动啊！"

阮映还未开口说话，就被蒲驯然拉到他的身侧。他面色不善，朝中年男人道："没看到前面堵着吗？你有本事飞过去啊。"

狭窄的空间里，蒲驯然单单是身高就压人一头，而且此时他一脸凶神恶煞，无理还要辩三分，更何况他是得理不饶人的性格。中年男人的气势一下子就弱了下去，不敢开口说话。

蒲驯然凶完了中年男人，转而低声细语地问阮映："没事吧？"

阮映摇摇头，轻声说："没事。"

她知道蒲驯然是帮了自己，这个时候就没有必要端着架子跟他唱反调。

这个点，小吃街的人陆陆续续多起来了。

阮映刚好有些饿，开始寻觅美食。

这条小吃街的小吃都很地道，不像旅游景点的东西又贵又难吃。

阮映和向凝安刚走到一个小摊子前，平志勇就跟了过来。

一开始阮映没觉得有什么奇怪的，直到平志勇着急帮忙扫码付款，阮映才知道他莫名其妙出现在她身边是怎么回事了。

平志勇对阮映说:"阮映姐,驯哥说了,你吃什么他请。"

"不用,我自己会付款。"阮映觉得别扭极了,"还有,你能不能不要叫我阮映姐?"

"好的!阮映姐!"平志勇凑到阮映面前小声说,"阮映姐,你给个面子,驯哥说了,只要你别抢着买单,我们这一帮人在这里吃的东西都是他请客。那你要是自己买单了,我们都得自己买单。"

向凝安在一旁"嘿嘿"地笑:"好啊,那我就不客气了。"

阮映无奈,抬头看向站在不远处的蒲驯然。他好整以暇地环着胳膊,不像是来吃东西的,倒像是来这里凑个热闹。

见到阮映在看自己,蒲驯然很主动地朝她走过来,俨然一副"我就是你的守护神,随叫随到"的架势。

刚好,阮映也可以把话跟蒲驯然说清楚:"你不要请我吃东西,我自己会买。"

蒲驯然低下头,用阮映才能听到的声音对她说:"我请朋友吃东西,这有什么问题?"

"谁是你朋友?"

"你啊。"

"你能不能别那么无赖?"

"不能。"

他们两个人低声交头接耳的,就连向凝安也很识相地走到严阳身边,把空间留给了阮映和蒲驯然两个人。

阮映喜欢吃臭豆腐,还是极其臭的那种。

她坐在小摊子前,等着店家把臭豆腐端上来。但蒲驯然这个人挑剔,不喜欢味道重的食物。他靠在椅子上,皱着眉,捏着自己的鼻尖,一副公子哥的做派。

等店家把臭豆腐端上桌后,蒲驯然的眉头皱得更深了。

阮映瞥了蒲驯然一眼,自然不会管他喜不喜欢。她加了一大勺醋,又加了一大勺辣椒,自己大快朵颐。

嘈杂的小吃街,人来人往,夹杂着 B 市的本地方言。

阮映低头吃臭豆腐,蒲驯然就直白地看着她。

阮家的餐桌上几乎没有辣味的菜，口味也一向很清淡。阮映想吃辣，但又承受不住这辣味，被辣得嘴唇红了一圈。她皮肤白皙，这会儿脸颊也被辣得泛起红晕。

蒲驯然看着有点发呆。

突然，阮映抬起头，问眼前的人："蒲驯然，你是不是撞邪了？"

这个问题让蒲驯然猝不及防地一怔。

阮映神情自若地朝他挑了一下眉，催促他快点回答。

蒲驯然笑了："没有。"

蒲驯然很快化被动为主动，朝阮映靠近了一点，说："我没中邪，我想保护你，仅此而已。"

阮映一脸正色："那我换个问题。"

"什么问题？"

"蒲驯然，你要不去医院看一看？"

蒲驯然"扑哧"一笑，这下干脆自己拿手抵着额头，用舌尖顶了顶腮帮，一脸无奈："姐姐，你真可爱。"

阮映换位思考了一下，觉得自己对待蒲驯然的态度也有些问题。

刚才她在公交车上的时候就想了一路，回想起自己和蒲驯然之间相处的点点滴滴，又想到蒲驯然亲口对自己说的那些话。

此刻，阮映看蒲驯然的眼神不再那么尖锐排斥，甚至还有一丝丝怜悯。

一开始蒲驯然以为是自己眼花，可当阮映又一次这么若有所思地看着自己，脸上还流露出一种他很可怜的表情，蒲驯然终于忍无可忍，扯着阮映到一旁问："你给我说说，你这是什么眼神？看路边的流浪狗吗？"

阮映十分坦诚："我换位思考了一下，觉得自己不应该那么对你。"

"哦，你这意思是现在可以让我做你最好的朋友了？"

"不用，我们什么关系都没有。"

蒲驯然故意捂着自己的胸口，装作一脸痛苦："阮映，你这招杀人诛心好样的！非得要说这种话吗？"

阮映还真的被蒲驯然蒙骗了，连忙说："蒲驯然，我没有要伤害你的意思。"

蒲驯然眯眼看了看阮映，顺着说："你不是一次又一次伤害我了吗？人心都是肉做的。"

阮映跟着说了抱歉，态度极其诚恳。

她刚才换位思考了一下，突然就能明白蒲驯然的心情。她觉得他们两个人之间应该有一种更好的处理方式，她不应该总是冷眼相待。

阮映道了歉，蒲驯然的态度反而正经起来，他双手插在兜里，认真地问她为什么道歉。

阮映说："我没有想过伤害你，只是这几天我心里也不舒服。"

蒲驯然正色："不舒服就朝我发火呢？"

"我没有。"

"阮映，你还记得你欠我一个人情的事情吗？"

阮映怔了下，记忆深处好像是有这么一回事。

蒲驯然靠近，在阮映耳边暧昧不清地说："你好好想想，怎么还我这个人情，我等不及了。"

耍赖谁不会啊，阮映以其人之道还治其人之身。

还人情什么的，没门。

第六章

"就那么不想跟我扯上关系吗?"

逛完小吃街,附近的夜市摊也刚好摆上了,又可以逛上一圈。

学生党都热衷逛夜市,毕竟价格便宜,还能淘到一些好东西。之前因为紧张的学业,阮映已经好久没来逛过夜市,这会儿也算是彻底放松了心情。

后知后觉的,阮映似乎一直没有再想起过薛浩言这号人物。

倒是薛浩言,主动给阮映发了消息,但阮映早已经将他拉黑。

阮映是在那天准备送信的时候无意间听到薛浩言的话,当天就果断将他给拉黑了。

不过因为向凝安的朋友圈,薛浩言知道了阮映的动态。

他知道今天阮映去了海洋馆,还去了小吃街,这些都被向凝安一一记录。

薛浩言给向凝安发消息那会儿,向凝安正和严阳坐在一个肉丸铺子里吃肉丸。B 市的肉丸很有名,最有名的就在弄堂的小吃街里。

看到薛浩言的消息,向凝安冷笑了三声。

严阳问她笑什么,她就把薛浩言发来的消息给严阳看。

薛大猪头:凝安,你和阮映在一起吗?

薛大猪头:我想我们之间应该有什么误会,你能帮我约一下阮映吗?

薛大猪头:收到消息拜托回复一下。

薛大猪头：在线等。

严阳无奈地摇摇头，问向凝安："薛浩言这是什么意思？是不是真的有什么误会？"

向凝安一脸义愤填膺："有什么误会？误会他说的话？难道那些话不是他亲口说的吗？他现在说这些话是干什么呢？还想约阮映，他下辈子再好好想想吧！"

严阳被堵得哑口无言。

逛完夜市已是七点半，天刚暗下来没一会儿。

黑夜刚刚接棒白昼，路灯也帮忙照明，前路不难，只管大胆迈开脚步。

阮映的心情无疑好了很多，脸上也有了笑容。

向凝安贼兮兮地拉着阮映，说："你和蒲驯然看起来还蛮般配的。"

"别乱说。"阮映一脸认真。

向凝安吐吐舌头："说说而已嘛，以后的事情谁又说得准呢？"

说着，她又扯了扯阮映的手臂，说："看，蒲驯然在那儿！"

"我不看。"

"有女孩子找他搭讪！"向凝安倒是一脸激动，"你别说，蒲驯然的外形条件真的没得挑。"

"不关我事。"

"你看一眼嘛，那两个女孩子长得很漂亮。"

阮映抬头，还真的看到有女孩子跟蒲驯然搭讪。两个女孩子一脸羞涩地站在蒲驯然的面前，不知道说了什么，只见蒲驯然冷着脸，一副拒绝的模样。很快，那两个女孩子垂头丧气地离开，似乎是碰壁了。

刚好蒲驯然抬头，撞见阮映在看他。他朝她扬了一下眉，神色恢复了惯常的懒散。

不多时，阮映的手机上收到蒲驯然发过来的消息：我没有给人家联系方式。

阮映看了眼，无奈又好笑。

她低头回了句：哦。

蒲驯然：喂，你也不准随便给男生联系方式。

阮映干脆不回复他了。

向凝安正在一个摊子前选发夹，每一个看起来都不错，就怎么都挑选不出来。

阮映没有选择困难障碍，喜欢什么直接挑选，也会给向凝安一些意见。

向凝安突然说："我现在觉得，蒲驯然这个人还蛮不错的。"

"你为什么变得那么快？"

"就相处下来啊，感觉他这个人挺有礼貌的。"

"哦。"

"那你觉得他人怎么样？"

这句话倒是问住了阮映。

经过这段日子的接触，阮映对于蒲驯然的了解自然不少。蒲驯然这个人虽然自大臭屁，但做人爽快，没有什么坏心肠。他阳光开朗，身边拥簇者不少。那帮男孩子也不是傻子，他们愿意这么追着蒲驯然，自然也是因为蒲驯然本身有这个能力让人喜欢。

阮映也并不讨厌蒲驯然，相反，这段时间她和蒲驯然偶尔斗嘴，悄然建立起了友情。

时间不算晚，向凝安提议走路回去。不知何时，他们和四班那群人变成了一行，这似乎就是青春该有的模样。他们走在行道树旁边，路灯将人的影子拉长又缩短，个子高的男孩子伸手就能摸到树叶，女孩子手挽着手走在最前面。

一行人好不热闹。

平志勇是跳得最高的那个，时不时拉着严阳开玩笑："我们阳哥也很牛的，上次抢了我一个篮板呢。"

严阳的性格也开朗，下午的时候就和这帮人有说有笑的，这会儿也开起平志勇的玩笑："那是你技术不佳，我倒是水平一般般，别给我戴高帽。"

"阳哥，你说话怎么老气横秋的啊？"

"我从古代穿越过来的，一时间还不适应现代人说话。"

"哈哈哈，那我从未来穿越过来的。"

"你怎么不说你从外太空穿过来的？"

一帮人开怀大笑。

这一路上，阮映听着他们说说笑笑，也会不自觉跟着扬起嘴角。事实上，这帮人都很好相处，不像她之前以为的那样凶神恶煞。

偶尔四班有人故意找阮映说话，阮映也不会沉着脸，有问必答，但阮映不会是主动的那个人。

分岔路口，必定有人要离开，因为家的方向不同。临别时，四班的人都会特地跟阮映打一声招呼，还挤眉弄眼的："阮映姐，我先走啦，让驯哥送你啊！"

不管阮映怎么纠正，那帮人已然认定她就是跟蒲驯然关系不浅。

阮映一开始还费口舌争辩，到最后也没力气辩驳了，因为不管她怎么说都没有用。

走到最后一段路程的时候，向凝安也和阮映挥手再见，此时只剩下阮映和蒲驯然两个人走在路灯下。

平河路与这里离得不算很近，蒲驯然再打车回去，还得要点时间。

阮映对蒲驯然说："你快回去吧，不早了。"

蒲驯然突然来了一句："手给我。"

阮映下意识皱了皱眉，不知道蒲驯然这会儿又要干什么。

蒲驯然笑了，又一副吊儿郎当的样子："快点。"

阮映说："你要干吗啊？"

蒲驯然从自己口袋里拿出一个小东西，放在阮映的手掌心。

是一只水母造型的钥匙扣，粉红色的，还带着蒲驯然的体温。刚才他在逛夜市的时候无意间发现，当下就想到了阮映。他之前注意到阮映书包上挂着的一个钥匙扣，已经不爽很久了，莫名地就很讨厌。

阮映同样也想到之前薛浩言送的那个钥匙扣，果断朝蒲驯然摇了摇头："不要。"

接下来的日子里，蒲驯然的厚脸神功简直练到了出神入化的地步。他几乎每天都要在阮映面前晃悠。

习惯成自然，只对阮映一个人自然而然。

第一天，蒲驯然一大早来找阮映，问她要不要跟他一起去参加一个演出。

阮映拒绝。

第二天，蒲驯然大晚上来找阮映，问她要不要一起吃夜宵。

阮映拒绝。

第三天，蒲驯然来阮映家吃午饭，问她下午要不要出去玩。

阮映拒绝。

第四天，蒲驯然心血来潮带来了一只通体雪白的萨摩耶，难得把阮映给逗笑了。

他比阮映还开心，因为知道她喜欢狗。

…………

不过一直到开学前夕，蒲驯然都没能把阮映约出门。

蒲驯然也不气馁，反正阮映拒绝他，他第二天再找个借口，不厌其烦地去烦阮映。

有时候蒲驯然会给阮映发一些好看的照片，再问一声她在做什么。

阮映的回答不冷不热，她几乎每天都在学习，不是做试卷就是看书，和蒲驯然惬意的生活不同。

很快，新学期正式开始。

阮映也正式迈入了高三，开启了全力备战高考的状态。

开学第一天班主任就进行了几乎半节课程的思想教育，意在让学生们打起精神。

不管上学期成绩如何，不管整个高中阶段成绩如何，现在还有时间，只要努把力，一切都还有可能。

阮家其实对于阮映的要求不是很高，只要能考个一本就行，也让阮映的压力不要太大。

爷爷奶奶还是希望阮映将来能够当一名老师，也算是传承他们的衣钵。爷爷以前就是一名老师，就连阮映现在的班主任都是爷爷以前的学生。

阮映从小在家庭的熏陶下，也一直很明确自己将来要当一名老师。

刚开学不久，三班和四班就有了一些传闻，传闻说的是阮映和蒲驯然关系不一般，动静还闹得不小。

而三班这边却没什么太大的动静。

传闻在四班越演越烈。

上午出早操时，阮映排队下楼到操场。四班那几个老是和蒲驯然混在一起的男同学见了她，故意喊了声"阮映姐"。阮映没有理会，但这叫喊声刚好也被三班的人听到，几个爱八卦的女同学不免低头窃窃私语。

阮映也不可能拿着大喇叭高喊"我和蒲驯然什么关系都没有"。

谣言这种东西一传起来就像是臭屁，无形也抓不住，但臭味又真实存在。

后来瞿展鹏还主动过来找阮映，问她跟蒲驯然之间是不是有什么关系。

面对瞿展鹏直白的问题，阮映也是一脸坦荡地直接回答："没有。"

瞿展鹏一脸不相信地说："我问过四班的人了，蒲驯然说要保护你。"

阮映一个头两个大，说："你能别那么八卦吗？我多大人了，要他保护什么？"

阮映被这件事烦得头痛，因为不管阮映如何否认，别人依旧只愿意相信自己相信的。

也不知道蒲驯然在外面是怎么乱说的，现在各种版本的传闻都有，而且连高二的人也都知道了。这还得归功于蒲驯然的名气大。

蒲驯然在学校里的名声一直不太好，但奈何长得帅家里又有钱，背地里关注他的女孩子自然也是一大把。

得知蒲驯然和一个女孩子走得近，别人难免会好奇这个女孩子长什么样子。

只不过大家都没有想到，会是三班那个长得最乖的阮映，因为想象不出来他们两个人是怎么产生交集的。

可所有人见了清冷的阮映之后，都会识相地闭嘴，毕竟阮映长得真的很好看。

比如这天中午在食堂，几个高二的女孩子就刚好坐在阮映的身后小声议论。

"就前面那个，那个长头发的！"

"真的假的啊？没见他们走在一起过啊。"

"我没有看清楚啊，我们换个位置。"

"长得还可以啦。"

"好清纯啊。"

…………

阮映觉得自己身后的人大概以为她是聋子，这么大动静的讨论声，她听得一清二楚的。但她只能装作没有听到，因为这种讨论声她已经不止一次听到，如果每一次都要去回应，她根本就不用学习了。

这其中最让阮映无语的是，范萍还特地发短信问她和蒲驯然之间是什么关系。

总之，范萍又不搭理阮映了，见了阮映跟见了仇人似的。

两人前后桌，抬头不见低头见，阮映已经尽量不去关注范萍的情绪，但还是会有些苦恼。

就连向凝安也问阮映："你说，你和范萍之间到底怎么办哦？"

阮映说："我也不知道。"

向凝安也帮着想法子，私底下去找范萍谈。范萍说自己现在要专心学习，不去想这些有的没的了。向凝安又把这话转达给了阮映，这才让阮映放心。

不过阮映觉得，她很有必要和蒲驯然谈一谈，事情再发展下去，她怕会影响到学习。

蒲驯然影响的范围之广，以至于阮映现在真的丝毫没有想起过薛浩言这号人物。

开学这几天在学校里，阮映难免会听到薛浩言的名字，但她的内心毫无波澜。甚至做操的时候在操场上看到薛浩言，阮映都无感。

倒是薛浩言，好几次想要主动找阮映说话，但见到阮映冷着脸将他当作陌生人的样子，他又不敢贸然上前。

薛浩言最终还是去找了向凝安，当面问向凝安："到底怎么了？"

向凝安看着薛浩言这张虚伪的脸都想吐，但还是耐着性子："怎么了？你是怎么在私底下说阮映坏话的？你自己都忘了？"

薛浩言早就想好了解释："那都是开玩笑的啊。"

"哦，关我什么事呢？"向凝安说，"能别老是找我吗？被别人看到了还以为是我要倒贴你呢。"

薛浩言的脸色铁青，向凝安却喜笑颜开。

可人就是容易这样，越是知道对方不搭理自己，越想要往上贴。

薛浩言现在就是这样一个状态。有时候他在路上看到阮映，就会不由自主想到和她一起在图书馆里写作业的情景，很想主动跟她说说话。

终于有一天，在食堂里的时候，薛浩言主动喊了阮映一声。

阮映听到了，但一个眼神都没有给薛浩言。

见到蒲驯然不是一件难事，想找他谈话也不难。

阮映在学校里和蒲驯然零交流,但蒲驯然依然会来她家蹭饭。

某天饭后,阮映主动走到蒲驯然面前,说有话跟他说。

蒲驯然却一反常态,不跟她谈。

"蒲驯然,你能不能讲讲道理?"阮映急得跳脚,不管他答不答应,把他拉到外面。

在家里不太方便说这些,阮映生怕爷爷奶奶听到什么,到时候又造成不必要的误会。

B市已经开始入秋,早晚温差大。阮映穿了一件短袖,冷得起鸡皮疙瘩。

蒲驯然心思细腻,又折回去给她拿了件外套披在身上,一脸不正经地对她说:"别冻着了,我心疼。"

阮映对于蒲驯然的这种话已经自动免疫,全当没听到。

可她也没有忽略,蒲驯然居然能够观察到她冷。

蒲驯然被阮映拉着,也不反抗,眼底泛起笑意,看起来心情很不错。

阮映把他拉到花坛前,还不等她开口,蒲驯然就已经先发制人:"我知道你要说什么,你不就是想跟我撇清关系吗?但老实说,我没有在别人面前提一句你和我的事。"

"那,那些传闻怎么来的?"阮映问。

蒲驯然耸耸肩:"我怎么知道?可能是我魅力太大,大家都对我比较好奇。"

阮映轻叹一口气:"那你能不能告诉别人我们现在什么关系都没有?"

"不能。"

"为什么啊?"

"因为我巴不得和你有关系。"

不过,这句话蒲驯然并没有说出口。

阮映看着蒲驯然深邃的眼眸,一时之间空气有些凝结,尴尬的氛围在蔓延。

蒲驯然淡淡笑了笑,对阮映说:"你要我跟外人这样说也可以,但是有个前提。"

"什么前提?"阮映问。

"你跟我去一趟我家。"

蒲驯然说完一看阮映那副警惕的样子,就忍不住笑。他故意逗她,俯身在她的耳边蛊惑:"敢不敢啊?"

阮映怕了他："我不敢！"

"你脑子里在想什么？"

"什么都没想。"

"你确定什么都没想？那你为什么不敢？"

"蒲驯然，你有话直说好吗，去你家干吗？"

"给你看个东西。"

"什么东西？"

"看了就知道了。"

后来阮映还真的去了，选了个周日，去了传说中的平河路八号，蒲驯然的家。

为了保险起见，阮映带上了向凝安，还让蒲驯然把他那帮好哥们儿也叫过去。总之要热热闹闹的，不能单独两个人。

蒲驯然简直要被阮映这副谨小慎微的样子逗笑，但他也照做了。

这是阮映第一次来蒲驯然的家，也见识到了什么叫富二代的家。其实阮映从未用看待富二代的眼神看过蒲驯然，即便知道他一身行头不菲、知道他的自行车价值好几万。但当她看过蒲驯然的家之后，才真正知道了什么叫作人与人之间的差距。

向凝安显然比阮映更激动，掐着她的手惊呼："天啊，有一个大泳池！啊啊啊啊！还有一个大花园！啊啊啊啊！这是什么天堂啊！"

更让人长见识的是，蒲驯然家的地下一层全都是玩的。可以说，足不出户就可以办个聚会了！

有这么多设备，还要出门找什么乐子？在家里就能一直待着一直爽啊！

向凝安现在面对蒲驯然的时候也会亲切地喊一声"驯哥"，牢牢抱紧驯哥的大腿。

跟着驯哥有肉吃。

驯哥心情好，打开KTV的大门，让向凝安自己去里面尽情嘶吼。

向凝安那叫一个开心啊，扔下阮映就拿着话筒高歌去了，阮映想拦都拦不住。

有的人去看电影，有的人去打台球，有的人在玩电动。总之想要玩什么只管尽情。

安排好了所有人之后，蒲驯然独自带着阮映上楼。

阮映到蒲驯然家里之后话就少了许多，她安安静静地跟他一起坐上电梯，看着这个犹如宫殿一样的房子，说心里不震撼那是假的。

最让阮映印象深刻的是刚进门的时候头顶那盏巨大的水晶吊灯，灯一打开，折射出耀眼的光芒，真有种如梦似幻的感觉。这种场景她只在电视里看过，还觉得太不真实，可现在却真实地看到了。

只不过，偌大一个房子，里面却空空荡荡的。阮映脑子里莫名有个奇奇怪怪的想法，觉得蒲驯然就是关在这个家里的金丝雀。据说这么大一个家，就蒲驯然一个人住，偶尔会有保姆来帮忙打扫卫生，但保姆也不是住家的。想到这里，她又觉得蒲驯然其实也挺可怜的。

"到了。"蒲驯然站在一个盖着黑布的东西面前。

阮映好奇："里面是什么？"

蒲驯然故作神秘："你自己去揭开吧，很吓人的。"

"你让我来就是为了吓我？"

"不然呢？"

阮映没有扭捏，两步上前，伸手揭开黑布。

很快，一个巨大的水母缸展现在了阮映的面前。

阮映原本做好了被惊吓的准备，没想到却变成了惊喜。

水母缸长宽均有两米，占据了房间大部分的空间。房间里的电动窗帘自动拉上，光线开始变暗，水缸里的灯光就越发好看。

数不清的水母在粉红色灯光的照射下缓缓游弋着，慵懒肆意。

只要看着它们，阮映的心情就能变得很好很好。

上次在海洋馆的时候，阮映就对水母意犹未尽，很遗憾不能自己养。眼下在这里见到那么多水母，它们在水中一张一合，晶莹透亮，柔软如绸，让人眼花缭乱。

弄到那么多的水母，花了蒲驯然不少时间和精力。

水母非常娇贵，稍微一不小心就会弄死。蒲驯然知道阮映喜欢，潜心研究了很多天才能将那么多水母展现在阮映的面前。

"喜欢吗？"蒲驯然的五官在昏暗的环境下，尤其显得棱角分明。

阮映抿着唇笑，点点头。她沉浸在水母世界里，心情愉悦。

再没有什么比水母更让她喜欢的东西了。

蒲驯然靠在水缸上，看着阮映："别光点头，喜欢吗？"

阮映说："喜欢。"

"真的喜欢？"

"喜欢。"

阮映万万没有想到的是，蒲驯然要给她看的东西居然是水母。

她也不知道他是怎么做到在家里放下一个这么大的水缸，养这么多水母的。

但阮映知道，蒲驯然一定花费了很多心思。

就像蒲驯然所说，人心都是肉做的。阮映的心就像是被泡发在暖洋里，她也正在一点点被融化瓦解。她莫名有些害怕事情继续发展下去，不知道会演变成什么样子。

阮映收起眼底的欢喜，记得自己此行的目的："蒲驯然，东西我也看过了，那你也要说话算话。"

"什么话？"

"你可以不耍赖吗？"阮映眼底透着不悦，"说好的，我们什么关系都没有。"

蒲驯然一改刚才的嬉闹，认真地问阮映："就那么不想跟我扯上关系吗？"

他沉着脸，周遭的空气似乎都冷了几度。那双瞳仁漆黑幽深，又亮得摄人心魂，紧紧盯着阮映。

阮映不知道怎么回答，只是点点头。

"我知道了。"蒲驯然的声音也冷到极点。

说好的，蒲驯然要跟别人说清楚阮映跟他没有什么关系，他的确履行了自己的承诺。

不久后，学校里关于蒲驯然和阮映之间的流言蜚语开始慢慢变少，阮映身边也少了指指点点的同学。两人在路上偶遇，蒲驯然也不再主动和阮映打招呼。

阮映不知道蒲驯然现在是不是在和她闹别扭，她也没有心思去琢磨，因为学业紧张。

最近阮映更加用功，几乎把所有的专注力都放在学习上。而她的生活似乎也回到了之前，每天三点一线，学习是她生活的全部重心。

蒲驯然没有再对阮映纠缠不休，甚至也不再来阮映家蹭饭。他似乎开始慢慢地淡出阮映的生活，连同之前的一切联系。一切关于蒲驯然存在阮映生活中的痕迹似乎也开始慢慢退去，只是偶尔在饭桌上时爷爷奶奶无意间还会谈起，但阮映都下意识不再去关注。

偶尔在学校远远见了面，他们也仿佛是陌生人，没有眼神的交会，更没有口头上的交流。蒲驯然营造给阮映的那份亲切感，也随着时间的流逝慢慢变得模糊。他还是那个经常会被人提起的蒲驯然，还是那个让阮映感觉横行无理、野蛮暴躁的蒲驯然，但不再是那个在阮映面前自大臭屁的蒲驯然。

日子过得波澜不惊，对于高三党来说，高考前的每一天都是煎熬，但高考前的每一天都充满希望。人生似乎总是那么矛盾。

这天，难得体育课没有被其他老师占领，但体育老师要求跑八百米的声音一出，还是让学生哀号了好久。

向凝安在一旁吐槽："还不如让英语老师占了呢，八百米对我来说简直就是噩梦。"

阮映想到接下来的八百米，也有点腿软。她这个人平时运动量很少，基本都是坐在椅子上。尤其是高三之后，大多数时间都埋首课桌前，充其量就是上下学的那点路程花费了一点脚力。

这节体育课三班和四班是一起上的，不过两个班级的课程不一样，四班是先绕操场跑一圈再去打排球。

三班这边热身运动过后，就要准备跑步。

阮映想着早死早超生，就自告奋勇去了第一组跑步，向凝安紧随其后。

站在起跑线时，阮映无意间往旁边看了眼，不小心看到了蒲驯然。

蒲驯然穿着白色短袖校服，肩宽腰窄，他刚跑完步，脸不红气不喘，手上拿了个排球在把玩着。

他表情淡淡的，正午的阳光照在他的脸上，似乎让他整个人都在发光。几个和蒲驯然关系好的男生围着他，这人无疑是焦点。

虽然这段日子阮映和蒲驯然没有什么交集，但避免不了的就是像这样抬头不见低头见。尽管阮映想要忽视，但蒲驯然的存在感极强。

口哨吹响时阮映才回过神来，她跟上大部队一起奔跑，调整呼吸，迈开脚步，也将蒲驯然甩在了脑后。

慢悠悠地跑八百米对阮映来说还能够接受，但八百米测速就要使出浑身解数。

刚跑了一会儿，阮映就喘得不行，一旁的向凝安同样如此。

跑步间隙，向凝安还有空跟阮映吐槽："我跑不动了，怎么办啊？"

阮映的嘴唇都泛白了，伸手轻轻拉了向凝安一把："加油啊，很快就跑完了。"

在场外的人看来，跑八百米的确很快，不过是绕着操场跑一圈半；但对于正在跑步的同学来说，这无疑是一场煎熬。

每跑一步，阮映就在心里默念，马上就要跑完了，马上就要跑完了……

可终点似乎在遥远的天边。

跑步的时候，她感觉双脚似乎都不是自己的了，呼吸也不稳。

好不容易跑完了，阮映站在终点线不远处的位置久久不能平复呼吸，心跳很快，身上的汗也瞬间渗透出来，甚至有点犯恶心。

三班这边跑八百米，四班的一些同学也会围观。

刚好平志勇看到阮映在跑步，连忙对蒲驯然说："驯哥驯哥，阮映姐在跑步呢！"

陈立强好笑地推了平志勇一把："还用你说？"

后来在排球场上，蒲驯然想起阮映刚才吃力跑步的样子，忍不住哑然失笑。

他心想，小懒猪，体力也太差了。

不久后，B市几乎彻底入秋了，校园的树叶开始变黄，春天飞来的叽叽喳喳的燕子消失得无影无踪，早晚的温差越来越大，白昼也变得越来越短。

阮映早早换上了秋季的长袖校服，这套黑白色的校服她穿了好几年，还是保持着崭新的模样。有时候走在校园里碰上高一的新生，阮映这个高三的学姐还是不免有一些感慨。没想到一眨眼，她已经是高三党。现在回想起来，高一入学的情景她甚至还记忆犹新。

不知不觉高三已经过去将近一个月，第一次的月考很快就要来临，就在国庆前夕。

这次月考过后可以短暂地放松几天，国庆有七天假期，但高三党只有三天。三天，对于现在的高三党来说已经弥足珍贵。

向凝安早早地就开始在规划国庆假期去哪儿玩,还问阮映要不要参加。

难得阮映竟然点头同意,还问向凝安准备去哪儿,她也准备准备。

向凝安一脸意外地看着阮映:"太阳打西边出来啦?以前喊你一起出来玩你都不出来的呢!"

阮映说:"总得放松放松呀。"

"我们准备去沉浸式剧本杀体验馆。"

"那是什么?"

"简单来说,就是剧本杀的一种延伸,不单单是几个人围绕在桌子前找出真凶,而是有真实的场馆,每个人还要扮演角色。"

阮映从未玩过这种游戏,一脸好奇。

之前向凝安就经常邀请阮映去玩剧本杀或者密室逃脱,不过阮映总是闷在家里不出来。如果对宅女进行等级评选,阮映当之无愧成为冠军。

向凝安对阮映说:"你要是来的话,我算你一个名额,要两天一夜哦,重点是要过夜!"

阮映点点头:"好,我来。"

向凝安还是有些疑惑:"你怎么突然就转性了呀?"

"哪有什么转性不转性的,我真要出来玩,你不欢迎呀?"

"欢迎欢迎,热烈欢迎!"

阮映笑了笑,继续低头写生物试卷。或许是厌倦了每天三点一线的生活,她竟然也会冒出来一种无聊的念头。这段时间,阮映明显感觉到自己的生活中似乎缺少点什么东西,但具体是什么她又说不上来。可阮映知道的是,她现在迫切地想要换一种心情。如果要给自己现在这种状态一个解释,大概是学习的压力太大。

上个学期期末考试刚考了班级第一名,在接下去的月考里,阮映不想名次掉得太难看。生物算是阮映的短板,她最近一段时间都在积极地复习,正写着,试卷上出现了一道有关于水母的题。

阮映愣了一下,下意识就想到了蒲驯然。

蒲驯然家里那么一大水箱的粉红色水母,现在是不是都活下来了?应该不好养活吧?又或许,他早就已经扔掉了。

转眼又是体育课。

这天的体育课也没有被其他老师占领,三班的学生们也能短暂地舒展筋骨。但想起上周的八百米,三班的学生都倒抽一口气。

上课铃响起的时候,阮映才和向凝安急急忙忙从教室里跑出来,准备到操场上集合。她们刚下楼,迎面就看到了准备上楼的薛浩言。

阮映和向凝安没有打算理会,没想到薛浩言却上前一步堵住了阮映的去路。阮映皱着眉,不悦道:"麻烦让一让。"

薛浩言却说:"阮映,我想跟你说一句话。"

开学将近一个月,薛浩言和阮映几乎每天都能见面,却没有任何交流。现在见到阮映,薛浩言终于忍不住想把心里的话说出来。

"说吧,我听着。"阮映的表情淡淡的,清澈如水的双眸看着薛浩言,不带一丝一毫的情绪。

薛浩言说:"可以就我们两个人吗?"

"不可以。"

薛浩言轻叹一口气,说:"对不起。"

阮映没有说话,只是看着薛浩言。

薛浩言又说:"关于那天的事情,我想了很久。对不起,阮映。"

"说完了吗?说完的话,麻烦你让一下。"阮映说着拉着向凝安掠过了薛浩言,阔步往操场上走去。

向凝安笑嘻嘻地看着阮映,小声地说:"阮映,你好飒啊!"

阮映拉着向凝安:"快别说废话啦,老师都在集合了!"

此时此刻,蒲驯然就靠在楼上的走廊栏杆上,淡淡地看着楼下的一幕,懒散中带着点凌厉。等到阮映跑远了,他才慢悠悠地收回视线。

月考的当天,恰逢大雨。一场秋雨一场寒,下雨的天气就越发显得有些凉意。阮映早早就到了考场外面等待,百无聊赖。

月考的时候,所有学生的位置都是打乱的,阮映被分到了隔壁的二班。考试时间未到,教室的门也全都上了锁,所有学生只能在外等候,等到老师拿卷子过来才会开门。

时间尚早,向凝安就来找阮映聊天,等到老师来了她才跑到自己的考场去考试。让阮映怎么都没有想到的是，这次月考她居然和蒲驯然是一个教室。自从那日和蒲驯然约定好不再有关系开始，他们两个人似乎真的没有什么关系了。

平日阮映在学校里见到蒲驯然的次数也不多，即便是见面了也只是擦肩而过，不会有什么交集。

其实最开始的那几天，阮映是想跟蒲驯然打个招呼的，毕竟爷爷奶奶总是在她耳边念叨蒲驯然的近况，她并不能真的当他是个陌生人。可蒲驯然面对她的态度就是一副生人勿近的模样，她便打消了和他打招呼的念头。

第一门考的是语文，蒲驯然几乎是踩着考试铃声进的教室。他穿着秋季的黑白校服，手上就拿着一支黑色水性笔，准确无误地找到自己的位置坐下来。

蒲驯然和阮映坐的是同一列，不同的是他们两个人一个在第一个，一个在最后一个。阮映就坐在最后一个位置上，一抬头就能看到坐在第一个的蒲驯然。他个子高挑，坐在第一个位置上尤其显眼。

从始至终，蒲驯然都没有回头看过一眼，更没有看坐在后面的阮映。试卷已经下发，蒲驯然一副认真的样子埋头开始书写。阮映想到上个学期期末考试时蒲驯然考了个全年级倒数第一，不由得一笑。

语文考试的时间通常都比较紧凑，等到阮映全部写完再次抬头时，第一排的蒲驯然已经不见了。他提前半个小时写完，早已经交卷。

上午的第二门是数学。数学考试蒲驯然就更快了，几乎是刚坐下来半个小时，他就起身交卷。为此老师还提醒他再多做一点题目，时间尚早。

蒲驯然一脸坦诚，对老师说自己能写的都写了，不会写的写了也是白写，再坐在这里也是浪费生命。

这段对话引得考场里的学生发出一阵笑声，一个个都抬起头来看着蒲驯然。

老师无奈地摇摇头，只能放他离开考场。

阮映当时也抬起头看着蒲驯然，心想他应该知道他们两个人是同一个考场。但那又如何呢？反而莫名有一点尴尬。

接下来的几门考试，阮映也会习惯性地关注一下蒲驯然。主要是他的个性做派在考场里很显眼，提早交卷几乎就是蒲驯然的标配，也不知道他是真的做完了还是都空着。

考试结束的第二天就是国庆，语数外的成绩早已经出来，剩下的生物、化学物理综合阅卷老师也加紧在国庆当天给出成绩。每次成绩出来，班主任都会下发到班级群，供学生自己查看。这次成绩下发的时候，阮映就在家里专程等着。她已经估算过分数，基本上八九不离十。

果然功夫不负有心人，阮映这次依旧还是班级第一，名次并没有往下掉。但再次获得班级第一名，阮映的心情并没有太大的波澜。她翻出全年级段的排名，下意识去找四班蒲驯然的名字。

从最底下的排名往上翻，这次倒数第一已经不是蒲驯然。阮映莫名有些欣慰。阮映再一个个往上搜寻，一直搜到倒数一百也没有看到蒲驯然的名字。

高三一共有八个年级，每个班级都有五十多个学生，全年级一共有四百三十二个学生。等到阮映翻到第二百二十二名的时候，赫然看到了蒲驯然的名字。阮映简直不敢相信自己的眼睛，她再仔细看了看，发现蒲驯然的成绩并没有她想象中那么差。

蒲驯然考了全年级二百多名，这个成绩在普通学生当中也算尚可。

阮映再看了看蒲驯然各科的成绩，其中英语，蒲驯然考了150分，满分。

国庆假期，阮映和向凝安约定好去玩沉浸式剧本杀。

阮映没有玩过，所以她提前做了一些攻略。据说到时候每个人都要扮演相对应的角色，更要熟读剧本。

一个本子有十个人参加，阮映顺便问了问向凝安还有谁来。向凝安一脸神秘兮兮的，说到时候阮映就知道了。

他们去的地方是B市的一家民宿，位于城郊，名叫"零零一探案馆"。

这家民宿的面积不小，装修风格十分古色古香，绿色植被也很多，甚至还有很多游乐项目。即便不是来这里玩剧本杀，单单来度个假也是一种不错的体验。

因为是国庆，所以前来询问体验的人比较多，不过向凝安早就已经提前预定，一来就给每个人安排好了房间和角色，根本不用另外费心。

剧本的名字为《凶宅》，有一些恐怖的元素在，背景设定在民国时期。所有参与游戏的人员都要按照各自的角色换上由工作人员提前准备好的衣物，甚至还要改变自己的发型。

给阮映安排的是一个民国时期女学生的角色，她要换上蓝色的袄与黑色的裙。民宿的一位工作人员还特地给阮映绑了两根麻花辫，刚好也贴近阮映的年龄,乍眼一看特别合适。

分配给向凝安的是一个大小姐的角色,她也穿着旗袍,不过比阮映的旗袍更加华丽富贵。

两个人换好衣服之后,不免要进行一顿自拍。向凝安爱死了自己这个角色,在镜子前照了又照,说:"旗袍可真好看啊,我还是第一次穿。"

阮映也是第一次穿,她站在镜子前抚了抚自己的两根麻花辫,心情很不错。

"男孩子的好像也很好看,刚才我看到严阳穿中山装了,挺帅气的。"向凝安喜滋滋的,说等下要去跟严阳拍合照。

阮映在这个剧里是有自己的 cp 的,她在剧本里名叫小映,有个和她同龄的男朋友。根据剧情介绍,小映还打算和她的男朋友私奔。

不过有几个男生还没有过来,所以阮映并不知道她在剧中的男朋友到底是谁扮演。

除了阮映和向凝安,他们一行人还有另外三个女孩子。不过另外三个女孩子阮映不太熟,所以一开始也没有怎么交流。

换好衣服之后,阮映就和向凝安回了自己的房间稍作休息,并且熟读剧本。她们被安排在一个双人标间里,房间外面就是阳台,阳台上还有木质的秋千。

秋日天气凉爽舒适,坐在阳台上荡荡秋千,别有一番滋味。民宿远离城市喧嚣,还能感受鸟语花香,的确是不错的安排。

将近黄昏,晚霞像火焰一般燃烧,染红了半边天空,空气中弥漫着芬芳。民宿里种了不少桂花,这个时节正是桂花盛开的时候,香气肆意又霸道。

阮映不吝啬夸赞向凝安:"找到这么一个地方,你应该花费了不少心思吧?"

向凝安笑了笑:"小意思啦,只要大家开心,我就开心。"

"有你真好呀。"阮映由衷这么觉得。

地方好,价格自然也不会太便宜。对于学生党来说,优先考虑的都是经济因素。

不过向凝安跟大伙儿打包票,到时候结账时 AA 的价格一定是所有人都能够接受的。

剧本杀正式推理从晚上统一开始,现在各自只要适应角色,顺便在民宿里游玩就可以。

据阮映所知,男生那边严阳是肯定来了的,另外阮映还知道平志勇也来了。

刚才平志勇在门口见到阮映的时候下意识就喊了一声"阮映姐"。

后来他意识到自己口误,连忙纠正。

看到平志勇,阮映不免就联想到蒲驯然,莫名有些异样的情愫。她心里有种预感,感觉这次的剧本杀蒲驯然肯定会来。而且,不偏不倚她在剧中有男朋友,这个男朋友不会那么凑巧刚好就是蒲驯然吧?

如果真是这样的话,这一切都不是什么巧合了。

在阮映再三逼问下,向凝安终于举起白旗投降:"好好好,我坦白吧。"

"坦白从宽,抗拒从严。"

向凝安撇着嘴,说:"其实这次剧本杀是驯哥安排的,不仅是他安排,而且一切的费用都是他出的。"

"向凝安!"阮映一脸严肃,"你为什么要瞒着我啊?"

"其实一开始我也不是故意要瞒着你的。后来,是驯哥让我不要跟你说……"向凝安一脸做贼心虚,"其实那天我说要组织国庆活动的时候,我都没有想到你会主动要来玩,害得我还担心要怎么说服你跟我们一起玩。"

向凝安干脆把自己的责任推得一干二净:"我也没有逼着你来玩呀,而且,你也没有问会有谁来玩。我更倾向于,这一切都是上天的安排。"

阮映突然一个头两个大。一想到等会儿要面对蒲驯然,她就有点不知所措。

向凝安问阮映:"你和蒲驯然该不会老死不相往来吧?"

"我没有这样想过,"阮映有些别扭地说,"是他不搭理我。"

阮映那次和蒲驯然说的,让他解释清楚和她的关系,但她并没有想两个人做不成朋友。毕竟学校里各种谣传,的的确确影响到了阮映,唯一能够解决问题的就是蒲驯然这个当事人。

阮映没有想到,第二天蒲驯然就把她当成了陌生人,看到她的时候主动视而不见。

阮映从未处理过类似的事情,虽然她想彼此的关系和睦,可事情已经发生,她也想不到更好的办法。随着日子一天天过去,她也再次适应了和蒲驯然这种

"陌生"的关系。

当知道今天的这一切都是蒲驯然的安排时,阮映又开始茫然了。

她搞不懂蒲驯然是怎么想的。这段时间他不是一直把她当作陌生人的吗?为什么又要安排这些?

既来之,则安之吧。

阮映也只能这么想。

"对了,蒲驯然这次月考的成绩你看到了吗?"向凝安问。

阮映莫名有些心虚,说:"……不知道。"

向凝安一脸激动:"你知道蒲驯然这次英语考多少分吗? 150 分呢!他居然考了 150 分!"

"嗯……"

"是不是觉得很不可思议?"向凝安说,"我听说蒲驯然之前在外国语学校读书的,还得过全国英语大赛一等奖呢!"

后者阮映倒是真的不知道,有些意外:"真的吗?"

"骗你干吗?你现在还能在网上查到他当时演讲比赛的视频呢,也就几年前啊。"

蒲驯然能够从全年级倒数第一考到中上游的位置,英语给他拉分不少。阮映这次英语也才考了 135 分,对她而言其实挺不理想的,因为英语一直都是阮映的强项,她一般都是靠英语拉分。

阮映看过蒲驯然的成绩,语文这一块他也是没有什么太大问题的,另外几门的分数他也都在及格线。所以蒲驯然要是真的认真复习一年,成绩再往上提几个档次完全不是问题。

下午五点的时候,民宿统一安排晚餐。

在餐桌上,阮映并未看到蒲驯然的身影,一颗心莫名放松不少。

今晚吃的是民宿的招牌菜,口味也都是阮映喜欢的,她吃了不少。

平志勇看到阮映就傻乎乎地笑,私底下还故意问:"阮映姐,你和驯哥吵架啦?"

阮映问:"为什么这么说?"

平志勇说:"我又不瞎,最近你和驯哥都没有什么互动了。而且驯哥每天黑着一张脸,都没人敢惹他。"

"我没有跟他吵架。"阮映说。

平志勇点点头:"明白明白。"

阮映企图解释:"你不明白……"

但平志勇根本不听她的解释。

晚餐过后,剧本杀就要正式开始了。他们一行人的剧本任务安排的是十个人,少一个人并不影响案情的推理。

这个案件推理会一直持续到明天早上,中间还有一些需要配合的戏剧部分。

其中,阮映就要和自己的cp一起搭档。不过她的搭档迟迟不来,她就只能单独行动。

剧情正式展开之后,整个民宿的场景也都发生了一些改变,最明显的就是灯光变暗了不少。

阮映的胆子虽说不小,但单独行动的时候还是会有些害怕。一开始阮映都是和向凝安一起行动去找线索的,可是后来向凝安也有自己的剧情线要展开,所以就不能和阮映一起。

等到阮映一个人进入一个昏暗的房间时,她心里还真的有点毛毛的。

民宿里时不时还会播放一些瘆人的音乐,渲染气氛。

几乎是阮映刚踏入房间,一个人形玩偶就掉落在她的面前。阮映吓得一屁股坐在了地上,这还不算完,那个玩偶居然还会动,甚至发出"咯咯咯"的笑声,飞速朝她爬了过来。

房间里只有一盏忽明忽暗的小灯,视线只能看到自己眼前一米的范围。

阮映缩在角落里,吓得泪都泛出来了。她紧紧咬着牙,把那个故意捉弄人的玩偶抓起来扔到了门外。

就在这个时候,阮映的手腕忽然被什么东西给拉住。阮映这下再也忍不住了,下意识想要尖叫。她闭着眼睛不管三七二十一就对那个"东西"一阵拳打脚踢,颤抖的声音里带着哭腔说:"别过来!我打死你!"

"是我。"蒲驯然打开手机的灯照着房间,蹲在阮映面前。

阮映抬起头,看清楚眼前的人了,一肚子的委屈瞬间倾泻出来:"你干吗故意吓我!"

"我没有,我才刚来。"蒲驯然的嘴角带着痞痞的笑意,伸手去拉阮映。

阮映拍开他的手,自己站了起来。

也不知道为什么,她觉得没那么害怕了。

蒲驯然顿了顿,问她:"吓哭了?"

"我没有。"阮映吸了一下鼻子。

正说着,房间的门突然被关闭,他们两个人被困在了里面。

阮映用力地去开门,却怎么都打不开。

"我们的剧情线要开始了。"蒲驯然幽幽地说。他的声线低沉,在这幽暗静谧的环境里,增添了几分异样的性感。

阮映没有理会蒲驯然,走到房间角落独自坐着。

蒲驯然也走过来,特地坐在阮映的身边。

他故意关了手机电筒,房间里一下子又是一片昏暗。

"蒲驯然,"阮映终于叫他,"你把手机电筒打开。"

"不打开。"蒲驯然又是无赖上身。

"你怎么这样啊?"

"我就这样啊。"

阮映莫名有些生气,气蒲驯然的无赖,气蒲驯然的自以为是,气蒲驯然这副吊儿郎当的样子。

很快,阮映又意识到一个问题,她为什么要生气呢?

这样不对。

阮映正想开口说话,蒲驯然看着她,低声说道:"你先别说话,我们继续走剧情。

他像是在剧情里,又不像是。

等双眼适应了黑暗,阮映也看清楚了蒲驯然的穿着。他大概是换上了民宿准备的衣服,现在穿着的是一件黑色的小立领中山装,整个人看起来似乎多了一些成熟,多了一些攻击性与傲慢感,但又不失少年的张扬。

"那快点找线索吧。"阮映说着远离蒲驯然,到房间的另外一边开始埋头找东西。

这个房间不大,充其量也就只有二十平方米,里面的设计是中式风格,有一张靠墙的床,还有衣柜和床头柜。

眼下衣柜是紧锁着的，要找到钥匙才能打开。

阮映没有一开始那么害怕了，开始逼着自己认真思考。既然房门被锁死，那么有关的线索就应该都在这个房间里。只要她静下心来慢慢找寻，就一定能够找到答案。可是很奇怪，阮映的心思根本就汇聚不到一个点。此刻干扰她的外界因素只有蒲驯然。

蒲驯然不依不饶地跟在她的身后，就盯着她看，完全没有一点帮忙找线索的意思。

等到阮映找到一个需要解答的题目后，蒲驯然就优哉游哉地靠在墙上，一脸无关紧要地看着她解答。

阮映也没有奢求蒲驯然能帮得上什么忙，她蹲在墙角低着头默默在心里解答。

不多时，蒲驯然突然开口："阮映，你不敢看我。"

这句话显然是激将法，但阮映还是中了圈套。

阮映停下手上的动作，转过身来，抬起头，目光直视蒲驯然的双眸，一脸正色："我有什么不敢看你的？"

蒲驯然半蹲下来，离阮映很近："这么多天没联系，是不是发现我又变帅了？"

阮映无语，伸手推了一下蒲驯然靠过来的肩膀："你离我远一点。"

蒲驯然被阮映推坐在地上，干脆也就不起来了，继续道："你知道我这次月考考了多少名吗？"

"不知道。"

"真不知道还是假不知道？"

阮映没有说话，因为她知道。

蒲驯然说："我考了第二百二十二名。"

"进步那么快，真是你自己考的吗？"阮映问，说完之后又觉得自己这个问题有些不太妥当。

"侮辱人格了啊。"蒲驯然笑了，"你不就坐在我后面嘛，我做什么小动作难道你不是看得一清二楚？"

"我才没空看你。"

蒲驯然臭屁地朝阮映扬了扬下巴，说："放心，抄袭这种事情我还不屑，抄都懒得抄。我自己成绩差，这点自知之明还是有的。"

阮映闻言一笑。蒲驯然这种性格的人，似乎都跟他生不起气来。他总可以将压抑紧张的氛围化解，让人觉得轻松。

蒲驯然凑过来，问阮映："笑了啊？"

"不能笑吗？"

"必须可以啊，我说这么多还不是想让你开心吗？"蒲驯然说，"这个月我有在认真复习，也是想趁着这次月考看看自己的水平到底怎么样。"

"哦。"

"讲真的啊，你说我这水平，还有救吗？"蒲驯然问得一脸认真。

阮映点点头："还有救。"

"那你要救救我吗？"

"不要。"

"不要那么小气嘛。咱俩谁跟谁？"

"蒲驯然，你又来了，能不能不说这个？"

蒲驯然低笑了声，往阮映那边靠近了一点。

"阮映，你说过，等我考到年级第一，你就答应我一件事。"他声线冷静下来，空阔，且自带穿透力。

"我什么时候说过？"她的声音有点轻。

"反正你就是说过。"蒲驯然又恢复一贯的漫不经心，这次再靠过去时，一只手搭在阮映头顶上方。

阮映下意识缩了一下，就听自己头顶上方发出"咯噔"一声，一个柜门被蒲驯然打开。

蒲驯然轻声笑了笑，低头看着阮映："门锁就在这里，你刚才在瞎找什么？"

阮映嘀咕："不应该那么简单啊？"

"你别总是把简单的问题想得那么复杂，有些答案就在眼前，你却绕了一个大弯。"

阮映不是听不出来，蒲驯然这是绕着弯在跟她讲道理。

打开柜门之后，房间里的灯光也不再闪烁，视线变得更加清晰。

刚才因黑暗环境所削弱的陌生感，这会儿又开始无限放大。阮映已经很久没有这么近距离和蒲驯然接触,他们的关系似乎又回到了两个人还不熟悉的那会儿,让她莫名有点抗拒和排斥。

阮映又打算用解题来转移自己的注意力,但蒲驯然没打算放过她。他像块牛皮糖似的凑到她的面前,说:"说好的配合解答问题,你总得给我一点机会。"

阮映闻言,干脆把自己手上的有关解题的东西都给了蒲驯然。

蒲驯然拿着资料看了两眼,利落地找出各种机关和隐藏的线索。

他的解题速度之快,让阮映怀疑他事先来这里踩过点。

在蒲驯然的带领下,他们两个人很快从房间里出来,出来的时候才发现其他人都已经出来了。一行人都认识蒲驯然,看到蒲驯然和阮映一起,都心照不宣地沉默不语。

也就平志勇傻乎乎的,问蒲驯然:"驯哥,你故意的啊,在房间里待那么久。"

蒲驯然瞥了平志勇一眼:"你说呢?"

平志勇皱皱眉。

又让他说?

这话摆明就是不让他说啊。

怎么有些人说话就是喜欢绕着弯呢?

接下来就是要拿出各自的线索,然后坐在一起讨论,第一轮要先指出一个凶手。

阮映下意识走到向凝安的身边,伸手拉住她的手腕。

向凝安看了看不远处站着的蒲驯然,又看了看自己身边的阮映,小声问她:"你们刚才碰到什么吓人的东西了吗?"

"有洋娃娃。"阮映说。

向凝安说:"我那边也有,吓死我了,幸好严阳在。有驯哥在,你会不会不那么害怕?"

"他别吓我就谢天谢地了。"

"你们是不是和好了?"向凝安眨眨眼。

阮映闻言伸手轻轻掐了向凝安一把,不让她继续说话。

什么和好不和好的,阮映从来没有觉得自己和蒲驯然之间有什么不和。

第一个晚上的游戏在九点钟的时候结束。

结束之后就可以自由活动,不再进入剧情线,等到明天早上继续。

游戏结束后,阮映就和向凝安一起回了房间。

向凝安说等到晚上十一点的时候要举行篝火晚会,到时候还要一起吃烤全羊、做游戏。

行程安排上倒是非常有趣。

回到房间稍作休息,阮映换下了自己身上这套民国装束,也把那两根麻花辫放下来。

麻花辫刚放下来,她的头发还呈现自然的微卷,看起来和平日里的长直发有些不同。阮映来时带了一条白色过膝的长裙,穿上后越发青春动人。

向凝安说:"阮映,你这发型也好看呀,我给你拍个照。"

"好呀。"阮映也不抗拒拍照。

向凝安拍好照片之后就准备挑选今天拍的一些优质照片发朋友圈,她刚点进朋友圈,就看到了平志勇刚发的几张照片。

平志勇发的照片当中就有蒲驯然。

照片里,蒲驯然穿着中山装,帅气无比。

向凝安连忙把这张照片保存,然后发送给阮映,说:"阮映,你看我给你发的照片。"

阮映点开手机,没想到向凝安发给她的居然是蒲驯然的照片。

"怎么样?帅不帅?"向凝安问。

阮映看了眼照片,又把手机屏幕锁上,说:"就那样吧。"

向凝安说:"不过,我觉得驯哥人真的不错。"

阮映轻叹了一口气,没再接话。

篝火晚会在晚上十一点钟按时举行。

阮映已经很累很困,原本不想去,但又觉得自己既然来了也不能总是脱离队伍搞特殊。于是整场篝火晚会,阮映的眼皮都在打架,实在是很困。

说是篝火晚会,其实就是几群人围着几堆柴火。这个季节早晚温差大,烤着火倒是暖洋洋的。一圈人围坐在一堆柴火前,气氛热闹,现场还有民宿的工作人员调节氛围。

地上放着一个大音响,里面偶尔放一些搞怪的歌曲,偶尔放一些流行的歌曲,还可以让人点歌唱歌。

也不知道是谁点了一首《酒醉的蝴蝶》,还是DJ版本的,男女合唱,配合舞蹈动作,极其搞怪。

大家都乐呵呵的,跟着唱:"怎么也飞不出,花花的世界,原来我是一只,酒醉的蝴蝶……"

算是将这场热闹拉至高潮。

阮映感觉自己就是那只酒醉的蝴蝶,她困得眼睛都睁不开,却还要在这个花花世界里游弋。她好想飞到床上,一睡不起。

一开始,阮映一直都是和向凝安一起坐的,但不知道什么时候蒲驯然厚着脸皮坐在了她的旁边。他看出来她犯困,拍拍自己的肩膀,在她耳边说:"想睡就靠在我肩膀上,我肩膀宽。"

阮映的瞌睡虫去了大半,没有理会蒲驯然。

到了后半程的时候,阮映终于来了精神,听着大伙儿正在一起唱歌,也跟着节拍一起轻哼。

这是一种极其有趣的体验,唯一的不好是阮映五音不全,她唱歌实在难听。但游戏的规则是每个人都要唱一首歌,她又不得不硬着头皮演唱。

话筒传递到阮映这里的时候,大家给了她两个选择,要么选择唱歌,要么选择真心话。

阮映的歌声连她自己都不敢恭维。

阮映问:"真心话是什么?"

平志勇跟着起哄:"真心话就是阮映姐你和驯哥在吵架吗?"

阮映看了一眼旁边的蒲驯然,见他勾着唇笑得一脸荡漾,无条件选择了唱歌,选择了一首《青春舞曲》。

刚刚升起的八卦火苗被阮映无情熄灭。

在大众都选择流行歌曲的时候,阮映这首《青春舞曲》就显得有些另类了。更另类的是,阮映唱歌的时候一脸认真却还五音不全,这不比欢乐喜剧人搞笑吗?

"……别的那呀哟,别的那呀哟,我的青春小鸟一样不回来……"

这首歌来来回回就那么几句歌词,却要连唱好几遍。唱到最后,阮映跑调跑到西伯利亚了。

平志勇都忍不住打趣:"映姐,你这个歌声真的有够特别的。"

阮映唱完之后总算是松了一口气,见大家都在笑,她自己也忍不住捂着脸笑。唱歌不好听这个事情阮映也是很无奈,她也很想唱好歌,奈何怎么都学不好。

蒲驯然就坐在阮映的身边,一脸意味不明地说:"真看不出来,你这歌唱得特别独特。"

他的语气不是贬低,倒是真的很意外。

阮映也会不好意思,闷闷地说:"我天生五音不全。"

"没事,我不嫌弃。"蒲驯然朝阮映扬了一下眉,"我也不太会唱,不是一家人不进一家门。"

蒲驯然点了一首英语歌曲,火星哥的 *Uptown Funk*(《上城放克乐》)。

极富节奏的鼓点响起来的时候,蒲驯然站了起来。

他早已经换掉了一身中山装,眼下是一件黑色冲锋衣,穿搭造型干净利落,显得肩宽腿长,特别酷帅。

随着音乐声,蒲驯然做了几个简单的街舞动作。

这还是阮映第一次见蒲驯然跳舞,上次远远看到他在市政府广场前,但没有见他起身跳。暑假那段时间,蒲驯然曾经邀请过阮映去看他表演,但是阮映并未去。

一直知道跳街舞的男生帅,但亲眼所见,感觉还是震撼。

蒲驯然的舞蹈很快吸引了一些人过来观看。他长得帅气,舞蹈动作流畅,极富个性张力。

跳舞时,蒲驯然脸上没有太多的表情,整个人透着一股冷肃,却又吸引人。

阮映无疑也被吸引,她坐在篝火前,双手抱着膝盖,仰头认真地看着蒲驯然跳舞。

焰火在蒲驯然的面前舞动,但他显然压制了那股热烈,因为他更加引人注目。

向凝安轻声在阮映耳边说:"驯哥跳的不是舞,是夺取人芳心的毒药。"

阮映闻言忍不住"扑哧"一笑。

向凝安又说:"看看看,驯哥的腰不是腰,是那夺命的弯刀。"

阮映翻了个白眼。

等蒲驯然跳完舞,大家还是一脸的意犹未尽。

阮映也没有看够。

平志勇又带头起哄:"不算不算,说好了唱歌。"

平志勇说着自作主张点了一首 The Lazy Song(《懒人之歌》),节奏响起来前,他连忙把话筒塞到了蒲驯然的手里。

恰好严阳会弹吉他,他就抱着吉他拨了几个音符,和蒲驯然做了个眼神交流。

蒲驯然的气息还不是太稳,但他也没有扭捏,拿着话筒跟着节奏唱起来:"Today I don't feel like doing anything, I just wanna lay in my bed, don't feel like picking up my phone...(今天我什么都不想做,我只想躺在床上,不想拿起手机……)"

他刚跳完舞,整个人都是懒洋洋的,但歌词和音准都准确无误,更绝的是他的英语发音,完全听不出一点口音。

阮映突然想起向凝安说过蒲驯然曾经得过全国英语大赛一等奖,想必他的英语是真的很好。

有蒲驯然在,简直是视觉和听觉的双重享受。

欢乐的篝火晚会,最后在香气四溢的烤全羊中结束,每个人吃得撑,心情也好到爆。想到明天还要继续的剧本杀,大家心里又充满了期待。

后来回到房间,阮映收到了蒲驯然发过来的短消息。

X..:晚安。

X..:勿回。

阮映捧着手机,心情复杂,她想着应该如何回复蒲驯然,可指尖在手机键盘上删删减减,一直到最后也不知道该说什么,索性也就如他所愿,不回复。

第七章

"你想要什么我都答应你,
上刀山下火海在所不惜。"

第二天的活动结束后,他们一行人就乘车回家了。

下午两点,一行十个人,打了三辆车,几个家里顺路的一起乘坐一辆车。

阮映、向凝安、蒲驯然三个人就被分到了同一辆车。

向凝安现在面对蒲驯然的时候一口一个"驯哥",那叫一个殷勤。为了照顾女孩子,蒲驯然就坐在副驾驶的位置,阮映和向凝安坐在后面。

可阮映却怎么坐着都感觉不太舒服。到了市中心一家商场的时候,阮映找了个借口下车,因为刚好也想去给爷爷奶奶买点东西。

今年的国庆连着中秋,这两年中秋节的时候阮映都会给爷爷奶奶准备礼物。她买的礼物虽然不是很贵重,但代表了她的一份心意。

原本阮映是想让向凝安陪自己,没想到向凝安一脸歉意地说:"我家里有事,不能陪你。要不然,你让驯哥陪你吧?"

阮映一个"不"字还没说出口,蒲驯然就已经接话:"好啊。"

"不用,我自己去就行了。"阮映下了车关了车门,和向凝安挥手道别,也不准备理会自顾自下车的蒲驯然。

蒲驯然也不觉得尴尬,反正阮映走在前面,他就跟在后面,始终保持着安全距离，又让阮映找不出什么毛病。

路过一家真丝用品店时，阮映想起奶奶一直想要一条丝巾，就走了进去。她挑选东西很快，选择了适合的款式后，直接付钱，不拖泥带水。

给奶奶买完东西，她就想着该给爷爷买什么。

爷爷平日里对什么东西都不挑剔，最大的兴趣就是喝茶。茶的种类很多，阮映选了绿茶，价格适中。

买好东西之后，她转身准备去公交车站台时，赫然看见不远处有两道熟悉的身影。

不远处，一个中年妇女和一个年轻的女孩走在一起。

中年妇女是阮映的母亲陈桦琳，而那个女孩子则是余莺。

不知道余莺这会儿正在闹什么别扭，她抿着唇，一脸不悦。

而陈桦琳则一脸温柔，跟在她的身边低语。

看得出来，陈桦琳是在和余莺讲道理，但余莺根本听不进去。余莺排斥陈桦琳这个后妈已经不是一天两天的事情，即使陈桦琳把余莺当作亲女儿在照顾，但余莺也一点不买账。

突然，余莺转了个身，面朝阮映这一边。

阮映莫名有点心慌，她连忙转身，准备找个遮挡物遮住自己，没想到刚一转身就撞上了走在她身后的蒲驯然。

蒲驯然拉住阮映的手臂，不解地问她在躲什么。

阮映干脆把蒲驯然也拉到一旁，两个人就站在一块广告牌后面。确定那边的人没有注意到这边，她才松了一口气。

蒲驯然顺着阮映的视线，很快就看到了自己的同班同学余莺，然后注意到余莺身边的中年妇女。

阮映的眼睛一眨不眨地盯着那个女人，一直到那个女人和余莺一起上了一辆奔驰车。

等人走后，阮映眼中的光亮似乎黯淡了下去。

从始至终，蒲驯然都一脸乖巧地站在阮映的身边，也不多问什么。

阮映却主动开口对他道："你刚才看到的那个女人，是我妈妈。"

"我猜到了。"蒲驯然说。

阮映一时间还有点缓不过来神，他们两个人干脆就坐在广告牌旁边的一张椅子上。

她不说走,他就不会催她。

"我上次见到我妈,还是半年前。"阮映不知道是在自言自语,还是在对蒲驯然说。

蒲驯然面朝着阮映,一只手撑在椅背上,问她:"你在难过吗?"

阮映摇摇头:"好像也不难过,只是有点感慨。"

"感慨什么?"

"感慨那是我的妈妈,现在却又成了别人的妈妈。"

蒲驯然默了默,第一次不知道该怎么接话。他看着她,她的眼神不知道落在什么地方,脸色淡淡的,仿佛事不关己。

好在阮映似乎也并不在意。

不多时,阮映的手机微微振动,收到一条短消息。

余莺:我刚才看到你了哦。怎么见到自己的妈妈也要躲呀?

蒲驯然并不是有意偷看,但还是看到了阮映手机上的这条消息,而且看得清清楚楚。

阮映望着手机屏幕发呆,没有回复,只是看着。她盯着那条消息看了很久,久到屏幕上的光亮暗了下去,还在看。

换成以往任何时候,阮映都有可能回怼余莺。余莺对阮映的敌意一直很大,每每发一些莫名其妙的短消息,自然都少不了阮映的回怼。

阮映从不是性格软弱的人,奶奶自幼教育她,要是谁欺负她,她就打回去,实在打不过就回去告诉奶奶,奶奶帮她打回去。当然,打人的事情阮映小时候是做过,但长大以后她就不会再这样做了。

可现在,她好像没有理由回怼。当看到自己的母亲时,阮映下意识想要躲避。她害怕母亲看到她,更害怕母亲看到她也会视而不见。血肉亲情,也抵不过时间的摧残,更抵不过现实的考量。

阮映低着头,不知何时,一滴眼泪居然落在了手机屏幕上。她不疾不徐地把那滴眼泪擦拭掉,当作一切都没有发生。伤心难过是人的本能反应,落泪是再正常不过的事情。

阮映能当作什么事都没有发生,可蒲驯然似乎并不这样觉得。他看着她哭,下意识皱着眉,恨不得这会儿她能打他出出气。

蒲驯然到底还是忍不住问:"给你发消息的人是余莺?"

阮映点点头:"嗯。"

蒲驯然的眉头皱得更深:"她是什么心态?"

阮映说:"不知道。"

蒲驯然又问:"她是不是经常给你发这种消息?"

阮映这下没有回答。

蒲驯然了然,暗暗咒骂了一声。

就在蒲驯然正苦恼着要怎么哄阮映的时候,阮映突然问他:"蒲驯然,那些水母还活着吗?"

蒲驯然连忙回答:"活着,必须还活着啊!"

"我想看。"

"你想看还不简单吗?你想要什么我都答应你,上刀山下火海在所不惜。"

阮映认真地说:"我现在就想看。"

"好好好。"

家里的水母一直被蒲驯然精心养育着,生怕一不小心把它们弄死了。有时候他看着水母,就会想到阮映,想到阮映那么喜欢,他就更加喜欢。

"等一下,我去叫一辆车。"蒲驯然说着起身,随手招了一辆车。

他带着阮映一起坐上了出租车,目标就是平河路八号。不同于刚才他们两个人一个人在前一个人在后,眼下他们都坐在后排。

阮映的内心坦荡,所以并未刻意和蒲驯然保持距离。又或许这会儿她的心绪未顾及这些,她只想快速地摆脱沉重的心情。

蒲驯然则偶尔偷偷看一眼阮映,见她的眼眶不再潮润,一颗悬着的心也放了下来。

节假日,路上的车辆难免多,遇上红绿灯就要等上大半天。

阮映安安静静地坐在车上,看着车窗外,思绪飘远。她终于想起来了,上次见母亲的时候就是清明节。母亲那天来给父亲扫墓了。扫完墓之后,母亲就来了一趟阮家,还给她买了几件衣服。只不过阮映只是匆匆下楼看了母亲一眼,就又找了个借口上楼去写作业。

这些年,阮映总是告诉自己不要恨母亲,可是她又会很想母亲。

渐渐地,见不到的时候偶尔想,见到了的时候又不敢面对。

到达平河路八号的时候,阮映突然问蒲驯然:"你的妈妈呢?"

蒲驯然正伸手解密码锁,闻言怔了一下,又一脸轻松地对阮映说:"她也改嫁了,在北方。"

阮映意识到自己似乎问了不该问的,淡淡道:"哦。"

蒲驯然开了门,对阮映说:"密码是我的生日,0303,很好记。如果你下次想看水母的话,可以自己过来。"

阮映说:"我下次想看就去海洋馆。"

可惜今天海洋馆已经闭馆,所以去不了。

蒲驯然说:"来我家又不用花钱,你顺便也可以帮我喂一下水母。"

阮映难得好奇,问蒲驯然:"水母要怎么养?"

蒲驯然说:"也不算太难,夏天每周换一次水,冬天每两周换一次水。水需要恒温,环境温度保持在15至30度左右,给它们喂养专用的液体饲料或者丰年虾幼体。再来就是及时清理食物残渣,避免污染水质。"

蒲驯然没提的是,这些说起来好像很容易,实际操作要难一百倍。

阮映点点头,又问:"可是我之前也是采取这个方式的,为什么我的水母就养死了呢?"

"你用什么水养的?"蒲驯然问出关键。

阮映想了想:"好像……是自来水。"

"笨蛋,水母属于海洋生物,养水母要使用海水或者人工海水。"

"哦。"

阮映后来仔细想了想,她也忘了自己那会儿到底是用的海水还是自来水,总之,她没能养活。但蒲驯然把这些水母全都养活了。

他们很快乘坐电梯到了楼上,来到了那间专门放着水母的房间。

但让阮映更加出乎意料的是,这个房间里又多了两个玻璃水缸,那两个玻璃水缸里分别养着不同种类的水母。

阮映问蒲驯然:"怎么又多了两缸?"

蒲驯然笑得意味不明:"还不是因为你喜欢。否则,我养这么多干吗?"

他说着递给阮映一些饲料,让她去投喂,又说:"我怕这里只有这一个品种,你会看腻,还想着再弄几个水缸,品种越多越好。"

阮映一笑："难道你还想有海洋馆的规模啊？"

"你别说，我还真想过。只要你喜欢。"

"你疯了。"阮映背对着蒲驯然，淡淡地说，"你的付出不一定会有回报。"

"回报不回报的我没有想过，反正我挺乐在其中的。"蒲驯然站在阮映旁边，"对了，刚才说到我妈，我才说到一半。"

阮映转过身，略有些歉意："我没有要揭你伤疤的意思，我刚才也是随口一问。"

"我想让你多了解一点有关于我的事。"蒲驯然笑得有点儿坏，"你不想听也得听，毕竟在我的地盘上。"

他是真的不管阮映听不听，自顾自地说："我爸做错事，我妈忍不了提了离婚。这事是在我初三上学期的时候发生的，等我知道的时候，他们两个人已经离婚了。"

阮映默默听着，也没有打断蒲驯然。

她之前就经常听爷爷奶奶念叨蒲驯然是个可怜的孩子，却并不清楚他怎么可怜。

"我妈是北方人，我爸是B市本地的。当年他们两个人在一起的时候，我奶奶不同意。一直到我妈生下了我，我奶奶对她也没有太多的好脸色。所以，从小到大，我也不太喜欢我奶奶。"蒲驯然说着看了眼阮映，"那次你在医院跟我讲《蜉蝣的故事》，你是以为我因为我奶奶的离世伤心对吧？其实我内心毫无波澜。我甚至还想过，她可能这辈子做了太多的坏事，得癌症是老天爷对她的惩罚。我是不是有点冷血？"

阮映摇摇头："未经他人苦，不劝他人善。"

蒲驯然懒懒地靠在水缸上，勾唇一笑："我爸在C市投资房地产赚了些钱，后来就变坏了。"

"所以你现在一直是一个人生活吗？"

"嗯，我这里有个保姆，每天会根据我的要求做饭、打扫卫生，但她不住家。"

气氛莫名有些伤感。他们两个人从表面的接触，到触及内心极其柔软的部分，那是不轻易向外人揭露的软肋。

阮映早已经从低落的心情当中走出来，现在又为蒲驯然感到一些难过。

她问他:"你一个人住那么大的房子,会害怕吗?"

蒲驯然顿了一下,转过身背对着阮映,说:"说真的,有时候会怕。"

他的身影遮挡住阮映视线里所有的光,她突然觉得他的背影看起来十分落寞。

蒲驯然又说:"前些日子打雷的时候,外面起了大风,雨水特别大,我一个人在房间里,总觉得黑暗的环境里有什么东西在看着我。"

阮映被他说得毛骨悚然,连忙道:"你别说了!"

蒲驯然努力憋着笑,看着阮映的时候一脸真诚:"阮映,要是你一个人住在这里,你会害怕吗?"

阮映现在满脑子都是刚才蒲驯然的那句话——"总觉得黑暗的环境里有什么东西在看着我。"

昨天刚在沉浸式的剧本杀里被吓过,她到现在还心有余悸。

"其实奶奶前些时候邀请过我去你家住,但我知道你肯定不太乐意,也就不敢答应。"蒲驯然顺势又道,"算了,不说这个。时间也不早了,你要不要留下来吃个饭?我家阿姨做的饭菜虽然比不上奶奶做的,但还算不错。"

时间的确已经不早,阮映也该回家了,她并不打算留下来吃饭。

蒲驯然似乎也没有强求的意思。

等到下了楼路过餐厅的时候,蒲驯然突然恍然大悟地说:"我差点忘了,今天中秋啊,阿姨刚好放假,所以我家里并没有人做晚餐,幸好你不留下来吃饭。"

阮映望着冰冷的餐厅,一时之间也不知道说什么好。原来富家公子哥的生活,也不是她这种平民老百姓所想的那样快乐。

蒲驯然送阮映出门,还亲自给她用 APP 打了一辆专车。

等车的时候,阮映还是忍不住问蒲驯然:"晚上你家阿姨不在,你吃什么?"

"随便吧,家里好像还有泡面。"

"哦……"

阮映心想,今天可是中秋节啊。中国人最讲究阖家欢乐,蒲驯然却孤零零的一个人,还要吃泡面。

很快,专车驶来停在他们面前。

蒲驯然还十分绅士地帮阮映打开后车门。

阮映想了又想，最后还是抬头问他："蒲驯然，你要不要来我家吃饭？"

蒲驯然等的就是这句话，嘴上还没回答，身体已经十分主动地钻进了车，一并道："好啊，刚好很久没有见爷爷奶奶了。你说我要不要买点什么礼物？"

阮映后知后觉，总觉得好像哪里有点不太对劲。

中秋节这天晚上，阮映和蒲驯然一起回家，最意外的人莫过于奶奶。

这段日子蒲驯然没有踏足阮家，奶奶心里其实早就猜测到了什么。这个年纪的孩子难免容易产生争执别扭，能彼此化解是最好不过的事情。

后来奶奶单独拉着阮映到旁边，轻声细语地跟她说："再怎么说，你也大阿蒲一个月，平日里你就多让着点他。"

阮映故意说："奶奶，我才是你的亲孙女吧，你怎么老帮着他说话？"

奶奶笑了："难不成你还要争宠啊？"

阮映最后还是没能忍住，跟奶奶说："奶奶，我今天在街上见到妈妈了。"

奶奶闻言怔了一下："你妈说什么了吗？"

阮映摇头："什么都没说，我远远看见她，没敢打招呼，她也没看见我。"

奶奶轻叹一口气："傻孩子，为什么不打招呼呢？"

阮映说："她女儿也在身边。"

"唉。"奶奶的叹息声更大了一些，说，"映映啊，你妈也不容易的，你多理解一些她吧。"

阮映说："我知道。"

后来阮映总是反复地想，如果中秋节那天在街上遇到母亲她主动打招呼的话，母亲的脸上会是什么表情？

应该会有些惊喜吧？

可再怎么想，那也只是一个假如。

中秋过后的第二天，"高三党"又开始了补课生涯。

很明显，现在阮映和蒲驯然之间的关系不再剑拔弩张。许是彼此都知道了对方内心深处的软肋，阮映看到蒲驯然时更多了一丝感同身受。他们就像是两叶在海上迷失方向的孤舟，终于在狂风暴雨中不期而遇，却又自身难保爱莫能助,可能下一秒就会被巨浪掀翻。

补课那天一大清早,范萍问向凝安:"你们国庆去玩剧本杀啦?"

向凝安点点头:"是啊,我让你来你又不来。"

范萍看到了向凝安发在朋友圈的各种图片,甚至还包括那天晚上的篝火晚会。

范萍小声询问:"蒲驯然也去啦?"

向凝安想到范萍对蒲驯然的关注,于是默默地点头。

范萍一时之间不知道想到什么,有些丧气地跟着点点头。

向凝安想了想,对范萍说:"范萍,你怎么想的?"

范萍摇头:"没想什么啊。"

向凝安说:"其实,你不应该那么针对阮映。"

"我怎么针对她了?"范萍轻笑了一声,"你难道不觉得阮映很装吗?现在她又和蒲驯然不清不楚的?"

向凝安轻叹一声:"事情不是你想的那样啊。"

"那还能怎么样?"范萍一副不愿意再谈下去的样子。

刚好这会儿阮映也背着书包进来,话题就此终结。

其实向凝安一直想将阮映和范萍之间的关系处理好,可惜她夹在中间,有些话始终还是不太方便说。

阮映来到位置上之后,范萍再也不把头转过来了,即使是转过来,也当阮映是空气。

一开始,阮映也尝试过和范萍沟通,但奈何是她自作多情。不过这段时间下来,阮映也适应了范萍把她当作空气。既然别人不喜欢自己,她也没有必要强求。这个世界并不是谁离了谁就不能活的,阮映埋头学习,遇到不懂的问题也不一定只能问范萍。虽然阮映曾经将范萍视作自己的好朋友,但很显然阮映错了。

人与人之间的相处总是这样,单向的奔赴最终还是会让人心寒。

高三的第一次月考成绩出炉,紧接着就是家长会。

考试是学生最近学习状态的最佳反馈,这一轮的月考又是对高中这两年学习的第一次阶段性总结,学生和家长便可根据这次的月考成绩重新计划之后的复习。

来给阮映开家长会的是她的爷爷。

家长会就定在晚自习的时间段。

高三年级的晚自习都是在八点钟结束,因为家长会,难得这天晚上可以不用上晚自习。

阮映是走读生,每天都会在晚自习结束后回家。最近她为了方便,每天上下学都开始骑自行车。从家到学校的车程最多只要五分钟。而每次晚上放学,蒲驯然必定会招摇地骑着自行车跟在她的身边,美其名曰护花使者。不管阮映怎么对他冷脸拒绝,他总会无视,继续我行我素。

爷爷来学校的时候,阮映刚从食堂里吃完饭出来。见到爷爷,她连忙走过去挽着爷爷的手臂。祖孙两人有说有笑。

爷爷是个守时的人,家长会六点半举行,他六点钟就来了。来到阮映的教室后,爷爷就坐在她的位置上,随手翻看阮映写过的习题。

家长会正式开始之后,阮映就从教室里出去了。

刚下了楼梯,阮映迎面见到了余莺以及余莺身边站着的陈桦琳。

很显然,陈桦琳是来给余莺参加家长会的。

几人在楼梯口相遇,面对这件事没有心理准备的人是阮映。

陈桦琳率先喊了声:"映映。"

她的表情温柔,没有芥蒂,仿佛这是再平常不过的一件事。

阮映鼓起勇气朝陈桦琳笑了一下,但是众目睽睽之下,她并未喊一声妈。

走远后,向凝安在阮映耳边轻声说:"你妈妈长得真的好漂亮啊!"

阮映点点头:"是啊。"

陈桦琳的美是有目共睹的,今天她穿了一件风衣,脚踩高跟鞋,头发卷成波浪披散下来,仔细一看更让人意犹未尽,十分知性。

阮映的眉眼长得很像陈桦琳,小时候母女两人一起出门,大家都会夸她们母女长得一样漂亮。

中秋节刚过不久,天空中挂着一轮下玄月,月朗星稀。

阮映和向凝安在学校的露天健身场地上一边踩着漫步机,一边有一搭没一搭地聊着天。

不多时,余莺特地走到阮映面前,一脸嚣张的笑意。

阮映没有打算理会余莺,正如那天蒲驯然问她的问题一样,她不知道余莺到底是什么心态,虽然事出必定有因,但她也不想猜测。

果然,不用阮映开口,余莺便说道:"抱歉啊,你妈妈被我占用了,都不能参加你的家长会了。"

向凝安无语地说:"余莺,你真的没有必要这样,说这个有意思吗?"

余莺笑了:"有意思啊,没意思我在这里浪费什么口舌?"

阮映忍了又忍,终于忍不住了:"余莺,你这是在跟我炫耀吗?"

"不然呢?"

"可是我并没有忌妒你。"阮映笑了,"又不是没人来给我参加家长会。对了,我爷爷提早半个小时就来了,我妈来参加你的家长会还迟到了十分钟。"

余莺气得牙痒痒的,脸色并不好看。就像是一拳头打在棉花上,她使尽了全身的力气,却没能给对方造成一点伤害。

阮映又问:"你为什么老是在我面前刷存在感?"

"我在你面前刷存在感?"余莺摇着头笑了。

阮映一脸疑惑:"难道不是吗?中秋节那天你给我发那条短消息又是怎么回事?"

"阮映,你这个人真的像是一块木头!"余莺气急败坏,走到了阮映面前,"你不会想妈妈吗?你不会来抢她吗?你为什么总是摆出一副岁月静好的样子,恶人都由我一个人来做?"

"你什么意思?我什么时候让你做恶人了?"

余莺说:"我不想我爸爸跟你妈妈在一起,你能不能让你妈走啊?让她离开我家,永远离开。"

"抱歉,不能。"阮映的脸上并没有太多波澜。

余莺的眼眶一下子红了,难得在阮映面前示弱:"我想要自己的妈妈,你妈妈再好,也不是我的妈妈。要是没有你妈妈,我的妈妈跟我爸爸肯定还会在一起的。"

"余莺,我不知道怎么劝你,但请你搞清楚,你父母的问题并不是因为我妈妈造成的,我妈妈不是第三者,你也无权叫她离开。成年人的世界跟我们不一样,我们的父母都有追求自己幸福的权利,我们做子女的也无权干涉。"阮映说话总是条理清晰,让人哑口无言。

余莺的眼眶更红了,她觉得自己简直就是一个跳梁小丑,任凭她再怎么闹腾,都不能掀起一丁点水花。

阮映对余莺说:"你以后不要给我发那些短信了,讲真的,我也会难过,可是我改变不了什么。其实换位思考一下,你比我好多了呀,起码你还有爸爸妈妈在身边。"

"放屁!"

"你觉得我是在放屁的话,就当我在放屁吧。"

周日是个晴天,阮映睡了个懒觉。

下楼的时候,阮映发现蒲驯然已经来她家了。

蒲驯然一向不拿自己当外人,吊儿郎当地问阮映:"手机充电器有吗?"

"有。"阮映找了一个,递给蒲驯然。

蒲驯然看了眼,指了指自己的手机,说:"我是这个充电头,有吗?"

阮映摇头:"没有。"

蒲驯然又问阮映:"你手机能借我一下吗?我打个电话。"

阮映没有扭捏,把自己的手机递给了蒲驯然。

礼貌起见,她甚至刻意避开,不听他讲电话。但到底还是离得不算太远,她都听见了。

蒲驯然对电话那头说:"下午来……别给我排了,我懒得跳……周柏元,舞蹈是你的梦想,又不是我的……"

说着说着,他似乎跟那头起了一些争执。

他今天穿了一件黑色的外套,侧对着阮映,一只手插在裤兜里,另一只手握着手机,懒懒地倚在桌子边,脸色不太好看。

说着,他从屋子里走出去,站在阳光下。

秋日的阳光暖洋洋的,一扫他刚才那股阴沉,整个人越发显得和煦了许多。

这些日子蒲驯然似乎刻意蓄了点头发,不再是寸头,新发型更加利落有型,衬得他也越发帅气。他忽然转过身,一双漆黑的眼睛落在阮映的身上,让阮映没由来地一僵。

他大概以为她是着急要手机,便伸手指了指手机,手背上凸起的骨胳像白玉扇骨,并用口型说还要一会儿。

阮映见他这电话一时打不完，就转身去找奶奶了。

几乎是阮映离开没有多久，蒲驯然这通电话就打完了。

他拿着她那部戴着粉红色手机壳的手机，微微伸了个懒腰，不自觉露出小腹上形状漂亮的八块腹肌。

不多时，手机微微振动。

还未暗下去的屏幕上收到一条消息。

是一串没有备注的号码。

138********：阮映，你能原谅我吗？

蒲驯然只用了零点零几秒，就猜测到了给阮映发短消息的人是谁。

正好他拿着阮映的手机，得意扬扬地代为回复："你哪位？"

阮映是很久之后无意间翻阅自己的手机时才发现居然还有这条短消息。

她看着这条消息忍不住一笑，一猜就知道是蒲驯然回复的，却也懒得计较什么。

蒲驯然用阮映的手机回复了薛浩言这条短消息后还不算，还特地打了个电话过去。

薛浩言接到电话的时候甚至还有些紧张，可一听到是蒲驯然的声音，他质问道："阮映的手机怎么会在你的手上？"

"瞧你说的这是什么话。"蒲驯然轻笑，"我和映映是什么关系？她的手机在我这里你很意外？"

"蒲驯然，麻烦你把手机给一下阮映，我有话想对她说。"

"想得美。"蒲驯然半蹲在地上，袖子卷在手肘，露出肌肉线条流畅的小臂，一只手拿着手机接电话，另外一只手有一搭没一搭地逗着地上的小土狗。

阮映出来的时候，见蒲驯然还在打电话，她以为他还是在打刚才那通电话，于是没有打扰，便挑了一个苹果，开始削皮。

一日一苹果，医生远离我。这是爷爷告诉她的。

蒲驯然正背对着阮映，也没有注意到她来到了自己的身后，他继续对电话那头的薛浩言说："你这辈子别再打阮映的主意，下辈子也甭想，下下辈子也休想。有我蒲驯然在的一天，就没有你什么事儿。"

语气还十分嚣张。

阮映越听越不对劲，喊了声："蒲驯然，你在说什么呢？"

背对着阮映的蒲驯然吓得一哆嗦，急急忙忙转过身来，像是做错事情的大男孩，心虚道："姑奶奶，你怎么在我背后也不出声？"

"你心虚什么？手机给我。"阮映一板一眼。

蒲驯然乖乖上交手机，继而抽了张湿纸巾擦了擦手，再将阮映放在一旁的苹果拿起，继续削皮。

阮映接起电话，问了声："谁啊？"

电话那头的薛浩言连忙说："是我，薛浩言。"

"哦。"阮映声线淡淡的，"有什么事吗？"

薛浩言顿了一下，却没了发短信时的那股勇气，说："没事。"

"没事我挂了。"

"等等！"薛浩言语气急促，"阮映，你先别挂电话。有些话我当面不敢说，只有隔着电话，我才敢对你说。"

阮映拿着手机走到一旁："我们之间没有什么好说的，你也别浪费口舌了。"

"给我一分钟，就一分钟，实在不行三十秒也行。"

阮映顿了顿，心软下来："你说吧。"

蒲驯然带着他特有的霸道气息凑在阮映耳边，偷听得明目张胆。

阮映无奈地推开蒲驯然，反被他按住。

他动作神速，已经把苹果削好，自然地递到阮映的唇边。

阮映也自然地接过苹果啃了一口，听到电话那头的薛浩言说："其实我听说了……是我的所作所为让你伤心了……那天我所说的都不是真心话，你是一个很优秀的女孩子……你长得也很漂亮……"

不等薛浩言把话说完，阮映打断他："三十秒时间到了。"

"我……"

阮映神色淡淡地说："我挂电话了。另外，麻烦你以后不要再给我打电话。"

她说完，也不再听薛浩言说什么，直接挂断了电话，态度冷漠。

周日下午，蒲驯然要去一趟 STORM 街舞社，问阮映去不去。他说社里最近都在排练一个节目，刚好可以去看看。

阮映还未回答，奶奶就推着她说："去去去，别整天闷在家里，也要多出去走走。"

高三的学业任务繁重，一周上六天课，也就周日可以休息一天。阮映这段时间又被学校的事情困扰，奶奶早想让她出去放松放松。

阮映原本的确是不想出门的，但又怕奶奶担心，还是跟着蒲驯然一起出门了。

上午的时候，阮映听到蒲驯然和别人讲电话的内容，到底还是忍不住问他："你不喜欢跳舞吗？"

蒲驯然说："说不上什么喜欢不喜欢的，只是打发时间而已。"

阮映由衷道："上次篝火晚会看你跳舞，跳得蛮好的。"

蒲驯然闻言眉峰一挑，声音带着笑意："是不是看到我身上的闪光点了？别惊讶，我身上还有很多你可以探索的优点。"

阮映轻叹一口气，无奈地摇摇头。

这人总是时时刻刻能够将自恋发挥到极致，让她无法招架。

阮映又转了个话题，问蒲驯然："高中毕业后呢，你打算考什么大学？学什么专业？"

蒲驯然说："没想过。"

"哦。"

蒲驯然问阮映："你呢？以后想当老师是吗？"

"你怎么知道？"

"你有什么是我不知道的？"他嘴角稍稍挑起，双眸染上正色，"阮映，遇到你之前，我从未想过规划将来，但现在我开始在想了。给我点时间，我总能把思路整理清楚。最多，过完这个学期。"

阮映的心里微微触动，她不知道自己居然能够改变一个人的未来，也不确定自己在蒲驯然的心里到底有什么样的分量。可蒲驯然的话，好像在她原本就泛起涟漪的心湖再重重地投下一颗炸弹，让她反应不过来。

秋日的阳光和煦，不再像夏日那般灼人刺眼。

阮映换上了一件毛衣开衫，出门时还不忘带上一个装满温水的保温水壶，像是出门秋游。

蒲驯然接过她的水壶挂在自己的身上,还嘀咕了句:"还挺沉。"

阮映要抢回来,说:"我自己拿。"

蒲驯然笑了:"别,我先练习练习,以后出门还得给你提包。"

"谁说要你提了?"

"我刚说的啊。"

STORM 街舞社位于市中心寸土寸金的地方,走路去还是要花费一点时间,蒲驯然就准备打车。阮映提议:"还是坐公交车吧,几站路就到了,别浪费钱。"

蒲驯然点点头,一脸赞同:"勤俭持家,这是个好事情。"接着话锋一转,"但我舍不得让你挤公交车。"

他到底还是打了一辆车,下意识地主动帮阮映打开车门。等到阮映上了车,他才上去。

出门的时候蒲驯然戴了一只黑色的口罩,坐上出租车后,因为光线的原因,他的脸让阮映看得有些不太真切。

他双腿敞开坐得惬意,一只手搭在大腿上,指尖轻轻敲击时,手背上的骨骼线条分明。

阮映也戴着口罩,坐在车上懒洋洋的,忍不住打了个哈欠。通常这个时间点都是阮映午休的时候,这会儿她有点犯困。

蒲驯然侧头看她一眼,继而伸手拍了拍自己的肩膀,说:"肩膀先借你靠一下,不用钱。"

阮映一笑:"不用。"

蒲驯然却直直看着她,一双黑色的眼眸像是能够将她吸进去似的。

阮映心里发毛,却也不甘示弱,他看她,她就与他对视,看谁熬死谁。

足足一分钟后,阮映率先败下阵来,把脑袋往旁边稍微一撤开,问:"蒲驯然,你看什么?"

"看你的眼睛,跟洗过的玻璃珠似的,特别好看。"蒲驯然说着轻叹一口气,由衷感慨。

一句话将阮映的瞌睡虫都给赶跑了。

蒲驯然用最简单的言语、最轻松的语气,说了最打动人心的话,就像是在谈论今天的阳光明媚似的,淡淡地感叹。

阮映略有些扫兴地说:"好看的皮囊,总有一天也会老去,到时候相看两

193

生厌。"

"我说你好看了?"蒲驯然一脸调笑,把之前阮映调侃他的话还给她,"瞧你臭美的,还好意思说我。"

阮映刚才还有一点小小的感动,此刻已经烟消云散。

蒲驯然看着阮映笑了笑,有一句话放在心里没说:

这个世界上好看的人很多,但那又如何,只有你,最得我心。

这是阮映第一次来街舞社,比她想象中的要高端大气。

STORM 工作室大门两旁全都是涂鸦,头顶的招牌在大白天依旧忽闪忽闪,有种怪异的美感。进去后,墙壁上随处可见街舞宣传,吸引人的目光。

阮映对街舞的认知和绝大多数人一样,觉得这就是一个舞种,但看了宣传上的介绍才知道,原来街舞是个综合性说法,街舞分很多舞种,例如:BREAKING(地板舞)、POPING(震感舞)、JAZZ(爵士乐)、HIPHOP(嘻哈)等。这不难理解,每个舞种所展现出来的舞姿不同,美感也不同。

蒲驯然擅长 BREAKING 和 POPING,这两个舞种也是技巧和视觉效果非常不错的街舞代表。

阮映见过蒲驯然跳舞,但只是见过冰山一角,这次看了他排练,才更确定他在这一块的专业程度。

蒲驯然做任何事情都可以很专注,前提是他是否愿意。就拿最近复习一事来说,阮映不知道的是,他也可以熬夜到凌晨两三点,只为了能够多记住几个知识点。

蒲驯然一来,大家就亲切地跟他打招呼,左一句"驯哥",右一句"驯哥"。难得见蒲驯然身边跟着一个小姑娘,一帮人又是挤眉弄眼的。

不难看出来,蒲驯然在这一帮人当中似乎也挺受欢迎。

阮映一开始还有点拘束,但很快发现,这里的人都很热情,无论男孩还是女孩。很多女孩子虽然妆容夸张,但看得出来待人真诚,也没有傲气。对于第一次来的阮映,她们热情地给她介绍,甚至担心她在这里感觉陌生,还给她讲练舞时的趣事、买奶茶。

后来他们一行人正式开始排练舞蹈,阮映就静静地坐在位置上看着。她好像不小心误闯了一个神奇的地方,这里所有人都精力充沛、积极向上。和她所认知的那种暴力街舞完全不同,相反,这里十分和谐互助。

阮映也注意到了和蒲驯然一起跳舞的一个男孩子。那个男孩子上次来过阮映家的水果店,名叫周柏元。周柏元和蒲驯然有说有笑,时而严肃,时而开怀大笑。倒是蒲驯然,一直阴沉着一张脸。

不多时,蒲驯然特地跑来找阮映。阮映很乖,安安静静坐在那里,露出一截白皙的脚踝。

蒲驯然刚练习了一会儿舞蹈,眼下浑身都被汗水打湿,外套早已经褪去,只穿了一件黑色的短袖,汗水从他的下巴划过脖颈,再缓缓没入宽松的T恤。

许是刚刚运动过后,蒲驯然的气息还不太稳,靠近阮映时,他的呼吸有些急促。

"在这里无聊吗?"他说话时从善如流地拿起她的水壶,拧开,仰头喝了一口,喉结上下滚动。

阮映想要阻止已经来不及。他本来就是故意的,喝完还故意朝她抬了一下眉。

阮映摇摇头:"不无聊。"

"怎么个不无聊?"

"看帅哥。"阮映说着用手指了一个方向。

蒲驯然顺着阮映手指的方向望去,那个方向站着的人正是周柏元。

不远处,周柏元刚轻松地做了一个地板动作,露出一截劲瘦的腰,尽情挥洒荷尔蒙。

阮映都忍不住想要拍手叫好,小声地说:"他好帅啊。"

这个世界上,能让阮映觉得帅的人不多。

蒲驯然"啧"了一声,皱着眉:"阮映,敢情我在出租车上跟你说了那么多,都白说了是吧?"

阮映忍着笑:"难道我连帅哥都不能看吗?"

"你看就看,能收敛点吗?"蒲驯然靠近阮映,"知道化学式为CH_3COOH的物质是什么吗?"

阮映没多想:"乙酸?醋酸、冰醋酸?"

蒲驯然点点头:"没闻到我身上都是这股味儿吗?"

阮映:"……我只闻到汗味。"

"会不会说话呢？这叫男人味。"

其实阮映根本没有闻到蒲驯然身上的汗味，相反，她觉得他身上有一股淡淡的清香，靠近时，这股味道越发明显，让人觉得十分舒适。后来阮映才知道，蒲驯然身上这股无名的香味是源自某个品牌的护衣留香珠。

蒲驯然给阮映塞了一个打乱的魔方，说："无聊的时候玩这个，等你把颜色全部归位，我带你去小吃街吃臭豆腐。"

他还记得上次在小吃街的时候，她把那么臭的臭豆腐吃得那叫一个香。

阮映说："不想吃臭豆腐。"

"那想吃什么？嗯？"蒲驯然的语气近乎宠溺。他站起来，下意识伸手拍了拍阮映的脑袋。

阮映也是下意识地拍开蒲驯然的手，催他快去练舞。她这会儿哪里饿，感觉中午吃的都没有消化，所以即便是再喜欢的臭豆腐也没有半点食欲。

蒲驯然点点头："无聊了就喊我，我带你走。"

"嗯。"

不过后来事实证明，显然是蒲驯然多虑了。他总是担心阮映待在这里会不自在，于是练舞间隙下意识就要转过头来寻找她的身影。

阮映哪里会无聊，相反，她和这里的一帮小姑娘打得火热。

没多久，阮映就能把这里的人认得七七八八。她记人名很快，且都能对号入座，待人礼貌真诚，没人不喜欢这样的女孩子。

阮映并不怯场，她带着一脸和善的笑意，笑起来的时候露出一排整齐的牙齿，怎么看都很乖。她有疑问就会找人解答，对方无一例外都会耐心告诉她答案。

街舞社里还有个黑皮肤的美国人，阮映也敢壮着胆子和人家进行英语交流。

阮映的英语口语用于日常交流完全没有任何问题，找人家说话的目的也很单纯，就是想用英语交流交流。学了那么多年的英语只是为了应试，却从来没有真的和别人这样交流过。

后来蒲驯然知道了，自告奋勇："你怎么不找我交流英语？我的口语比他更流畅。"

阮映不信："人家是外国人好不好？"

蒲驯然一脸老神在在:"谁规定外国人就要英语好了？他祖籍阿尔及利亚，母语是阿拉伯语，根本不是英语。"

阮映有些心虚:"这样吗？"

蒲驯然笑得前仰后合的:"乖乖，你怎么这么傻？"

阮映白了一眼蒲驯然。

蒲驯然立马乖乖闭嘴。

第八章

阮映，你能转过来跟我笑一个吗？

日子照旧如流水一般进行着，高三的生活毫无波澜，每天都复制粘贴前一天。青春在一页又一页习题、一张又一张试卷当中度过。

阮映自从换了位置后，和范萍就再也没有任何的交流。向凝安自然也是向着阮映的，阮映要换位置，她也跟着换。

B市入冬以后，阮映也考完了本学期的第二次月考。她的成绩相对比较平稳，这次依旧还是班级第一。

至于蒲驯然，他这次比上一次又进步了一点，看得出来，他有在认真复习。

月考过后，学校都会给予进步显著的学生一定的奖励，像蒲驯然这种，更是被当作典型来奖励。

进步显著的蒲驯然最近从学校通报批评人员名单一转，变身成了教导主任口中夸赞的学生。

俗话说得好，放下屠刀，立地成佛。

蒲驯然颇有点放下屠刀的样子，很少再听到他跟人起什么冲突的传闻。

日子一天天过。

每年的十一月到十二月，保送生测试、自主招生考试也陆陆续续展开。

阮映的成绩虽然不错，但还远远达不到保送生的标准。

不仅是阮映，甚至整个高三年级第一名的薛浩言也没能保送名校。

其实这也并不让人意外，毕竟阮映所在的高中并非 B 市最好的高中。

早有消息传出来，B 市最好的那所高校早就已经有人被保送，是 B 市外国语学校的霍修廷。霍修廷几乎是 B 市的传说人物。

被保送是一件光耀门楣的大事，也能封为一个神话。

传说人物毕竟也是传说，对于百分之九十九的普通人来说，高考始终是人生的必经之路。

其实，如果蒲驯然没有离开他以前所在的那所外国语学校，他的保送资格几乎也是板上钉钉。乃至现在，蒲驯然的前班主任也十分感慨，倘若在蒲驯然青春叛逆的那几年没有出现家庭变故，他应该会成为非常优秀的人才。

不过，蒲驯然在人生道路上遇到阮映，并迷途知返，也算是一件幸事。

彼时的阮映并不知道她在蒲驯然的人生道路上承担着怎样的角色。只有蒲驯然心里清楚，他想变成一个优秀的人，能够与她比肩。他想与她有共同的话题、同样的三观，乃至一样的人生目标。

提起保送这件事，阮映或多或少也有一些感慨。每个人都渴望成为人中龙凤，但现实就是大多数人在人生的每一个阶段都会被无情地告知自己的平庸。

阮映很好奇，B 市外国语学校的霍修廷到底是怎样一个人物，奈何她在手机上搜寻相关的资料，并未查出来对方的任何信息。这些日子以来，"霍修廷"这个名字算是高三党口中的神话人物。

"你捧着手机在看什么？"蒲驯然不请自来，见阮映盯着手机皱着眉，忍不住问。

阮映说："在找外国语学校的霍修廷。"

"霍修廷？你查他干什么？"

"他是外国语学校的保送生，我好奇而已。"

"好奇？有什么好奇的，还不是两只眼睛一个鼻子。"

阮映无奈："蒲驯然，你这典型的吃不到葡萄说葡萄酸吧？"

蒲驯然更无奈："我什么时候想吃葡萄了？谁稀罕呢？"

"那你也犯不着阴阳怪气吧？"

蒲驯然懒得和阮映犟。

事实上，他真的没有觉得这有什么稀奇的。不是心高气傲，也不是吃不到葡萄说葡萄酸，而是他生活的环境里，这是一件很稀松平常的事情。

半个小时后，蒲驯然的手机铃声响起来，他低头看了眼来电显示，道："怎么，我给你定位你还找不到？猪都没有你那么蠢吧？"

那头笑道："蒲驯然，你皮痒了是吧？谁是猪啊？"

蒲驯然也笑了："哪只谁在说话，谁就是猪。"

那头不知道说了什么，只见蒲驯然笑着起身朝外走。

蒲驯然挂了电话，站在四季汇水果店的门口。不一会儿，他声线淡淡地朝一个方向喊："喂，霍修廷，这儿。"

阮映听到"霍修廷"三个字，一脸不敢置信地抬头。

蒲驯然转过身来，勾着唇对阮映说："把你想查的人叫过来了，好让你当面问问清楚。"

阮映发现自己对于蒲驯然的认识还是太浅薄了一点。

后来想想，那个时候蒲驯然所接触到的人和事物，是她在那个年纪根本不敢想象的。

蒲驯然自幼接受的是精英教育，贵族学校、马术、钢琴、大提琴，每逢寒暑假出国或者各种学习。蒲驯然的母亲旨在将他培养成为上流人物，好在蒲驯然也聪慧过人，从来不会让人失望。

后来因为父母离婚，蒲驯然变得"叛逆"，他便再也没有心思学习，成日浑浑噩噩。

可蒲驯然所认识的那些人，一个个都能称得上人中龙凤。

就拿刚到阮家的霍修廷来说。

霍家在 B 市的地位举足轻重，是真正的豪门世家。霍家这三代人，每一个人名念出来，B 市几乎无人不知无人不晓。

六度空间理论说：一个人只要通过六个人就能认识全世界的任意一个人。

小说中的豪门贵族大少爷，有一天能够坐在阮家的塑料长凳上吃橘子，这画面是阮映怎么都不可能想到的。

只不过霍修廷似乎有些分心,时不时低头看看手机,笑着回复什么。

难得阮映也有些拘束,面对这位传说中的人物,一时之间不知道该说什么。

霍修廷的个头和蒲驯然差不多,他穿着一身黑白色运动套装,发型也和蒲驯然的有几分相似。

这两个人站在一起跟亲兄弟似的,三句话里有两句揶揄对方。

"哦哟,难得你想起我了,就是让我来当猴子给人看的啊?"霍修廷伸手捏一把蒲驯然的脸颊,半点不客气。

蒲驯然反手钩住霍修廷的脖颈:"你是不是暗恋我?一见面就动手动脚的。"

霍修廷也没个正行:"是啊,好想念我家然然。"

蒲驯然一脸嫌弃:"别让我把早上的饭吐出来。"

见到阮映后,霍修廷一改在蒲驯然面前吊儿郎当的样子,落落大方地自我介绍:"你好,我是霍修廷。"

阮映也连忙自我介绍。

有些人,光是几句话的谈吐和几个简单的举止,就能够让人感觉到他的不一般。对方不骄不躁,没有傲气,脸上的笑容是他与生俱来的自信。

在这点上,其实蒲驯然也是如此。

那个时候阮映才明白所谓的贵族是什么,大概就是像霍修廷这种。

霍修廷在阮家待了大约半个小时,后来有一辆豪车来接他回去。

阮映再怎么不懂车,也认出来霍修廷乘坐的那辆车价值不菲。车上下来一个穿戴整齐的司机,微笑着等待霍修廷。

临走时,霍修廷还特地对阮映说:"蒲驯然这家伙你担待着点,他没什么坏心思,是个靠得住的人。"

还不等阮映回答,蒲驯然抬脚就要踹霍修廷:"行了,你快走吧!"

霍修廷笑着躲闪:"蒲驯然,我在Ａ大等你。你小子,争口气啊。"

"笑话,Ａ大我还看不上呢。你在那儿等着老周吧。"

后来阮映再看身边的蒲驯然时,总觉得他身上多了一层光环。

她从前一直以为蒲驯然是个不学无术、嚣张跋扈的小混混,却不知道他才是真人不露相的人中龙凤。

十二月下旬的时候，B市迎来了一场超强冷空气。

阮映换上了厚厚的羽绒服，每天都是圆鼓鼓的，谈不上任何美感。

也是在这个时候，三班迎来了一位转校生。

早在转校生来之前，班级里就已经有一些传闻。

瞿展鹏作为阮映的后桌，每天说得最多的话就是："转校生怎么还不来啊？能在这个时间点转学过来，可见对方也不一般。听说是个女孩子呢，好像长得很漂亮，据说还是从外国语学校转过来的。"

一直到第三次月考前夕，这位转校生才被班主任领到了教室。

对方果然是个女孩，甚至还是个很美的女孩子。她有一头乌黑的长发，皮肤又白又嫩，即便是穿着臃肿的冬装，也很可爱。

三班的男孩子在底下窃窃私语："这长得也太漂亮了吧！跟阮映有得一拼。"

"我觉得还是阮映好看一点。"

"我觉得转校生好看。"

女孩子名叫周乐怡，在气质上还真的和阮映有几分相似，看起来都是那种岁月静好不争不抢的样子。

来的第一天，周乐怡在讲台上大大方方地自我介绍："大家好，我是周乐怡，在高三的时候才转学过来，还请各位多多指教。"

班主任还在考虑给周乐怡安排位置时，周乐怡已经主动提出："老师，我能坐在那个同学旁边吗？我们看起来很投缘。"

"那个同学"，指的就是阮映。

阮映见这位新同学指着自己的时候，也有些意外。投缘这种东西是一种玄学，但没人会介意自己被喜欢。

向凝安瞬间心里警铃大作，说："老师，我跟阮映坐同桌好几年了，别把我们分开啊。"

班主任斟酌了一番，把周乐怡安排在了阮映前面的位置，刚好周乐怡比阮映要矮一些。

课间的时候，周乐怡就转过身来，把自己事先准备好的礼物分给了前后桌。她笑起来的时候嘴角有两个可爱的梨涡，看起来十分甜美。

男孩子喜欢周乐怡这种长相，女孩子也喜欢周乐怡的性格。

向凝安更是很快和周乐怡玩到了一块儿去，两个人做操、上厕所都手挽着手。

阮映也不否认自己很喜欢周乐怡。

临近中午要去食堂打饭的时候，向凝安更是生动形象地跟周乐怡介绍："我们学校每天中午吃饭都跟打仗似的，我看你这个小身板，肯定跑不过人家。"

周乐怡撸起袖子："谁说的啊，走着瞧吧，以后你们的午餐就让我包了。"

阮映见周乐怡这样子，忍不住"扑哧"一笑。

周乐怡见阮映笑了，连忙说："阮映，你笑起来好漂亮啊，要多笑笑啊。"

"我没事总不能在那里傻乐吧？"

"我不管我不管，反正我就是喜欢看你笑。"

在食堂排队是每个学生的必经之路，但总有一些人能够坐享其成，比如中午阮映来食堂的时候，比她迟来的余莺已经坐在那里开始吃了。

高中这几年，余莺很少自己去打过菜，反正总会有人争先恐后地帮她的忙。

等阮映打完饭的时候，余莺这边都快吃完了。

座位离得不远，余莺笑着对阮映说："早就跟你说过了，让你跟我一起吃，每天见你那么辛苦打菜，我真觉得不忍心呢。"

余莺还是那个余莺，总是下意识想要和阮映对着干。

阮映一脸不咸不淡："那好啊，下次你的让给我吃。"

"谁说我的要让给你吃了？"余莺说着注意到阮映身边那张陌生的面孔，问，"这是你们班的转校生？"

周乐怡见自己被提到，笑着跟余莺自我介绍："你好，我是周乐怡。"

余莺一双好看的杏眼上下瞟了周乐怡一番，一脸不屑地起身，也没有准备回应对方。

她吃完了饭，这会儿要走了，临走时还不忘对阮映来一句："我发现你看人的眼光真的有问题。"

阮映无语:"你刚才吃什么了?嘴巴那么臭?"

余莺轻哼一声,转个身走了,连带她的发尾看起来都有些张扬。

向凝安在一旁拉了拉周乐怡的衣角,说:"你别管她,她这个人在学校里出了名的嚣张跋扈。"

周乐怡点点头,一脸无害。

吃完午餐,阮映一行人拿着餐盘放到洗水槽。

等到她们几个人出食堂的时候,迎面就见到了刚来食堂的蒲驯然。

蒲驯然一向是不屑和这帮人在食堂里一起挤来挤去的,要么大少爷提早来吃饭,要么就最后来吃小炒,要么有人帮他打饭。

偶有几次阮映能够见到他自己来打菜,那都是一件稀罕的事情。

前段时间,蒲驯然身边的那几个小弟总会自告奋勇地帮阮映打菜,不过被阮映拒绝之后,人家也就没有再继续,主要是怕阮映会不开心。阮映并不想麻烦别人,也不想太招摇。

在学校里见面时,阮映几乎不会主动和蒲驯然打招呼。因为不用阮映主动开口,蒲驯然总是会第一时间先开口。

只不过,今天中午,蒲驯然还未开口时,站在阮映身边的周乐怡已经大喊了一句:"蒲驯然!"

蒲驯然先是怔了一下,等他看清楚眼前的人时,皱着眉问:"周乐怡?你怎么在这儿?"

这个时候的阮映不知道,周乐怡的到来就像是平静海面下的暗流,抑或是冰山的一角。在那个当下,阮映其实也有些意外,周乐怡居然会认识蒲驯然。

周乐怡乐呵呵地站在蒲驯然的面前,说:"哇,那么长时间没见,你好像又长高了,现在估计得有一米八五了吧?"

蒲驯然没理会周乐怡,而是直接问阮映:"这就是你们班的转校生?"

高三有个转校生这件事情早就已经传开了,也算是穿插在枯燥乏味学习当中的一件新鲜事。

蒲驯然也是听小胖几个人谈论起才知道,但并不在意。但他万万没有想到,这个人会是周乐怡。

不等阮映回答，周乐怡便说："你问我本人就是了啊，我就是新来的转校生。"

蒲驯然睨了周乐怡一眼，低声道了一句："神经病。"

周乐怡耳尖听到了，抓着蒲驯然不依不饶："蒲驯然，你有病吧？你干吗骂我？"

蒲驯然伸手一把拎起周乐怡后颈的衣领，像拎小鸡似的说："别挡着我的路。"

"你怎么还是这样啊！一点也不懂得怜香惜玉。"

"我跟你怜香惜玉个什么？"蒲驯然转而又对阮映说，"离这个女人远一点。"

周乐怡一听，连忙过来一把挽着阮映的手："我这么可爱，为什么要离我远一点？倒是你，一天到晚凶巴巴的，离你远一点还差不多。"

蒲驯然没再搭理叽叽喳喳的周乐怡，看着阮映的时候眸光里染上柔色，有些不自然道："下午有篮球赛，你过来看。"

话说完，蒲驯然也没给阮映拒绝的机会，自顾自地进了食堂。

倒是周乐怡，一直嘀嘀咕咕："他还是那么自大。"

向凝安在一旁看戏看了好一会儿，终于忍不住问周乐怡："你和蒲驯然是怎么认识的啊？"

周乐怡一脸神秘："那说起来话就长了哦。"

"你长话短说呗。"

"我就不说，你自己猜。"周乐怡笑哈哈的，挽着阮映的手。

向凝安想了想："你是从外国语学校转过来的，所以你们以前是同学？"

周乐怡扬了一下眉："可以这么说吧，但也不全是。总之有点复杂，但又很简单。"

"到底什么情况啊？"

周乐怡边跑远边笑道："安安你来追我啊，追到了我就告诉你。"

向凝安追上去，两个人打打闹闹。

阮映慢悠悠地走在后面，不是不想跑，而是她中午吃得有点撑，跑不动。

每天中午蒲驯然照例都会去打会儿篮球,别人是春困秋乏夏打盹,他则永远精神奕奕。

新学期的篮球赛早在这个学期初就开始了,现在已经到了总决赛。经过层层的淘汰,最后由高三(4)班和高一(3)班角逐冠军。

总决赛就在今天下午放学后进行。

蒲驯然已经连续两年带领自己所在的班级获得篮球赛冠军,但这次算是遇到了劲敌。高一那批新生的确很猛,打法也特别刁钻。

其实早在高一的时候,阮映就看过蒲驯然打篮球。不过不同的是,那时候她的专注力都放在四班的薛浩言身上。高二的时候薛浩言没有再参加篮球比赛,阮映也就没有再去看过。

但高一那次的篮球赛,也让阮映印象深刻。犹记得那天也是总决赛,阮映就站在篮球场地的实线外驻足观看,突然,场上的篮球迎面朝她飞了过来。

人在那个当下是完全没有任何心理准备的,阮映眼看着那个篮球就要砸到自己身上,突然一只手臂伸到了她的面前,继而那个篮球被一把拍开。不过篮球被拍开的同时,蒲驯然也撞进了阮映的怀里。由于巨大的冲击力,阮映和蒲驯然两个人当场摔倒在地。

事后还是蒲驯然伸手将阮映拉了起来,只不过他的动作稍显粗鲁,拽着她的胳膊就将她拉起来,也没有说什么话就转身重新跑回球场上去了。

阮映回到家才发现自己的手肘被蹭破皮了。她对于蒲驯然的印象,从那个时候起一直不算太好。

自从遭遇这件事之后,阮映也就对篮球比赛这种事情不太感兴趣,生怕哪天又一个篮球朝她飞过来。

下午放学铃声刚响,周乐怡就转过来对阮映说:"我们去看蒲驯然打篮球吧,他打篮球出了名的帅。"

阮映其实不太想去,一来还要上晚自习,二来去食堂太迟又要没饭。

向凝安也在一旁劝:"去呗去呗,严阳也在帮四班的一起打球呢,我也要去看。"

想到蒲驯然中午说过的话,阮映还是心下一动,跟向凝安和周乐怡一起去篮球场。

她们几个人磨磨蹭蹭到篮球场的时候，篮球赛已经开始了，到处都被围得水泄不通，根本没有空隙可以挤进去。

一问之下才知道，据说新评选出来的校草就在高一 (3) 班，所以很多女生都慕名前来。男生来得也很多，毕竟这场篮球赛的双方队员都很强。

"那个那个，傅灼！"

"看到了，穿 8 号篮球服的那个是吧？"

"对对对，好帅啊！"

"我还是觉得蒲驯然帅。"

"不一样的帅，蒲驯然看着社会气浓，傅灼看起来像小狼狗。"

"不得不说，他们真是帅得各有特色啊！"

几个女孩子就在阮映的面前窃窃私语，她听得一清二楚。

阮映抬头望向篮球场，第一眼看到的是正在抢篮板的蒲驯然。冬日的傍晚，他身着一件深色系篮球服，侧着身子专注地盯着篮球，整个人线条流畅又好看。

也是这一眼，蒲驯然正好侧过头来对上阮映的视线。他的脸上很快染上淡淡的笑意，只对她。

阮映心上仿佛被什么东西悄击中，有种酥酥麻麻的感觉。

不过这个角度，蒲驯然的微表情刚好被站在阮映前面的几个女孩子看到，女孩子们立即跺着脚惊呼："啊啊啊，蒲驯然看过来了！他还笑了！"

"真的吗，真的吗？"

"真的真的！"

阮映默默走到了另外一边。

两个班级的比分紧紧咬着，不是差一分就是差两分，很快就能互相追上对方。

阮映是到了中场的时候才搞清楚红色数字的是高三 (4) 班的得分。

上半场结束，高三 (4) 班领先高一 (3) 班 1 分。

越是这种比赛，越刺激。

周乐怡因为肚子不舒服去了卫生间，到现在都还没有回来。

整场比赛，向凝安无比激动，把阮映的手臂都抓红了：

"呜呜呜，阮映，这篮球赛看得我心脏病要犯了！

"好精彩刺激啊!

"等会儿还要上晚自习,可是我还想留下来看。"

这会儿中场休息,向凝安连忙朝严阳的方向跑过去,自然是顾不上身后的阮映。

阮映抬手看了眼腕表,时间已经不早了,没多久就要上晚自习了。

中场休息一共五分钟。

蒲驯然跟队员们说了几句话,转而径直朝阮映走来。高三(4)班因为蒲驯然疯狂得分,所以他更是所有人的焦点。

虽然阮映早已经有心理准备,但看着蒲驯然这么明晃晃地朝自己走过来,还是有种想要临阵脱逃的感觉。

众目睽睽之下,蒲驯然当着阮映的面,撩起球服的下摆擦汗,漫不经心地问:"有水吗?"

他的气息还不太稳,一改刚才在篮球场上的疾驰如风,这会儿整个人懒洋洋的,声线也哑哑的,猛地一听特别性感。

阮映哪里准备了这些,呆呆地摇头回答:"没有。"

蒲驯然闻言转过头,朝不远处的陈立强喊了声:"拿瓶水过来。"

那头陈立强回了声"好",连忙屁颠屁颠地拿了瓶水过来。

蒲驯然接过水,没有直接打开,而是放到阮映手上,朝她扬了一下眉:"帮我打开。"

"你自己不会啊?"

"没力气了。"

阮映的耳根都红了,放在平时,她少不了要跟蒲驯然斗一会儿嘴。可眼下,阮映能够明显感觉到周围注视的目光。她的身边站着一群她不认识的人,那些人原本还叽叽喳喳的,但因为蒲驯然的到来,一个个都变得安安静静的。

这种氛围让阮映感觉自己是个异类,她手里拿着蒲驯然强塞过来的水,眨巴着一双大眼一脸无辜地看着他,带了些埋怨。

蒲驯然的嘴角漾开笑意,弯腰凑近她:"我打球帅不帅?"

阮映刚才还有些局促,又因为蒲驯然这句话变得无奈:"……就那样吧。"

"那样是哪样啊?"这人又开始没个正行。

他的气息霸道又浓烈,仿佛冬天消融的冰川,清澈透明没有一丝污渍,一点点刺激着阮映的感官。

阮映咬着牙把手上的水瓶拧开,塞回到蒲驯然的手里:"晚自习快开始了,我要回教室了。"

蒲驯然顺势拉住阮映的手腕,低声问她:"我给你拿个冠军回来,你要不要给我点奖励?"

"你的比赛关我什么事啊?"阮映没有中套,"别想占我的便宜。"

"你有什么便宜可以给我占的?"蒲驯然笑着仰起头,当着阮映的面开始喝水。

他个子本来就高,阮映只能仰着头看他,看着他的喉结因为喝水上下滚动、看着他流畅的下颌线条、看着一滴汗水从他下颌一直蜿蜒进了球服……

篮球场上的 LED 灯光正好亮起,瞬间照亮了整个球场,连带蒲驯然身上的汗水都晶莹剔透。

阮映撇开头,莫名咽了一下口水。

五分钟的中场休息很快过去,哨声响起,蒲驯然准备回归赛场。他把自己刚才喝的那瓶还剩下三分之一的矿泉水瓶塞到阮映的手里,说:"去上晚自习吧,晚上等我一起回家。"

也就是在这时,周乐怡小跑着过来,喊了声:"蒲驯然,加油呀!"

周乐怡的声音在篮球场上显得有些突兀,这让很多人好奇地看过来。她一脸不以为意,甚至当众调侃蒲驯然:"输了比赛你可就丢人了啊。"

到底是四班的比赛,余莺也来看了。她不仅来看了,还就站在阮映的身边不远处。

周乐怡喊完那句话,蒲驯然也没有搭理她,倒是余莺轻哼了一声,说:"你当自己是啦啦队呢?喊那么大声。我们四班的女孩子都没有你积极。"

余莺莫名不太喜欢这个新来的转校生周乐怡,说话自然也不会客气。

周乐怡也不傻,自然知道余莺这话是针对自己的。她正准备开口反驳,被阮映拉住手腕,说:"走吧,上晚自习去。"

周乐怡看着阮映甜甜一笑,双眼里仿佛有星星似的,说:"好。"

晚自习的上课铃声敲响,阮映踩着铃声进了教室,坐在教室里甚至还能够听到篮球场那边的哨声、喝彩声。

夜幕渐渐降临,微风乍起。

阮映人虽然回了教室,但整颗心似乎还在篮球场上。她手上还拿着蒲驯然喝剩下的那瓶水,她胡乱将其塞进了抽屉里,拿出了一本习题册。

晚自习偶尔会有老师讲习题,但大多数时候都是学生自己写作业。

向凝安坐在阮映的身边偷偷摸摸拿出手机来,开始实时播报篮球场上的比分。

"高一(3)班的那个傅灼太强了,现在比分拉开了不少。"向凝安小声地说。

阮映拿着笔的动作顿了一下,问了句:"拉开多少了?"

"十分了。"向凝安说,"傅灼疯狂得分,这人是魔鬼吗?"

阮映记得傅灼的样子,是个长相很阳刚的男生。虽然说球场上弥漫着看不到的硝烟,但刚才中场的时候,蒲驯然还轻轻拍了一下傅灼的头,两个人有说有笑的,看起来没有任何敌意。

想到这里,阮映觉得也没有什么大不了的,胜败乃兵家常事。

向凝安忍不住又小声对阮映说:"映映,你有没有觉得刚才周乐怡特地在篮球场上给蒲驯然加油,有点刻意啊?"

"还好吧。"阮映说着继续低头写作业。

这会儿周乐怡并不在座位上,所以向凝安才这么跟阮映说。

向凝安说:"我总感觉周乐怡跟我们特别自来熟,本来刚认识关系也没有那么亲的,总觉得有点假。"

阮映笑着对向凝安说:"我看你今天中午跟她玩得挺开心的啊。"

"所谓伸手不打笑脸人嘛,况且我也真的想知道她和蒲驯然是什么关系。"向凝安一脸神神秘秘。

"不知道。"阮映懒得去猜,伸手捂住向凝安的嘴,"好啦好啦,别说话了,快写作业。"

刚说完,周乐怡就从外面回来。她刚才被班主任叫去说了点事情。

周乐怡一回来就对阮映说:"阮映,没想到你是我们班级第一名啊,以后我有什么不懂的问题就都问你,好不好?"

阮映点点头:"好呀。"

"太棒了。"

周乐怡身上有种让阮映讨厌不起来的特质,她在阮映面前会撒娇,让阮映无法招架。

刚好周乐怡碰到一道不懂的问题,转过来凑到阮映跟前,问阮映:"你身上好香啊,擦香水了吗?"

"没有啊。"

周乐怡又凑过来深吸了一口气,说:"真是迷人的味道呢。"

阮映笑着说:"你哪道题目不会?"

"这个这个。"周乐怡指着一道数学题目,"映映,我数学真的很差劲,总是没办法灵活运用公式。"

讲起数学题目,阮映难免会想到曾经的前桌范萍。

范萍是数学课代表,之前阮映每次有不懂的问题只要去问范萍,范萍总能轻松让她理解。

阮映耐心地给周乐怡讲解完题目,周乐怡高兴地咧开嘴,说:"你一讲我就会了,爱你么么哒。"

风吹起,星川素月,点缀着夜空的璀璨耀辉。

晚自习过半的时候,操场上的篮球赛也结束了。

向凝安也知道了比赛结果,有点丧丧地对阮映说:"四班输了,没能蝉联冠军,有点可惜。"

阮映这下也有点思绪横飞。

她因为要上晚自习下半场没法看,所以不知道场上是什么情况,也不知道蒲驯然此时此刻是什么心情。

阮映不免想,按照蒲驯然的个性,应该会有点挫败吧?他在中场的时候还得意扬扬地问她要冠军奖励。

向凝安小声地对阮映说:"听说蒲驯然受伤了。他被换下场了,所以比分拉开了。"

"他哪里受伤了？"阮映问。

"具体哪里不知道，只知道他被撞倒摔了，好像流了很多血。"

阮映一惊。

向凝安的小情报很准时："严阳说他们这会儿在医务室。"

阮映轻轻叹了一口气，心里莫名着急，却又无可奈何。

还有十分钟晚自习才结束，她也不可能贸然跑到医务室去。

等到晚自习结束的时候，阮映才知道蒲驯然又转去中心医院了。

这件事很快就传开了，毕竟是在篮球场上受伤，校方也有责任。

向凝安对阮映说："据说有点严重，好像要缝针呢。"

阮映现在也只能通过向凝安知道一些情况。但很快，向凝安这边的消息也断了，因为严阳没有跟着一起去医院。

学校其实并不允许学生带手机，一般都是学生偷偷摸摸带的。阮映这段时间基本不会带手机到学校来，更没有办法联系到蒲驯然。

不知道蒲驯然现在怎么样了。

阮映莫名有些着急，她走到走廊上深吸了一口气。

正巧，阮映见到周乐怡拿着手机在讲电话。

周乐怡对着电话说："蒲驯然，你受伤了？"

听到"蒲驯然"这三个字，阮映下意识转过头，但周乐怡并未注意到阮映的目光。周乐怡拿着手机一边往角落走去，一边说道："担心死我了……你没事吧……怎么就摔了呢……要缝针啊……晚自习结束我可以去找你吗？"

不知道那头说了什么，只听周乐怡"哈哈"大笑。

阮映没有继续听，转身回了教室。

本来也不应该偷听，但她的脚像灌了铅似的不听使唤。

还有一节晚自习就下课。

阮映低着头认真写作业，努力不再去想其他。

有些东西似乎正朝着意想不到的轨迹在发展。

阮映觉得自己开始在意，开始计较，开始分心。在这个高三复习的紧要关头，她不应该有那么多的情绪。

她突然想戴上耳机听歌,最好是坐在教室的角落,这样她就不用听到教室里琐碎的声音。

但是她没有耳机。

庆幸的是,沉浸在学习当中的确是一个可以让人静心的有效方法。很快,阮映心里的那些杂念也渐渐散去。

临近晚自习结束的时候,周乐怡又转过头来问了阮映一个问题。

阮映认真地帮忙解答,努力维持着自己脸上的笑容。再次面对周乐怡的时候,阮映心里有种说不清道不明的感觉,不知道是什么。

但阮映并不想带着这种莫名其妙的情绪面对这位新同学。因为无论从哪个方面来说,周乐怡对她都没有恶意。

晚自习下课铃声响起时,向凝安笑嘻嘻地对阮映说:"我先去找严阳,你自己先走哦。"

阮映点点头:"你也不要留太晚,早点回家。"

向凝安说:"知道知道。"

严阳是住校生,所以向凝安偶尔会趁着晚自习下课的时候和他多待一会儿。

不过严阳一向都很有分寸,也一直不同意向凝安在晚自习结束后找他。最多两个人就待一会儿,不会超过二十分钟。

夜晚的灰暗和寒冷一并袭来,凛冽寒风刮过脸庞。

阮映戴上帽子,往家的方向走去。

其实时间并不算晚,晚自习下课才八点,阮映回到家也才八点十分。

只不过冬日的街头人很少,整条街显得有些寂寥。

走到红绿灯路口的时候,阮映安安静静地等着红灯跳转。她双手放在衣兜里,整个人恨不得缩成一团。

她莫名觉得有些孤独,也不知道为什么。

她看着红灯上的秒数,默默倒计时。

"阮映。"

阮映怔了一下,以为自己是幻听,又继续迈开脚步。

直到有人轻轻拍了一下她的肩膀,她才转过头来,见到站在自己面前的蒲驯然。

蒲驯然的模样有点滑稽,他穿着一件黑色的羽绒服,眼角贴着一块四四方方的白色纱布,微微有点喘气。

阮映怔怔地看着他,不知道他为什么会出现在这里。

一整个晚上的心绪不宁有了答案,她却又再次陷入深深的迷茫中。

蒲驯然一脸埋怨地看着阮映,声线里似乎还染上些许委屈的意味:"不是让你等我一起回家?你怎么扔下我一个人就走了?"

阮映低下头,淡淡地说:"你家又不在这个方向,怎么一起回家?"

她说完,也不再理他,转过身继续走。

蒲驯然追在她的身后,语气有点沉:"你怎么了?"

"我没怎么啊。"

"没怎么你给我脸色看?"蒲驯然倒是不恼,嬉皮笑脸地说,"我脸上挂彩了,你都不关心一下?"

"有什么好关心的。"阮映低声说,"你应该也不缺人关心吧?"

"什么意思?"蒲驯然停下脚步,伸手抓住阮映的手腕。

阮映挣扎着将自己的手从蒲驯然手里抽出来,冷着脸道:"蒲驯然,你可不可以不要老是烦我?"

"我烦着你了?"

阮映看着眼前的蒲驯然,他鼻梁笔挺,双唇很薄,轮廓硬朗。

也不知道从什么时候开始,她对他这副样子越来越熟悉。

阮映轻轻叹了一口气:"难道不是吗?"

这个人的出现,就像是洪水猛兽,让人躲避不及。他霸道野蛮,如同山野土匪,强势占有她内心的一席之地。

今晚阮映猛然回过神来,她不该陷入这个沼泽陷阱,及时抽身才能自保。

冬日夜晚寒风凛冽,连带蒲驯然身上那股嚣张的气焰也被驱散许多。

他似是在回味她所说的话,接着撇了一下头,伸手搓了一下后颈,自嘲一笑:"为什么呢?"

"你打扰到我学习了。"阮映说。

"那你下午还来看篮球赛?"他微微扬眉。

是啊,为什么去呢?

阮映为自己找了一个合理的解释:"我怕你一直缠着我。"

蒲驯然也不恼,反而一脸谅解:"最近学习压力太太了吗?成,你要是觉得我烦,大不了接下去我少在你面前晃悠。"

堆积在阮映心头的千金石,仿佛被他轻轻松松挥开。

蒲驯然伸手推了一下她,说:"愣着干吗?快回家啊,不冷啊?"

阮映仿佛一拳头打在棉花上:"我自己会回家,你别跟着我。"

"我不放心。"蒲驯然一贯我行我素。

入冬后,几乎每天晚自习结束蒲驯然都会送阮映回去。

反正她家也不远,他送她回去之后再自己打车回家,多花不了多少时间。

今晚依旧如此。

只不过蒲驯然今晚一直走在阮映的后面,大概是真怕她烦他。

本来路程也没有多远,没走两分钟就到了。

只是这两分钟,对蒲驯然来说似乎有些漫长。

他今晚受了点伤,在他看来不算严重,大家却兴师动众,辗转送他到市中心医院急诊,眉骨上方缝了两针。他当时想的却是太耽误时间,他要赶回学校和阮映一起回去。

社会治安虽然不错,可难免会出现那么几条让人不安的新闻,比如附近一带有人被抢了手机,还发生过斗殴事件。

蒲驯然只想阮映不受到伤害。

到家门口的时候,蒲驯然在阮映身后说:"阮映,我比赛输了。"

阮映顿了一下,没有回头地说:"我知道了。"

说完,她到底还是头也不回地进了屋。

但其实在那瞬间,蒲驯然想说的是——阮映,你能转过来跟我笑一个吗?

输不输比赛他其实并不在意。

蒲驯然懒懒地双手插在兜里,目送阮映进去后,碎碎念叨了一句:"真是小没良心。"

他伸手用手指轻轻点了一下自己额角的纱布。

他都受伤了,她也不关心一下。

回到家之后阮映躺在床上，终于将耳机塞进了自己的耳朵里。

整个世界仿佛瞬间变得空灵，她听着悠扬的旋律，心情莫名低落到谷底。

日子过得飞快，转眼就已经到了十二月底。

十二月是个充满期待的月份，这个月汇集了几个节日，比如接下来的圣诞和新年，所有的美好都会如约而至。

回过头来，把这一整年零散的时光碎片拼凑出过去一年的全景，有欢声笑语，有唉声叹气。可这些却又是存在于所有人记忆中的真情实感，让人念念不忘。

距离新年只有不到一个月的时间，人们总幻想着这一年所走过的泥泞道路，到来年会收获漫山遍野的烂漫。

可黑板上的高考倒计时还是会把人从梦幻打回现实。

距离高考的日子越来越短。

平安夜前夕，学生们开始蠢蠢欲动，谋划着送谁一个平安果。平安夜虽然是由西方传来的节日，但送平安果却是在中国出现的。国人喜欢谐音梗，"苹"与"平"谐音，取"平平安安"之意。

不过在学生看来，送平安果更像是一种心照不宣的小秘密。

向凝安早早就开始在网上物色礼物，准备趁着送平安的时候一并将礼物送给严阳。

女孩子的心思总是要比男孩子要细腻一些。

向凝安问阮映："你觉得我送严阳什么东西比较好？"

阮映认真思考了一会儿，说："杯子？"

"杯子？"向凝安闻言迅速在脑海里过了一圈，继而一脸激动地拉着阮映的手说，"映映，你简直就是天才吧！"

阮映有点蒙。

向凝安说："杯子谐音一辈子！这个寓意也太美好了吧！而且一个陶瓷杯价格也不贵，适合学生党呢！"

阮映倒是没有想那么多。

而且她所想的杯子是保温杯。大冬天的有个保温杯多好，能随时喝上一口热水暖身子。

向凝安已经在一旁开始天马行空:"我知道有家店是可以制作纯手工陶瓷杯的,到时候我给严阳做一个,意义更加不同。"

向凝安说着一把抱住阮映,在她脸颊上亲了一口。

说着,向凝安开始缠着阮映:"周日你陪我一起去好不好?我们一起做。"

阮映说:"可是我不会做。"

"没问题的呀,那里会有人指导的。"

"哦。"

中午去食堂吃饭的时候,向凝安远远就看到了在打菜的蒲驯然,惊呼:"太阳打西边出来了,驯哥还自己来打菜呢?"

阮映站在队伍后面开始排队,突然想起有一次她来打菜的时候被蒲驯然撞了一下,没想到这人居然还贼喊捉贼,说她故意撞他。

都已经是上个学期的事情了,时间真的过得很快。

那边蒲驯然已经打完了菜,从人群里退出去,再没有故意去撞阮映。甚至,他应该都没有看到站在人群当中的她。

篮球赛过去已经有半个多月的时间了,蒲驯然眉骨上的纱布早已经摘掉,只是伤口还有一些痕迹,不凑近看不出来。

女孩子的脸上要是落了伤就多了点遗憾,但男孩子脸上有点伤似乎多了些岁月的洗礼。

阮映不是没有注意到蒲驯然的伤,相反,她清楚地知道他是哪一天把纱布摘掉,哪一天拆的线。

隔了大老远的距离,向凝安还是感觉到气氛有点不太对劲,于是问阮映:"你和驯哥闹别扭了啊?"

阮映默默低着头,没有说话。

"我看你们最近互动好像变少了。"向凝安放低音量,"吵架了啊?"

"没有。"

虽然这段时间阮映和蒲驯然之间互动不多,但蒲驯然见到她依旧还是笑脸迎人,只不过他更有"分寸"一些了,少了嬉皮笑脸,多了份正色。他不可能知道她的那点小心思,毕竟这是一个十七岁少女自己的秘密。她小心隐藏,装作什么事情都没有发生。

午餐过后,阮映和向凝安两个人走到僻静的凉亭坐着,感受着冬日午后的暖阳。

爬山虎绕成了一幅绿油油的画贴在教学楼的墙壁上、落在围墙上,看着让人有些心悸,却也美不胜收。因为这里人少,显得空空荡荡的,也很安静。

最有趣的是,这个地方被围墙分成两边,互不打扰。

向凝安干脆躺下来,把脑袋枕在阮映的大腿上,说:"哎呀,我睡一下下,太舒服了。"

阮映笑着摸了摸向凝安柔顺的头发,说:"你睡二十分钟,我叫你。"

"嗯。"

阮映这会儿倒是不太困。她昨晚难得睡得有些早,十点钟就上床,一直睡到早上六点被闹铃吵醒。

但她也闭上眼,背靠在墙上,打算小憩一会儿。

不多时,阮映听到低低的抽泣声,是从身后那堵墙传来的。

但她不知道是谁在哭。

不小心撞见了别人的秘密,阮映心里有些过意不去。可她也不是有意,只能选择默不作声。

紧接着,阮映听到那个人在说:"你就不能安慰安慰我吗?"

对方声音中带着哭腔和鼻音,但阮映还是听出来了,好像是周乐怡的声音。

这几天阮映倒也不是有意疏离周乐怡,只是感觉和她相处有一些不太自在,所以很少主动找她说话。

周乐怡也心知肚明,所以没有怎么缠着阮映。比如中午吃饭的时候,周乐怡就会找自己的同桌一起去食堂,也不会刻意来找阮映。

不一会儿,阮映听到一声低低的叹息,继而是蒲驯然标志性的低沉醇厚嗓音:"怎么,你还想让我像小时候一样和抱小孩一样抱着你吗?"

阮映整个人一怔,伴随着一阵寒风,她裸露在外的皮肤起了一层鸡皮疙瘩。

周乐怡破涕为笑:"好啊!"

蒲驯然淡淡道了声"神经病",但语气却听不出来是真的责怪。

他难得有耐心,声线像是在哄人:"周乐怡,你能不能不要那么任性?"

周乐怡说:"我就是要任性!"

"都什么时候了,你突然转学来这里?不打算好好高考了吗?"

"因为你在这里啊。"周乐怡哭着说,"你能拿我怎么着?"

"我能拿你怎么着?"蒲驯然无奈道,"能别哭了吗?"

"蒲驯然,你肩膀借我靠一下吧,求求你了。"周乐怡带着浓浓的哭腔。

蒲驯然没说话。

没有否认,那便是默认。

阮映的心却跟着一点点往下沉。

阮映甚至连呼吸都放缓了,生怕会打扰到身后的那对人。她的脑海里甚至不由自主开始描绘周乐怡靠在蒲驯然肩膀上的场景。

周乐怡哭了好一会儿,蒲驯然才出声:"哭够了没?"

周乐怡说:"哭够了。"

"走吧。"

"嗯。"

…………

身后不再有什么声音,阮映仿佛被定格了似的。

明明头顶的阳光那么温暖,阮映却觉得自己手脚都冰冷。她在心里默默地背着各种公式,企图让自己能够平静一些。

不该这样的,她不应该为了这种事情而心神不宁,得淡然一些,不要去在意。

阮映闭了闭眼,深吸了一口气,胸腔里那颗心"怦怦怦",难以平静。

阮映低头看了眼睡着的向凝安,好想伸手将她推醒,想把自己心里的郁闷都告诉她。可她到底还是不忍心打扰。

她得自己默默消化、排解。就像这墙壁上蔓延的爬山虎,不是一天两天形成的,也不是一时半会儿就能死绝。

也不知道过了多久,向凝安睡醒,她伸手揉了揉眼睛,问阮映:"几点了呀?"

阮映有些机械地抬起手看了眼腕表:"十二点半了。"

"不是说睡二十分钟就叫我嘛,都超时十分钟了。"

"看你睡得那么香,想让你多睡一会儿。"

"走吧,咱们回教室。"

向凝安这一觉睡得是真香,半个小时的时间她还做了个一个梦,说是梦到有个女孩子在哭。

阮映勾了勾唇,说:"刚才是有个女孩子在哭。"

"真的假的?"

"假的吧。"

两个人手挽着手回教室,在楼梯口的时候迎面撞见了周乐怡。

周乐怡眼睛还有点红,看到阮映的时候却笑嘻嘻的,主动和她打招呼:"映映,你这两天都不理我,是不喜欢我了吗?"

阮映努力挤出笑容,说:"你哭过了?"

周乐怡有些意外:"这都让你看出来。"

向凝安插了一句:"为什么哭啊?怎么了吗?"

周乐怡摇摇头:"没什么啦,想哭就哭呗。"

阮映意识到,她刚才所听到的,都是真的。

蒲驯然能有什么坏心思呢?只不过是每次去见阮映的路上,感觉连吹拂的风都透着一股香甜。

可是阮映的那句"你可不可以不要老是烦我",让蒲驯然这几天的生活都莫名多了一些苦味。

静下心来想想,蒲驯然觉得自己也的确得成熟一点,总不能一直这样吊儿郎当的,再过几个月他就满十八周岁了,是个成年人了。

所以他只能尽量克制着自己,克制着自己想要靠近阮映的心。

这两天,那个有着一脉血缘的亲姑姑难得给蒲驯然打了个电话,咬牙切齿地说:"我要被周乐怡给气疯了!她居然联合她爸背着我转学!蒲驯然,我要不是不能回国,现在就过来狠狠把她揍一顿。你给我看着她!"

蒲驯然接到电话的时候正坐在地下室的游戏桌前,他嘴里咬着一支棒棒糖,百无聊赖。

他开了免提,漫不经心地说:"关我什么事?怎么一个两个都来烦我?"

那头顿了一下,继而号啕:"蒲驯然!你这个白眼狼!你看我回来不连你的腿一起打断!"

"周乐怡发什么神经要转学?"

"我怎么知道她为什么要转学啊?"

蒲驯然"哧"了一声:"你这个妈是怎么当的?"

那头说:"那你这个哥是怎么当的?"

蒲驯然的姑姑名叫蒲蜀椒,人如其名,就好比巨辣的辣椒,处事作风十分泼辣。

其实从某个方面来说,周乐怡的行为和蒲蜀椒有几分相似。从小到大,周乐怡做了多少的蠢事,又有多少是蒲驯然帮着善后的。他们都是独生子女,又都是蒲家人,关系和亲兄妹没有什么两样。

那天蒲驯然在学校里见到周乐怡的时候也觉得这丫头确实有点疯癫,都已经高三了,说转学就转学,而且转学的原因也让人啼笑皆非,大小姐脾气上来了,说转学就转学。

于是蒲驯然双手抱臂,冷眼旁观,放任周乐怡先哭个痛快。

安慰人这种事情蒲驯然并不擅长。

等周乐怡哭够了,蒲驯然又说:"喂,你总不会一直要赖在我这里吧?"

周乐怡撒泼:"我就要在这里!这是我舅舅家,你凭什么赶我!凭什么凭什么!"

"我什么时候赶你了?"蒲驯然说,"你要住就住,反正我一个人也挺无聊。"

"你无聊?那是你自找的吧!还说我疯,你当初不也是说转学就转学了?"

兄妹两个人也是五十步笑一百步而已。

平安夜的那天,阮映到教室的时候,她的桌子上已经放了一个包装精美的苹果。

后排的瞿展鹏见阮映来了,挤眉弄眼地朝她说:"蒲驯然送你的。"

阮映的桌子上原本还有几个别人放的苹果,但都被蒲驯然拿走了。

蒲驯然只留自己的那个放在她的桌子上,霸道又野蛮。

阮映拿起苹果放在瞿展鹏的桌上,说:"给你。"

瞿展鹏连忙像烫手山芋似的把苹果还给阮映："开什么玩笑,这是蒲驯然给你的,我怎么敢收?"

阮映也不再强人所难,她把苹果塞进了抽屉里,就当作没有看到。

上完今天的课,明天就是周日,也是圣诞节。

晚上不上晚自习,放学的时候阮映就回了家。

到家她拿起手机一看,才知道蒲驯然给她发了一条消息。

X..:平安夜快乐。

阮映已经尽量去忽略蒲驯然,却难免还是会想到那天中午他和周乐怡之间的对话。

她不知道蒲驯然和周乐怡之间是什么关系,但确定的是他们两个人的关系并不简单。

如果正如她所想的那样,蒲驯然这种行为又算是什么呢?

她突然又不敢继续自己的猜想。

阮映将蒲驯然的对话删除,没有理会他的短消息。她戴上耳机,随便播放了一首歌曲,企图赶走所有的胡思乱想,却仍悸动难消,怅然若失。

第九章

他朝她走了九十九步，

最后一步由她走向他

周日中午一过，向凝安就来找阮映，两个人准备一起去陶艺馆做杯子。

一路上向凝安难掩兴奋："不知道今天能不能拿到，估计今天是送不成了，要过几天才能送。"

陶瓷杯刚做好的当下并不能取走，因为还要高温烧制。

阮映安慰向凝安："好礼物不怕晚，当新年礼物送给严阳也一样有意义的。"

向凝安点点头："嗯！"

她们来的这家陶艺馆位于商场三楼，四周都是一些精品店。今天是圣诞节，来逛商场的情侣特别多，自然，来陶艺馆体验制作陶瓷的情侣也很多。相较而言，阮映和向凝安两个女孩子一起来还有点另类。

因为人有点多，所以还要等位。阮映和向凝安就坐在窗户边翻看陶瓷杯制作手册。这里除了能制作陶瓷杯，还可以制作情侣戒指、手串、手绳等。

阮映津津有味地看着，莫名对这些手工的东西很感兴趣。

与此同时，在同一个商场的三楼，蒲驯然和周乐怡正在找寻着什么。

周乐怡探头探脑的，说："我明明记得就在这一层的啊，怎么就找不到呢？"

蒲驯然耐着性子："周乐怡，你耍我是吧？"

周乐怡轻叹一口气，拽着蒲驯然的胳膊："我说你这个人怎么这样啊，要送女孩子礼物就要花心思的啊。我都给你当军师了，你还在这里给我脸色看呢？"

"我看你是在放屁，什么纯手工礼物，难道我花两万买条手链不香吗？"直男的思维就是这么简单，觉得越贵越好。

周乐怡白眼都要翻到天上去了："所以我说你不懂女孩子的心思啊，你听我的就对了。"

"别烦我。"

蒲驯然说着拿起手机看了眼。

他有些期待地点开微信，再三确定没有收到消息，又烦躁地把手机屏幕锁上。

昨天他给阮映发了消息，阮映没有回复。今天他又给阮映发了消息，距离现在已经过去三个小时，她还是没有回复。

蒲驯然恨不得现在飞到阮映面前问个清楚，确定一下她的手机是不是出了问题，但又怕她觉得他烦。

也就是在这个时候，坐在陶艺馆的向凝安不经意抬头，看见不远处拽着蒲驯然胳膊的周乐怡。

向凝安正犹豫要不要告诉阮映，就见阮映抬起了头。

向凝安连忙企图转移阮映的注意力，说："阮映，你看我手上这个！"

但是没有用，阮映顺着向凝安刚才看过的方向望过去，那里站着蒲驯然和周乐怡。

蒲驯然正拿着手机，周乐怡踮起脚在他的肩膀上拍了一下。在外人看来，这个动作是有些亲昵的，实则背对着阮映的蒲驯然语气不善地警告周乐怡："你再给我动一下试试！"

周乐怡轻哼一声："蒲驯然，你能对我好一点吗？"

蒲驯然对周乐怡的耐心早已经用尽了，该劝的劝了，该忍耐的也都忍耐了。

"我为什么要对你好？"蒲驯然说。

"你还是不是我哥了？"

"不是。"

下一秒，阮映的手机微微振动。

她拿起来看了眼，居然是蒲驯然发来的消息。

X..：不理我？

阮映低头看完消息，又抬起头看着不远处的蒲驯然，忽然有点想笑。这算什么？

她深吸了一口气，起身，径自朝蒲驯然走过去。

阮映觉得，有些事还是要和蒲驯然当面说清楚，要是一直憋着，她怕自己会憋成神经病。

阮映一脸心平气和，实则内心翻云覆雨。她看着蒲驯然的背影，喊了一句："蒲驯然。"

蒲驯然怔了一下，有些不敢置信地转过身来。

这些日子，蒲驯然自然也看得出来阮映是刻意冷着他。他只能猜测是因为学业紧张，毕竟距离高考越来越近了。

趁着这段日子，蒲驯然也好好地规划了一下将来。

他想好了要考什么大学，并会为之付出百分之百的努力。他也想把自己的计划告诉她，想让她知道自己的上进心。

谁承想，就在这个时候，阮映忽然叫了他一句。

"蒲驯然。"

有那么一刻，蒲驯然还以为自己是幻听。但即便是幻听又怎么样，他还是要转过头一探究竟。

商场上人来人往，因为圣诞节，喧嚣声充斥着耳膜。

真的看到了阮映，蒲驯然心里的喜悦其实多于意外。

蒲驯然早就练就了一个本领，他能够在人群当中第一眼看到阮映，不管是在人挤人的食堂，还是在操场的另外一头。

他其实并不知道自己到底是从什么时候开始留意她。但他清楚记得，很多时候她就站在自己的不远处，她有时候在笑，有时候在聊天，有时候在放空，有时候似乎又皱着眉头。

但很快,蒲驯然注意到站在自己面前的阮映脸色有点不太好看。她生气的时候会抿着薄唇,眼帘有点下垂,一双眼睛却水灵灵的。

一旁的周乐怡自然也被阮映的声线吸引,有些意外地转过来:"好巧啊,你们也在这儿!"

"是啊,好巧。"阮映说着看向蒲驯然,"方便当着周乐怡的面说话吗?"

蒲驯然微微蹙眉,接着又点点头。他眼底有一团迷雾,着实有些摸不着头脑。但只要她愿意跟他多说一会儿话,他不介意那是什么。

阮映说:"蒲驯然,请问你现在这是什么意思?"

她的声音其实不算很轻,甚至带着些许怒气,只不过她极力压制着这股怒意。

周乐怡一听就知道阮映是误会了,刚想开口说话,不料被蒲驯然扯了一下,示意她不要开口。她心里不解,但也不敢贸然开口。蒲驯然的脾气周乐怡是再清楚不过的,毕竟两人从小一起长大,她怕自己真的把他给惹怒。

其实这会儿看不出来蒲驯然脸上有什么情绪,因为他面色十分平静,甚至有点过于冷静。

蒲驯然走到周乐怡面前,高大的身子将她整个人挡在身后。他面对着阮映,带着点试探地问:"阮映,你在生气?"

阮映笑了:"不要误会,我没有生气,我只是觉得这一切都很可笑。"

"你生气了!"蒲驯然瞬间恍然大悟。这几天的一切疑问似乎都有了答案,他眼前的那团迷雾瞬间消散。

蒲驯然忽然笑了起来,表情温柔又傻气。

阮映不明白,他是怎么做到眼神清澈,没有一点点愧疚的。

还笑?笑什么?

周乐怡再也憋不住了,她冲上来拉着阮映的手说:"你们两个人别误会啊,蒲驯然是我哥,我今天是陪他给你挑选圣诞礼物的。"

她说着还有些着急:"我妈妈是他亲姑姑,他爸爸是我亲舅舅,我们真的没有什么关系!我明天可以把户口本拿过来给你们看!"

阮映的表情凝固,一时之间还有点反应不过来。

同样反应不过来的人还有向凝安。

向凝安满脑袋的疑问，伸手指了指蒲驯然，又指了指周乐怡："你们是，兄妹？"

阮映同样有些不敢置信，她看了看蒲驯然，又看了看周乐怡，忽然发现他们两个人的眉眼居然有那么一点点的相似。

但蒲驯然显然没有给阮映那么多思考的时间，他一把抓起她的手腕，也不管她同不同意，霸道地拉着她离开这个喧嚣的旋涡，留下向凝安和周乐怡两个人，你看看我，我看看你。

向凝安还是很意外："你怎么就能是蒲驯然的表妹？"

周乐怡"扑哧"一笑："我怎么就不能是呢？"

"那你为什么一直不说，我怎么问你都不说啊？"

"我想保持点神秘不行啊？"

人就是那么"双标"。

当向凝安知道周乐怡是蒲驯然的表妹时，忽然就不觉得她讨厌了，也不觉得她之前的行为刻意了。

周乐怡望着蒲驯然和阮映的背影，有些感慨："还是第一次见到蒲驯然这么对待一个女孩子，真是太阳打西边出来了。"

阮映有些怔怔的，像是坐了一趟云霄飞车，这会儿心脏"怦怦怦"跳个不停。她的手腕被蒲驯然拉着，横冲直撞地经过很多人的身边，终于停下了慌乱的脚步。其实她不知道他要带她去哪里，可她却并没有挣扎。

阮映甚至能够清楚看到蒲驯然线条分明的侧脸。

蒲驯然找到商场的安全通道，这里鲜有人经过。他把阮映拉过来，门一关，阻隔了喧闹。

商场里暖和，阮映身上的外套脱下来放在了陶艺馆里，这会儿她穿着一件白色的宽松海马毛衣，扎了个丸子头，露出好看的额头和白嫩的脸。她依旧没有化妆，脸上只是擦了点保湿霜，因为冬天嘴唇容易干燥，她也擦了点润唇膏。这会儿她的嘴唇透着粉嫩，带着光泽。

蒲驯然低沉的声线在空旷的安全通道里显得尤其沙哑："说说看，我给你造成什么错觉,让你以为我和周乐怡有关系?"

阮映忽然不敢直视蒲驯然的脸,低着头。她现在恨不得找个地洞钻下去得了,回想刚才自己还一副气势汹汹的样子,简直没脸见人。

怎么就这么冲动呢?

这和她一贯的冷静思维截然相反。

蒲驯然靠过来,逼得她连连后退。他身上熟悉的气息越来越近,充斥着她的感官,将她整个人裹挟。

"说啊。"他语气里又是笑意,又是宠溺,与他冷冽的外表形成鲜明对比。

阮映轻叹了一口气,坦诚地说:"我前些天,不小心听到周乐怡和你哭诉。"

"前些天?"蒲驯然认真思考了一会儿,闷笑了声,"你继续。"

阮映颇有点秋后算账的意思,又像个委屈的小媳妇:"你们那天的对话……有点暧昧,她还要靠你肩膀……"

可她越说越感觉自己这会儿像是一个笑话,索性闭嘴,转身想要逃,却被蒲驯然按住肩膀。他的手掌心像火一样滚烫,她被他碰触过的地方似乎都着了火。

蒲驯然笑着说:"没让她靠。"

阮映没有说话。

"所以,你在意?"蒲驯然低头,像是悄悄在询问她。

阮映连忙否认:"我在意?我在什么意!我没有!"

蒲驯然忽而勾起唇,又朝阮映走近一步:"阮映,你就是在意。"

"我说了没有!"

阮映倒退一步,背靠在墙上,退无可退。

"你以为我和周乐怡关系不一般。"蒲驯然肯定地脑补着,"所以你气冲冲地跑过来质问,对吗?"

"蒲驯然,你能不能别说了……"

他又小心翼翼地问:"觉得我烦吗?"

阮映察觉到蒲驯然的敏感,缓缓抬起头看着眼前的蒲驯然。她怎么都没有想到,会闹这么一个乌龙。既然误会解开,她也有必要坦诚,其实并不会觉得他烦。她烦的其实是这颗连自己都无法控制的心。

这好像是自那晚他篮球赛受伤之后,他们两个人第一次离得那么近。

那晚的街头寒风刺骨,现在的商场充斥着重重的暖气。

阮映能够清楚看到蒲驯然眉骨上的伤,伤口早已经结痂脱落,但仍有两道微微凸起的痕迹。这并不会影响他的容貌,相反更添了几分英气。

一扇门,将商场内的喧嚣阻隔,但隐隐约约还是会有不少声音传过来,在这个静谧的走道里显得有些突兀。

"有糖吗?"蒲驯然的声线似乎更哑了些。

"糖?"

阮映麻木地伸手往自己的口袋里摸了一下,没想到还真的让她找到一颗牛奶糖。

她把糖拿出来摊开在手掌心递给蒲驯然,声音比糖还甜:"给你。"

蒲驯然从阮映手中接过糖,三两下剥开了糖纸把糖塞进嘴里。他的动作算得上有些粗鲁,当着她的面抿着唇咀嚼,锋利的下颌线随着咀嚼变幻,喉结上下滚动。

"你还没有回答我刚才的问题,你觉得我烦吗?"蒲驯然低着头,离得近,他嘴里那股淡淡的奶香味萦绕在她的面前。

阮映看着他,缓缓摇了摇头。

蒲驯然勾起嘴角,笑着逼问:"那你那天晚上说的那句话是骗我的,对吗?"

"嗯。"阮映也不扭捏,是就是。

蒲驯然嘴角的笑勾得越来越开:"嗯?那我以后可以天天烦着你吗?"

"嗯。"阮映回答完才感觉不对劲,连忙修改答案,"不可以!"

"不可以?"蒲驯然歪了一下脑袋,"阮映,你知不知道我那天受伤了?"

阮映闻言看了眼蒲驯然的眉骨。

她当然知道。

蒲驯然像是为了配合她的视线,还特地把头低下来一点,像只小狼狗似的在她面前拱了拱。

他委屈地说:"流了好多血,差一点眼睛就瞎了,缝了两针,还没打麻药,你知道有多痛吗?"

阮映心下一惊，还真的有点说不出来的滋味。

那天知道他受伤，别看她表面上云淡风轻，其实心里很不好受，上晚自习的时候就很想冲到医务室去一探究竟。但当她意识到自己的冲动想法之后，又很快冷静下来，即便她冲到医务室也帮不上任何忙。后来又通过向凝安知道他去了市中心医院，她那会儿，真的第一次为他感到着急。

可是还不等她的着急得到有效的缓解，又听到了周乐怡和他那通暧昧不清的电话。

阮映轻轻吸了一口气，问蒲驯然："还痛吗？"

"当然痛啊。你都不关心一下。"

他说着抓起她的手，让她摸摸他已经留下伤疤的伤口。

阮映的手指麻木地碰触到他的眉眼，她用指腹轻轻划过那两道凸起的疤痕，感受到他深邃的眉骨。

不料手机铃声突然响起，阮映被吓了一跳，手指快速收了回去。

蒲驯然咬了咬牙，把手机拿出来，看到来电显示是霍修廷。

霍修廷出现在手工陶艺馆是在二十分钟后，他来的时候带上了谢妤茼。

这也是阮映第一次见到谢妤茼。谢妤茼比阮映想象中的更加美丽，长相妖艳、张扬明媚。

几个人做了自我介绍，但因为还不熟悉，场面其实有那么一点点小尴尬。

看着还在排队等候的一行人，谢妤茼拉着霍修廷的衣角低声撒娇："那么多人，被熟人看到了不好，咱们走吧……"

霍修廷因为谢妤茼这句话，干脆包下了整个手工陶艺馆，甚至还让店家把正在制作陶瓷以及其他手工的客人都赶走了。

谢妤茼见人都走了，自己去找个位置，开始研究那些纯手工的东西。

阮映和向凝安当场震惊在原地。

向凝安小声地对阮映说："我在看什么玛丽苏言情小说吗？包下一家店要多少钱啊？"

蒲驯然在一旁嗤笑了一声，一脸不悦地说："霍修廷，你来瞎凑什么热闹？"

在电话里的时候霍修廷问蒲驯然在哪儿,接下去准备干什么。蒲驯然也没多想,只想着赶快挂断电话便老实回答。没承想,霍修廷屁颠屁颠地就带着谢好茼来了。

刚才的暧昧被打断,蒲驯然还记着这笔账。

霍修廷朝蒲驯然抬了一下眉:"谁让你介绍的这个地方那么好玩,我正愁无聊没地方去。"

蒲驯然微微皱了一下眉,转而看了眼坐在旁边低着头的周乐怡。

周乐怡这会儿就跟被霜打了的小菜似的,整个人蔫蔫的。

蒲驯然是知道内情的,他对周乐怡说:"我给你叫个车,你自己回去吧。"

周乐怡一听有些激动:"凭什么啊?明明是我先来的!干吗叫我走?"

霍修廷拍了一下蒲驯然的肩:"你这人怎么当哥的?"又对周乐怡说,"你别走啊,晚点哥哥请你吃好吃的。"

周乐怡看了霍修廷一眼,转而跑到了角落的位置上坐着。霍修廷没有意识到周乐怡的态度有什么不妥,还以为她是在和蒲驯然赌气。

店里这会儿空旷,因为被霍修廷整个包下来了,他们想做什么,想坐在哪里都可以。

向凝安也是后知后觉明白眼前的人就是霍修廷,于是拉着阮映小声说:"他们也太养眼了吧!"

"是呢。"阮映也终于可以自己上手做陶瓷杯,这会儿兴趣全被眼前那团陶泥吸引。

向凝安轻叹一口气:"这人啊,真是人比人气死人。"

阮映"扑哧"一笑:"烦恼都是自找的,你不要比就行了。"

"可是忍不住啊。"

阮映说:"快做你的杯子。"

"好好好。"

不多时,谢好茼走到她们两个人的旁边,一脸好奇:"这是在做杯子吗?"

向凝安点点头:"是啊。"

谢好茼脸上带着妥帖的笑容,看起来更加美艳动人,她的声音也好听:"我能尝试一下吗?"

"当然可以啊。"

一开始,向凝安对谢妤崮还有那么一点忌妒的心理,但很快,她就被谢妤崮身上那种家教所吸引,总之根本讨厌不起来。

谢妤崮后来看着阮映,说:"你好特别。"

阮映还没弄清楚这句话是什么意思,蒲驯然已经走过来对谢妤崮说:"谢妤崮,你离我家阮映远一点。"

谢妤崮单手托着自己的下颌,一脸笑意地看着蒲驯然:"为什么你总是对我一脸敌意?"

"你大概想多了。"

谢妤崮还想开口反驳,但一旁的霍修廷招手让她过去。她撇了一下嘴巴,有些无辜。

蒲驯然走过来坐在阮映的身边,问她在做什么。

刚才从安全通道回来,阮映几乎都不敢抬头看蒲驯然。

蒲驯然倒是大大咧咧的,像是完全没有察觉到她的那点小心思似的,笑着问:"要我帮你吗?"

阮映整个人一怔,不自然地说:"不要。"

圣诞节那天阮映做的杯子并不能当天就拿到手。

一般这种手工制作的杯子都是集中烧制,用时较久,到顾客手中估计要好几天的时间。

制作完杯子之后,本来霍修廷是想请大家一起吃个饭,不过被蒲驯然拒绝。

蒲驯然已经忍霍修廷很久了,再也忍不住:"我这个圣诞节没想跟你过,你快哪儿凉快哪儿待着去吧。"

既然蒲驯然都这么说了,霍修廷也没有强求,几个人也就各自散去。

阮映本来是打算回家的,不过她的身后面不知不觉多出了两个尾巴。

一个是蒲驯然,另外一个是周乐怡。

知道周乐怡是蒲驯然的妹妹后,阮映对于自己之前冷落她的行为有些过意不去,颇有点补偿的心态想要跟她亲近一点。

整个下午周乐怡都是一副闷闷不乐的样子,没有了往日里的活泼好动,阮映自然也看得出来她心情不好。

阮映走过去挽住周乐怡的手,问她:"怎么了呀?心情不好吗?"

周乐怡点点头:"很不好,糟糕透了。"

阮映安慰她:"你要跟我说说看吗?我帮你排解排解。"

周乐怡闻言,眼眶一下子就红了起来:"映映……"

阮映也见不得女孩子哭,连忙伸手拍拍周乐怡,轻声细语的:"你别哭啊,有话好好说。"

周乐怡一把抱住阮映,完成多日以来未能完成的心愿:"我想要抱抱,呜呜呜……"

一旁的蒲驯然看不下去了,伸手扯周乐怡的胳膊:"你够了没?她都没有抱过我呢,还轮得到你吗?"

周乐怡"哇哇哇"地大叫:"蒲驯然,你是个人吗?你没有看到我那么难过吗?"

阮映连忙抱着周乐怡像哄孩子似的拍拍她的背,同时给了蒲驯然一个眼色。

蒲驯然那叫一个不爽,伸手拉阮映:"你别管她,我这两天没少安慰她,她听得进去就有鬼了。"

最后蒲驯然到底还是受不了周乐怡,喊来了周家的司机,让司机把这个大小姐带回家。

周乐怡心不甘情不愿的,于是在离开前用力地抱了一下阮映,朝蒲驯然挑衅地瞥了一眼。

周乐怡走后,天也擦黑了。

因为是圣诞节,到处张灯结彩,很有过节的氛围。去年的圣诞节,蒲驯然是独自一个人度过的。那天周乐怡倒是给他打了个电话,但是他没有接。

这会儿,蒲驯然也打了辆车,准备送阮映回去。

只是在等待专车的时候,他还是忍不住说了一句:阮映,圣诞节快乐。

他今天一大早就给她发了消息,只不过她一直没有回复。

阮映这会儿正好拿着手机,于是点开了蒲驯然的对话框,回了一句:蒲驯然,圣诞节快乐。

她发完，特地提醒他："看手机。"

蒲驯然虽然一头雾水，但也听话地拿起手机。

看到阮映给自己发的消息，他嘴角勾起笑意，又说："平安夜的呢？"

阮映说："平安夜都过去了。"

"不管啊，你补上。"

阮映无奈，不过也满足了他，低头给他发了消息：迟到的平安夜快乐。

蒲驯然心满意足地看着手机点点头，笑得像个无害的大男孩。

阮映看着他笑，她也笑了。

两人对看一眼，笑得更傻。

"我送你的平安果吃了吗？"他问。

她摇头："还放在抽屉里，不知道烂了没有。"

"别浪费好不好？"

"嗯，知道了。"

"你怎么不送我一个平安果？"

"家里很多啊，你随便挑一个。"

"那能一样吗？"

"怎么不一样？那我晚上回去送你一个。"

蒲驯然轻哼："没诚意，明年再送我吧。"

"哦。"

"以后每年都送我一个吧。"

"……嗯。"

平安夜谁送的苹果都一样甜，圣诞节和谁在一起都一样美。

但是和你，即便是漫无目的地站在街头，也是双倍的浪漫。

有时候蒲驯然也会感慨：阮映，你可以选择在意或者不在意我，可是我好像只会越来越在意你。

是不是怪他有点不自量力了呢？妄想徒手摘星，但这颗星星好像跟他眨了眨眼睛，他就觉得这一切都值得。

后来，蒲驯然递给阮映一个包装精美的小盒子，说是圣诞节礼物。

阮映有些意外，强调说明："蒲驯然，我没有给你准备礼物。"

蒲驯然说:"怎么没有?今天你做的那个手工陶瓷杯就送我了。"

阮映还能说什么呢?

只不过送杯子的含义,不知道他知不知道,她也不好意思特地说明。

蒲驯然霸道地把礼物塞到阮映的手里,说:"打开看看。"

阮映当着蒲驯然的面打开,里面是一条十分精致的手链。细细的一条,还镶嵌了几颗圆形钻石,十分衬她白皙的肤色。

这礼物是蒲驯然精挑细选的。

他第一次送人礼物,还是自己在意的女孩子,难免会更加小心谨慎。想送的东西很多,他挑来挑去,最后才相中了这条。蒲驯然在看到这条手链的时候,脑子里第一个想到的就是阮映。他想到她握着雨伞的手,露出一截凝白纤细的手腕,戴上这么一条手链一定特别好看。

付款的钱是蒲驯然自己的,每年家里人都会给他不少压岁钱,他一直存着没用,拿来当老婆本。这钱算是花对了地方。

"喜欢吗?"他看着她问,生怕她不喜欢。

阮映点点头:"很好看。"

那时候的阮映不懂名牌,况且这种手链上也没有什么Logo,所以她并不知道这条手链的价格。但阮映也知道,这条手链的价格应该不菲,她不好收下。

蒲驯然却说:"你要是不收就直接扔掉吧,我送出去的东西没有要回来的道理。"

阮映现在对蒲驯然的脾气也算是了解,知道他肯定会做得出来这种事情,只能收下。

学生不能佩戴首饰,回到家之后阮映就把手链收起来了。也是很久以后她知道了这条手链的价格,竟然比她预期的还贵了二十倍不止,于是指责蒲驯然的败家行为。当然,后来蒲驯然的败家行为就不止这一件了,但凡是给阮映的东西,他只给她最好的。

元旦过后,高三上学期只剩下不到一个月的时间。

新的一年来临,多了一份憧憬和希望。

世界上有无数种等待,最好的那种叫未来可期,一切都在朝着最好的方向在进行。

圣诞节过后，阮映和蒲驯然之间的氛围变得更好了一些。

于是，有事没事的，蒲驯然总要在阮映的面前晃一晃，刷一下存在感。他现在仗着阮映和自己是朋友，也不再像以前那样含蓄，偷偷摸摸的。在校园里见到了，他大大方方地朝她喊一声："阮映！我在这儿！"

阮映羞得面红耳赤，又无可奈何。

私底下，阮映会用力扯着蒲驯然的耳朵恐吓："你以后要是在学校里再那么叫我，你信不信我不理你！"

蒲驯然不怒反笑，还调侃："轻点轻点，我怕你手疼。"

在阮映一个人默默在房间里写作业的时候，蒲驯然也会没羞没臊地故意上楼，然后敲敲她的房门："方便一起写作业吗？我有好多地方不会，奶奶特地让我上来问问你。"

房门根本没有关，蒲驯然还装模作样的，手上拿了一沓练习册。

阮映一看，那些练习册基本都是全新的。这人真是想要写作业吗？她严重怀疑他居心叵测。

"我桌子太小了，你自己在那个房间写吧。"阮映说。

"没事，我可以挤一下。"

无论阮映怎么拒绝，蒲驯然都会主动贴上来："你难道一点也不想跟我一起写作业吗？别等到以后回忆起来，年少时没有跟我一起写作业的时光，到时候追悔莫及。"

阮映叹气："你真有心思写作业？"

蒲驯然说："那是当然，你没看到我上次月考又进步了？知道我为什么那么努力吗？"

阮映瞪他一眼："……闭嘴。"

蒲驯然继续："总不能未来人家问起的时候，你说自己好朋友是个学渣，这样太没面子了。再怎么样，我们也要肩并着肩，有共同的人生目标啊，你说对不对？"

阮映没说话。

蒲驯然还越说越起劲："咱们两个考一个大学，要是你以后想考研，我也陪你……"

阮映打断："行了，别说了。"

面对蒲驯然的各种自作多情，阮映终于忍无可忍。她从抽屉里找出一沓试卷，"啪"的一声拍在桌上，对蒲驯然说："你把这一百张试卷做完再跟我说话，记住，要独立完成。"

蒲驯然不敢置信："一百张？我要写到猴年马月？"

"你总不能光说不做吧？"阮映无情地泼上一盆冷水，"想法是很美好的，但也要有切实的行动力。这一百张试卷说起来很多，其实每一科也才二十五张，囊括了历年的各种真题。"

这下，轮到蒲驯然不说话了。

阮映朝他眨眨眼："怎么，这样就把你难住了？"

蒲驯然走过来，伸手拿起那厚厚的一沓试卷："瞧不起谁呢？"

阮映笑得狡黠："那期待你完成咯。"

蒲驯然看着她的笑容怔了一下，然后摸摸鼻子，说："那我走了。"

阮映点点头："嗯，路上小心。"

他仍然不死心："你都不留一下？"

阮映憋着笑，摇摇头。

蒲驯然终于走了，阮映这才松了一口气。

一百张试卷，其实真的不多，但要独立完成上面所有的题目，还是要花上一点时间。

接下去的几天，蒲驯然倒是没有再来烦阮映。他不仅没来烦阮映，而且别人找他去玩他都是一脸不耐烦："试卷我还没写完呢。"

随着这几次月考蒲驯然的成绩一次一次地进步，四班的人现在算是知道了，蒲驯然这两年的学渣行为都是伪装的。

一周时间悄然流走，就在阮映以为这个世界清静了的时候，这天中午，蒲驯然突然来到阮映的教室，当着众人的面把一百张试卷放在她的桌上，朝她扬了一下眉："看，写好了。"

他还得意扬扬地加了一句话："全都是独立完成！"

事实上，阮映没有见过蒲驯然到底如何学习的。他们两人不同班，放学之后她也没见过他写作业。这段时间蒲驯然的月考成绩进步，不仅是阮映，所有人都看在眼里。英语和语文对他来说一直不算是什么问题，其余的课程他也都在一点点进步。

高三（4）班的班主任更是扬眉吐气了一次，看着蒲驯然这个学期从年级倒数第一飞跃到了年级前一百名，这种感觉不比中了彩票更刺激吗？

曾经蒲驯然可是经常都被教导主任公开点名批评，如今画风一转，每次月考成绩出来他都是受到表扬的那个人。

真要让四班的人说，蒲驯然在课堂上有什么太明显的变化，似乎也没有。

以前上课蒲驯然要么睡觉，要么就是去外面打球，现在顶多是不会在课堂上睡觉了，偶尔会在老师讲解题目的时候插嘴问一句，但碰到英语和语文课的时候，他照旧还是会不打一声招呼就消失。

自从那次月考蒲驯然的英语考了年级第一时，四班的英语老师看待蒲驯然的目光就发生了天翻地覆的变化。

三班和四班是同一个英语老师，有次英语老师在三班讲解习题的时候被几个在底下开小差说话的同学气得拉出蒲驯然来当典型："要是你们能像蒲驯然一样把英语考个年级第一，你们不来上课我都不会说你们一句。但你们既然在班级里上课，就请不要影响到其他同学！"

那也是阮映第一次真切地感受到蒲驯然真的变了。他的变化甚至会让她感觉到骄傲、自豪、欣慰。

像蒲驯然这种飞跃式的进步，也被整个高三年级当作典型。

不少老师在给学生做思想工作的时候，不免要拉出蒲驯然的名字来遛一遛，既然劣迹斑斑的蒲驯然都能进步，那么其他人只要努力一把也能做到。

蒲驯然认真学习这件事，从某些方面也打动了其他同学。比如平志勇现在就以蒲驯然为自己的人生目标，也期待着自己能够进步。但奈何同样是人，同样是花时间学习，平志勇黑眼圈都熬出来了，进步却不一点都明显。

当蒲驯然把那一百张试卷拍在自己面前的时候，阮映也好奇，他是不是真的独立完成的。她随手翻阅了几张试卷，发现卷面干净整洁，字迹工整。

阮映最先抽看的是一张语文试卷，试卷最后的作文是写一篇散文。抛开作文内容不看，试卷黑白两色，清淡素雅，蒲驯然的字迹刚劲不失大方，拿去参加书法比赛完全不成任何问题，单是卷面分，都可以拿到满分。

这是她第一次见到他的笔迹。她不再像是检查试卷的完成度去翻看，而是带着一种欣赏的眼光一页一页地翻阅，见字如面。

中午时分，三班的同学三三两两地坐在教室里。由于大名人蒲驯然的到来，或多或少会有一些探究的目光扫来。

蒲驯然干脆大大咧咧地坐在周乐怡的位置上，耐心等着阮映检查，不敢催促。

放在几个月前，阮映还会十分排斥蒲驯然这样不请自来，可现在似乎也已经习惯。她渐渐地习惯他进入自己的生活，影响自己的一切。

"没想到，你的字这么好看。"阮映不吝啬夸奖。

"我写阮映这两个字更好看。"得到夸奖的蒲驯然简直就像是幼儿园的小男孩，就差摇着身后的大尾巴朝阮映讨要奖励。

阮映想了想，又从抽屉里拿出一本练习册。

蒲驯然一脸不敢置信："你又要让我写？"

阮映问："那你写不写？"

蒲驯然一脸不情愿，又无奈地点点头："写写写！"转而又问，"你答应过我的呢，忘了吗？"

"没有啊。"阮映忍着笑，"有什么话晚上回去说吧。"

"骗子。"

"蒲驯然，下周就期末考了。"

蒲驯然点点，扬扬眉："有什么指示？"

阮映摇摇头："没什么指示，就是想让你加油。"

"你想让我加油啊？别光说不做啊，得有点什么表示吧？"

阮映无奈："你想让我有什么表示？"

"你自己想啊。"

阮映闻言，微微皱了一下眉，想不到。

蒲驯然凑近了点，小声对阮映说："今年陪我跨年吧。"

距离农历新年也没多少日子了。

蒲驯然这两年的农历新年都是自己一个人度过的。

对于大多数的国人来说,元旦跨年的意义似乎并没有农历新年来得深刻。

中国的农历新年代表了阖家欢乐,代表了团圆,但对蒲驯然来说,那一天似乎是一整年最寂寥的日子。

蒲驯然第一次一个人过新年时,还未从父母离婚的影响下走出来。他拒绝了所有人的善意,把自己包裹在一个坚硬的壳内。

他独自走在街头,看着人来人往,仿佛自己是被全世界扔下的那个人。

好像也是那一天,蒲驯然遇见了阮映。

那时候的阮映还是一个初三的学生,即将面临下个学期的中考。

晚上六点钟,阮映喘着气冲进了便利店,从货架上拿了一大瓶可乐,却在出了便利店转身的时候亲眼见证了一场近在咫尺的车祸。

说是车祸,其实也不算特别严重,是一辆小小的三轮电动车撞了一个男孩子。男孩子戴了一个口罩,穿了一件黑色的羽绒服,干脆躺在地上没有起来。

那个时候,蒲驯然躺在地上,还真的想过死是什么滋味。他觉得人生好无趣,没有什么值得追求的目标,也没有任何自己在意的人。他整日浑浑噩噩,找不到任何存在的意义。

他想,撞了自己的是一辆大卡车就好了,那倒是真的一了百了。

那个时间点,似乎所有人都忙着回家吃团圆饭,三轮车司机下来骂骂咧咧:"大过年的,你别想讹老子!老子的车能把你撞成什么样?"

阮映明明眼睁睁看着这位三轮车师傅骑车撞的人,她再也管不了什么,冲上去和他对峙:"我看得一清二楚,明明就是你撞了人!人家现在被你撞倒了,你非但不关心一下对方的伤势,反而在这里推卸责任!你这个年纪也是有孩子的人,能不能将心比心啊!浑蛋!"

她第一次说话那么着急,却那么有条理。说到最后,阮映莫名其妙红了眼眶。她蹲在男孩子面前,伸手摸了摸他的脸,轻声细语地问他:"你没事吧?"

那一刻,蒲驯然睁开眼。

他看着眼前这个女孩子,看着她像神明一样慷慨地将光洒向他。

从此,他的世界被点亮,像星光坠入眼眸里,一眼万里。

阮映的声线里甚至都带着浓浓的哭腔,一滴豆大的眼泪滴落在他的脸上,呼吸间有一团白色的雾气。

蒲驯然伸手抹了一把脸上那抹潮润,笑着说:"哭什么,我没死。"

"呸呸呸,大过年的,不要说这种不吉利的话……"

过年了啊。

蒲驯然后知后觉。他轻轻叹了一口气,从地上起来,浑身酸疼。

阮映问:"你起得来吗?"

"要不要我扶你呀?"

"需要去医院吗?"

"你一个人吗?"

"你的爸爸妈妈呢?"

"我家就在附近。"

"你为什么不说话呀?"

"你不开心吗?"

"不要总是想一些不开心的事情呀……"

蒲驯然一边走着,一边在想,这是哪里来的小麻雀,叽叽喳喳吵个不停。

可大冬天的,哪里会有麻雀啊,多罕见,他又舍不得把这只小麻雀给轰走。

最后,他停下脚步,用一双锋利的眼睛紧盯着她,问:"你是谁?"

"我?"阮映一头雾水,手上还抱着一瓶大大的可乐,穿着一件白色的厚厚棉服,呆呆地说,"我叫阮映。"

阮映。

最后他说:"别跟着我了,我没事。"

阮映停下了脚步,小声地说:"新年快乐哦。一切都会好起来的。"

蒲驯然脚步顿了一下,轻笑了一下,问:"怎么好?"

"乐观、积极地面对生活。只要你活着,就要以最好的方式活下去。"其实那个时候,阮映就看出来他身上的丧气,她看不到他口罩下的脸,却感觉他的周身像是被一团黑色的烟雾笼罩。

再相遇,她的温柔依旧。

炎热的午后,暑气蒸腾。

阮映穿了一件白色的过膝娃娃裙，长发扎成一个马尾，手里拿着两根冰棍，一根给了自己身边的同学。

　　冰棍上冒着一层白白的雾气，她轻轻咬了一口，高兴地说："好凉快呀，真幸福。"

　　后来蒲驯然时常在想，他一个那么不相信缘分的人，居然也会开始相信缘分这种东西。

　　遇到阮映之前，他以为他会随遇而安；遇到阮映之后，他以她为安。

　　她是他的软肋，也是他的铠甲，他的生命因她而鲜活滚烫。

　　高三期末考试结束之后还要留校继续上一周课才会正式放寒假。

　　每次月考，阮映难免还是会很紧张。即便如今她的成绩一直都算是比较稳定，但谁能保证下一次的考试就能完美发挥呢？而且考场上随时都有可能发生一些意外的情况。

　　这次期末考试后高三生也只是休息了一天，就开始进行寒假的补习。

　　冬日的校园里少了高一和高二的学生，显得特别寂静。整个学校似乎空旷了不少，有些萧条。

　　周一一大早，这次期末考试的成绩就出来了。

　　阮映मेंगियी顾得上去查看自己的成绩排名，就赶紧去查找蒲驯然的名字。

　　还不等阮映找到，坐在阮映前面的周乐怡就转过来说："蒲驯然不错啊，这次年级第三。"

　　向凝安闻言一脸不敢置信："真的假的？年级第三？"

　　周乐怡一脸淡然："骗你干吗？蒲驯然以前在外国语学校的时候，每次都是年级第一，而且算是断层第一吧，能高出第二名几十分的那种。"

　　向凝安更加震撼："我驯哥也太牛了吧！"

　　"他是挺强的，做什么事情都压别人一头。"周乐怡说，"不过我也不差啊。"

　　周乐怡这次期末考排在年级第十一名，这个成绩也非常不错了。

　　周乐怡朝阮映眨眨眼，调侃着说："怎么不说感情的强大呢，能够让一个人迷途知返。"

　　阮映不知道说什么，索性不说，但心里莫名很喜悦。

阮映找到了蒲驯然的名字，没想到他还真的是第三名！

这次期末考试和上次月考隔了一个半月。等于说，蒲驯然在这一个半月的时间里又发生了天翻地覆的变化。上次月考的时候蒲驯然还是年级第九十九名，这进步可以说是堪比坐了火箭。

按照蒲驯然现在这种排名，想上重点大学基本上没有任何问题。

哪怕是放在半年之前，阮映打死都不会相信蒲驯然居然是一枚学霸。

阮映这次倒是退步了一点，在班级里排第二，年级段排第六。

但这种退步阮映倒是还是能够接受，因为她和班级第一的班长周星河只差了三分。周星河这次在年级排名第四。

坐在前排的周星河默默吐槽了一句："四班蒲驯然这成绩真的假的啊？我晕，年级前三名，四班占了两个名额。"

年级段的第一名依旧还是薛浩言。

而薛浩言和年级第二名差了有二十五分。

蒲驯然和薛浩言之间相差了三十五分。

平日里周星河也和蒲驯然打过篮球，关系说不上好坏，但他万万没有想到，自己有一天会被蒲驯然给赶超。

这会儿，周星河莫名开始有些期待，嘀咕着说："按照蒲驯然这种冲刺的速度，该不会下个学期就把薛浩言给赶超了吧。"

阮映清楚地听到周星河的话，也开始多了另外一种期待。

很久以后，阮映问蒲驯然那次进步到年级第三的时候，是不是特别开心。

其实期末考试成绩还未出来之前，蒲驯然就自己默默估了分数，基本上没有什么误差。

难得蒲驯然一点也不骄傲，说："我尽力了，差不多已经把我榨干了。"

为了能让阮映陪他跨年，蒲驯然对待这次期末考试是真的铆足了劲，但他清楚自己还是有很大的进步空间。

不过终于超过了阮映，蒲驯然也算是在她面前硬气了一回。

只是蒲驯然一直期待着能和阮映跨年的事情，后来因为一通意外的电话而被打乱。

南方的小年过后,距离新年只有五天的时间,整个城市也有了浓浓的年味。

高三学生也全部已经放假,得以短暂的放松。

下午醒来,蒲驯然的手机上有好几通未接来电,都是父亲蒲德本打来的。

蒲德本也就是那个意思,问蒲驯然要不要去 C 市一起过年。到底是自己的儿子,而且还是大过节的,他有些不忍心。

蒲驯然连电话都懒得回,直接发了个消息回复蒲德本:"不来。"

蒲德本难得心软,又打来电话对蒲驯然说:"你一个人过年,我始终还是觉得过意不去。这样吧,我让助理来接你。"

蒲驯然拒绝:"你也别说什么废话了,这几年我自己一个人过年也挺开心的。你要是想让自己心安一点的话,到时候把遗产都留给我就成。"

"混账!"

几乎是挂断了蒲德本的电话之后,蒲驯然又接到了母亲方慧艳的电话。

蒲驯然颇有点不耐烦,如今他早过了要母亲的年纪,自然也不是那个要赖着母亲的大男孩。

他自然也知道这通电话是什么意思,可他莫名有些排斥。

可是电话那头的方慧艳语气有些虚弱,说:"儿子,来见见妈妈吧,妈妈真的很难受。"

蒲驯然察觉母亲的语气不对劲,难免有些着急:"你怎么了?"

方慧艳哭着说:"乳腺癌,目前不知道是恶性的还是良性的……"

当天晚上,蒲驯然就买了机票飞去了 A 市。

A 市的冬天比 B 市要冷很多很多,从飞机上下来,蒲驯然呼出一团白白的雾气,迎面就是一阵刺骨的寒风。

两个城市的寒冷程度完全不在一个频道,B 市冬天再冷也就零摄氏度左右,而这会儿半夜的 A 市是零下十二摄氏度。但相较室内而言,B 市的室内是刺骨的冷,而 A 市因为有暖气在室内完全可以穿短袖。

几年没来,A 市的变化并不算很大。

从小到大,蒲驯然不知道来过 A 市多少回。以前几乎每年的寒暑假他都会来一趟 A 市,因为外公外婆就住在这里。

蒲驯然甚至能流利地转变自己的口音,从南方口音转变为地地道道的 A 市口音。坐在出租车上时,司机还亲切地和他唠嗑。蒲驯然有一搭没一搭地听着,感受着这份陌生的熟悉,一直到车停在医院门口。

一切都是那么熟悉,仿佛他昨天刚从医院门口经过。

蒲驯然还记得很小的时候,他因为得了急性扁桃体炎,外公和母亲大晚上的带着他去医院看急诊。那也是一个冬日的夜晚,母亲给他穿上了厚厚的衣物,里三层外三层地包裹着,一到医院又是一层一层地脱掉衣服。

住院部的暖气开得足,蒲驯然脱掉了身上的羽绒服外套搭在手臂上,按着病房号找过去。

上一次蒲驯然见母亲方慧艳是在奶奶的葬礼上。

那次的葬礼上,已经离异的方慧艳和蒲德本两个人不知道为了什么吵起来,吵得面红耳赤,闹得不可开交。蒲驯然默默地拿起一个玻璃瓶,狠狠地砸在地上,顿时鸦雀无声。

蒲驯然站在病房门口,先是伸手敲了敲房门,再推门进去。

他一进去,外公和外婆就怔了一下,他们两人呆呆地看了他一眼,继而外婆两步走过来一把抱住蒲驯然,瞬间红了眼眶:"然然,我的然然啊……"

外公的眼眶也红了,上下打量蒲驯然:"长大了,真的长大了,是个大小伙子了。"

蒲驯然勉强勾起嘴角,喊了声:"外公,外婆。"

自从父母离婚后,蒲驯然就再也没有去过 A 市。没想到,再次见面竟然会是在这样的一个场合之下,所有人的心情都有些沉重。

蒲驯然下意识去看病床上躺着的母亲。

方慧艳也坐了起来,看着蒲驯然,眼眶红红的。母子两人有五成相似,蒲驯然遗传了方慧艳的桃花眼、高鼻梁,只不过他更英气一些。

方慧艳有些意外蒲驯然居然这个时间点过来,距离她打电话给他,也才不过几个小时的时间。

"妈。"蒲驯然轻喊了一声。

方慧艳捂着嘴巴,泣不成声。

深夜，蒲驯然一个人坐在病房外面的椅子上，后脑勺轻轻地贴在瓷砖墙壁上，还有些反应不过来。

据说化验的结果要到明天早上才能出来，届时就会知道这个肿瘤是恶性的还是良性的。

无疑，这个晚上对于他们来说都很难熬。

手机早就已经没电了，蒲驯然去护士站借了个充电宝。

插上去没一会儿，蒲驯然的手机里就跳出来不少消息。

刚放寒假，难免收到各种邀约，有让他去打球的，让他去街舞社的，让他出来玩的。

蒲驯然一一忽略了那些消息，只是下意识地查看了微信的置顶消息。

置顶的那个人是阮映。

阮映的头像是一只粉红色的小水母，她的头像上有一个红点，显示一条消息。

阮映：你在干什么呀？

消息发自下午五点多。

那时候的蒲驯然已经上了飞机，手机也已经没电关了机。

这会儿是凌晨十二点十分。

蒲驯然难得不礼貌了一回，直接给阮映打了一个语音电话。

等了好一会儿，就在蒲驯然要放弃的时候，阮映接通了这个语音电话。

她应该是被他这通语音电话给吵醒的，似乎没有睡醒，声线又奶又甜："……蒲驯然，是你吗？"

"嗯，是我。"蒲驯然的声线仿佛是在砂纸上划过，哑得可怕。

阮映顿了一下，这会儿似乎清醒了一点，轻轻地询问："你怎么了呀？"

蒲驯然说："我才看到你下午给我发的消息。"

"哦……那个啊……"阮映说，"是爷爷奶奶问起你，不是我问的。"

蒲驯然轻笑了一下："睡吧，晚安。"

他说完，也没有挂断语音电话，等着她主动挂断。

算起来，这是他第一次给她打语音电话。从语音里听阮映的声音，好像更软一些，毫无杀伤力，却让他的心软成一摊水。

蒲驯然等了好一会儿，阮映都没有挂电话。他也不挂，就等着。

阮映躺在床上，拿着手机贴在脸颊上，轻轻地说："怎么办，我睡不着了。"

阮映晚上九点多就上床睡了，到这会儿刚好睡了一觉。

刚才手机一直在振动，她还以为是在做梦，等反应过来的时候还有点不敢确定。

这是蒲驯然第一次这么晚给她打来语音电话。

阮映整个人已经清醒了，她戴上耳机，小心翼翼地问："蒲驯然，你怎么了？"

那头低笑一声："心情不好，你安慰安慰我。"

"怎么了呀？"阮映的声线更软了些，像哄孩子似的。

蒲驯然说："有个还不能确定的消息，不知道是好消息还是坏消息。"

阮映顿了一下，说："一定会是一个好消息的。"

"是吗？"

"我帮你祈祷。"阮映真诚地说，"蒲驯然，一定会是一个好消息的。"

"嗯。"

"你现在在哪里呀？"

"医院。"

阮映没有继续追问，但似乎能够猜测到大概，她问："你一个人吗？"

"嗯，算是吧。"

这会儿医院的空旷走廊上的确只有蒲驯然一个人。

阮映说："蒲驯然，我给你讲个故事吧。"

蒲驯然一笑："阮老师小课堂又要开课了？"

"那你听不听啊？"

"听，哪敢不听。"

一个故事讲完，阮映有些口干舌燥，但那头的蒲驯然似乎没有太大的反应。

她所见的蒲驯然一向都是充满了自信还带着些许的吊儿郎当，很少像今晚这样。

阮映绞尽脑汁想了想,说:"要不然,我给你讲个笑话吧。"

"嗯。"

"你知道超级英雄们为什么都要穿紧身衣吗?"

"不知道。"

"因为救人要紧。"

那头轻笑一下,说:"继续。"

阮映说:"那你知道坏事要在什么时候做才行?"

"嗯?"

"中午,因为早晚会有报应。"

"明白了。"蒲驯然难得吊儿郎当起来,"你这话是在提醒我以后在中午要做点什么是吗?"

阮映连忙反驳:"我才没有。"

"有还是没有,这个你心里清楚。"

"我不清楚,你不要血口喷人。"

…………

他们两个人这一晚上聊了很久很久,天南地北地聊。等阮映反应过来的时候,手机都快没电了。明明好像没有说什么实质性的内容,时间却悄然流走。

蒲驯然舍不得挂断,可一看时间的确不早了,就对阮映说:"快睡吧,天都要亮了。"

阮映闻言,语气有点低落下来:"哦。"

蒲驯然笑了:"怎么,听你这语气,还想跟我聊啊?"

"才没有!"

"怎么老口是心非?"蒲驯然说,"那我先坦白,我巴不得跟你聊个通宵,可我怕你吃不消。"

阮映抬头看了眼窗外。

透光的窗帘外面已经有了晨曦的光亮。

"那我睡了。"阮映说。

蒲驯然淡淡地"嗯"了一声,说:"醒了给我发个消息。"

"嗯。"

语音电话挂断之后，蒲驯然嘴角还扬着一抹淡淡的笑意。

坦言，在和阮映聊天的过程中，他会忘掉那些不愉快的事情，算是短暂地麻痹自己。

可这通电话挂断，他抬头看了眼空旷的走廊，莫名有种怅然若失。他闭上眼，微微眯了一会儿。可一闭上眼睛没多久，他就做了个噩梦，出了一身的冷汗。

庆幸的是，一大清早医生拿来了检查结果，显示是良性肿瘤。

不过因为方慧艳这场突如其来的病，蒲驯然这个年大概要在医院里度过。

年末的那几天，阮映家里也陆陆续续来了不少亲戚，她也收到了不少的压岁红包。

这些年，家里人都不会动用阮映的压岁钱，她收到的钱都是自己支配。不知不觉，阮映卡里已经存了不少钱。

最近一段时间，阮映会习惯性地和蒲驯然分享一些事情。

比如今天收到压岁钱，她就得意扬扬地对他说自己现在是个富婆。

蒲驯然很快回复消息过来。

X..：你就喜欢钱？

阮映：这话说的，谁不喜欢钱啊？

X..：想要多少？

X..：我看能不能努力一把。

阮映大言不惭地说了一个数字。

X..：啧啧，你这个口气倒是不小。

阮映：做人也是要有梦想的呀。

X..：你说，我得做什么才能赚到那么多钱？

阮映：不知道呀，运气好的话中彩票吧。

X..：那估计是不行了。

阮映：嗯？

X..：我这辈子的运气已经为了遇见你花光了。

阮映不知道该怎么回。

X..：跟你说个事啊。

X..：过年我大概回不来了。

阮映：嗯。

X..：你记不记得答应过我什么事？

阮映：什么事啊？我不记得了。

X..：阮老师，你答应过陪我跨年的。

阮映：有吗？

X..：你说有没有？

阮映：我倒是想呢。

阮映：是你自己回不来。

X..：你这个意思，是很想陪我跨年？

阮映赶快撤回。

X..：没用了，我都看到了。

X..：阮映，我有点想见你。

第十章
他的生命因她鲜活而滚烫

　　除夕夜，阮映家和隔壁邻居他们一起坐了一桌，饭菜也是两家人一起做的，热热闹闹。阮映家与邻里相处得都十分融洽，逢年过节大多都是一起的。

　　这顿年夜饭阮映也帮上了一点小忙，她提议包饺子，奶奶一听特别感兴趣，于是买了饺子皮剁了饺子馅。B市的年夜饭几乎没有包饺子的传统，但一群人动起手包饺子，也是一种不错的体验。大家说说笑笑，年味就越来越浓。

　　阮映给蒲驯然拍了一张年夜饭的照片，餐桌上都是B市当地的特色菜。

　　不多时，蒲驯然也给阮映发来了一张照片，是属于北方的特色年夜饭。

　　伴随着春节联欢晚会的开始，年夜饭也吃得差不多了，阮映就独自一个人回了房间，开始回复别人发来的各种新年祝福。

　　向凝安：映映，新年快乐！祝福新的一年，我们都能考上最满意的大学！

　　向凝安：年后约一下哦。

　　阮映：新年快乐！

　　阮映：好呀，时间你定。

　　向凝安：好想玩《狼人杀》《谁是卧底》，还有剧本杀！

　　阮映：好好好，都陪你玩。

　　周乐怡：阮映姐！新年快乐！没有蒲驯然的日子，是不是特别寂寞呀？

阮映：我看你有点皮痒啊。

周乐怡：嘿嘿。

阮映：新年快乐哦。

余莺也破天荒地给阮映发来了一个视频。

视频里，是一个小男孩在哭泣，一把鼻涕一把眼泪。

余莺：这个弟弟你也有份吧？

阮映：你很喜欢这个弟弟吧？

余莺：真是搞笑，那么爱哭，烦都烦死了。

阮映：新年快乐，希望新的一年，你少来招惹我。

余莺：喊，你哪里好看了？我为什么要招惹你？

薛浩言：阮映，新年快乐。过去一年的事情就让它都过去吧，新的一年让一切都重新开始。

阮映想了想，还是回复：新年快乐。

回复了一圈消息后，阮映下楼来到外面放烟花，顺便消消食。

隔壁邻居顶顶拿了一盒小孩子玩的摔炮给阮映，说："姐姐，快玩，这个可好玩了。"

新的一年，顶顶又长高了一点，沉迷于放鞭炮不可自拔。他还特别贴心，专门给了阮映一根仙女棒，说："映映姐姐是仙女，所以要仙女棒，我只给你一个人。"

阮映乐不可支，问顶顶："谁教你的啊？小小年纪嘴巴这么甜。"

顶顶说："是蒲驯然哥哥说的，哥哥说你是仙女姐姐。"

阮映这才想起，她好像没有给蒲驯然发新年祝福，于是她拿出手机，编辑了一长串消息准备发给蒲驯然。但最后她又通通删除，最后只留下四个字："新年快乐。"

只不过，发送出去的"新年快乐"一直都没能得到回复。

阮映一开始也没有在意，毕竟她也沉迷于各种好玩的烟花，什么水上烟花、罗马烛光、金喷泉、球头火箭……

各式各样属于小孩子的烟花，让人眼花缭乱，目不转睛。

顶顶的奶奶一边在旁边吐槽放烟花简直就是在烧钱，但一边也拿着手机狂拍。

阮映也拍了好几组烟花的视频,但无奈视频里呈现的效果远远不如肉眼见到的壮观。她本来想发给蒲驯然看,但挑来挑去没有挑到合适的,索性就不发了。

等到晚上十一点的时候,阮映洗漱完毕,靠在床上开始哈欠连天。

家里没有守岁的习俗,反正大年三十也是照常过,阮映的作息一直都很有规律。

十一点半的时候,阮映卧室的窗户突然被什么东西轻轻砸了一下,发出声响。

起初,阮映以为是鞭炮的声音,但她很快想到什么,连忙起身拉开窗帘。

这一眼,她清清楚楚地看到了楼下的蒲驯然。

她以为是幻觉,却又切实存在。明明不久前还在感慨不能一起跨年,可现在他就出现在了这里。

仿佛时光倒流,回到那个台风天。

不同的是,这一次街道上的路灯不再是一闪一闪的,蒲驯然则是一身的黑衣黑裤,少年光风霁月,脸上带着光。他手上似乎还是拿着上次的那种奶糖,只是这次又多了一样东西,是带给阮映的新年礼物。

阮映微微探着身子看着楼下的蒲驯然,声线都带着浓浓的不敢置信:"蒲驯然,你不是在外地吗?"

蒲驯然仰着头看她,满脸的笑意,声线又瘖又哑:"阮映,新年快乐啊。"

他没说的是:我见的人越多,就越想见到你。

年三十飞回B市,大年初一的中午蒲驯然又乘坐飞机重新回了A市。他回来的目的不言而喻,就是为了和阮映一起跨年。她答应过陪他一起跨年,无论如何他都不能失约。

昨晚蒲驯然是在外婆家里吃过年夜饭之后才出发去了机场,那会儿是晚上七点半,他乘坐八点三十五分的航班回到B市,落地时间是晚上十一点。飞机在跑道上滑行的时候,蒲驯然的一颗心也按捺不住,只想快点见到阮映。

当然,除了和阮映跨了年,蒲驯然也不忘抽空回家看了看那些水母。他虽然早吩咐了阿姨帮忙照看,但始终还是有点不太放心。

这一切都忙完后,他给阮映发了个消息:*我出发去机场了。*

阮映算是睡了一个回笼觉,这会儿懒洋洋地躺在床上。看到消息时,她突

253

然有一种冲动,想去送送蒲驯然。

于是她从床上起来,搭配了一套小清新风格的冬装,临出门前还对着镜子再三查看了一下,最后拿出自己一直都不怎么用的那支豆沙色口红。

阮映的长相本就偏清纯系,五官长得好看,皮肤也白,化妆对她而言真的可有可无,但口红一抹,气色看起来的确更好一些。

她有些紧张,也有些心虚,出门的时候对奶奶说:"奶奶,我出去玩一会儿,等下就回来。"

奶奶乐呵呵的,也没问她去哪儿,就说:"去吧去吧。"

阮映生怕赶不及,还特地打了车,直奔机场。

她并未事先告诉蒲驯然自己要来送他,等到了机场之后便茫然地顿在原地。

蒲驯然在哪里?他到了吗?

她又是在做什么?

想想还有点可笑。

阮映捧着手机,看着大年初一就人来人往的机场大厅,不知道该不该给蒲驯然发个消息或者打个电话。

她很少主动为他做过什么,有些不习惯,也有点陌生,不算拉不下脸,只是担心自己贸然的举动会不会让他反感。

机场大厅像个棱角分明的巨大帐篷,抬头看不到边际,一个个又粗又大的柱子立在中间,高不可攀。

阮映静下来想了想,知道自己的行为的确是有些冲动了。她只是单纯地想来送蒲驯然,又或者说,她还想见他一面。可她却带着矜持,不好意思直接表明,像个矛盾的多面体。

她在大厅里找了个位置坐下,点开蒲驯然的微信对话框。他们之间的对话还停留在他的那句:"我出发去机场了。"

她并未回复。

这会儿时间刚好是十二点整。

阮映不知道这会儿该做什么了,她特地坐在玻璃窗旁边,让阳光照在自己身上,感觉自己现在就是一棵绿色的小植物,正在进行光合作用。

反正也没事干,就当作是机场一日游了吧。

事实上,阮映也有一种莫名的冲动,想买一张机票花几个小时去往几千公里外的另一个城市。

　　从小到大,她几乎很少出远门,去过最远的地方也就是距离B市五百公里的隔壁省会。她没有去过北方,更没有去过首都。

　　和她比起来,蒲驯然似乎去过很多很多地方。

　　阮映甚至还真的低着头开始查看全国各地的机票。可一看到大年初一飞往全国各地机票的价格,还是肉疼。

　　都说每个人都需要有说走就走的勇气,可现实是摸摸口袋,也会望而却步。

　　正想着,阮映感到自己眼前笼罩了一片阴影,她这棵小绿苗被高大的灌木遮挡。

　　她下意识抬起头,看到了站在自己面前的蒲驯然。

　　蒲驯然戴着一只黑色的口罩,身着黑色的羽绒服和灰色的运动裤,他双手插在兜里,微微歪着脑袋看她。

　　他这次来回匆忙,身边也没有什么行李,一身轻松。

　　大概是阮映坐着的原因,又或许是他太高了,她立马感觉到一种逼仄的压迫性,连忙起身。

　　蒲驯然伸手按了一下她的肩膀,将她按在座位上,接着,他坐到了她身旁的那个位置,似笑非笑地说:"阮老师,我该不会是出现幻觉了吧?"

　　他说话的时候故意探身过来,一张脸都怼到了阮映的面前。

　　阮映羞得一张脸通红,整个人也好像着了火似的,语无伦次:"我……我不是……"

　　"不是什么?"蒲驯然扬着眉,目光平稳散漫,整个人也透着一股邪气。

　　离得太近了,阮映下意识推了一下他的肩膀。

　　蒲驯然顺势靠在一旁的椅子上,闷声笑着。

　　他是真开心,也是真幸运。

　　进入机场之后,他下意识往玻璃窗户旁边望了一眼。就这一眼,他认出了阮映,以为自己是眼花。但管他是不是眼神出了毛病。当下他只有一个念头,但凡是与她有关,他都要去一探究竟。

　　离得越近,蒲驯然的心跳就越快。

　　等站在阮映面前的时候,他还有些不敢置信,心底就像是碳酸饮料冒着气泡。

他本见万物波澜不惊,唯独见她方寸大乱。

"笑什么啊?"阮映转过头,用一双无辜的眼睛看着他。

蒲驯然轻轻叹了一口气,又缓缓靠近阮映,问她:"特地来送我的?"

阮映也不扭捏,点点头:"嗯。"

"傻瓜,那怎么不跟我说一声?要是我没有看到你,我们不是就这么错过了?"

"不知道怎么说啊……"阮映低声说,"你不是也不打一声招呼就回来了?"

"那能一样吗?"他想想还真的有点后怕。傻丫头自己一个人坐在这里,他真错过了,自己得悔死。

"怎么不一样了?"

蒲驯然听着她委屈巴巴的声音,一颗心算是被彻底腐蚀,就差为她俯首称臣。

他看着她抹了口红的嘴唇,喉结动了一下。不过很快他就转移了目光,清了一下嗓子,赶走一些莫名其妙的念头。

阮映问:"你的航班是几点呀?"

"十二点五十分。"

"哦。"

"你就没什么话要跟我说吗?"

"说什么啊?昨晚就说了很多。"

蒲驯然干脆侧身坐着面对她,一只手拄着脑袋,整个人都懒洋洋的:"说说看,我们昨晚都说了什么?"

昨晚说了什么?

他们昨晚一起放了烟花,还傻乎乎地大晚上绕着小区逛了一圈,分享了最近经常听的音乐。明明说了好多好多啊,可总结起来,又好像没有什么实质性的内容。

阮映想了想,开始反客为主:"昨天晚上,好像有个人说到什么新年愿望,以后要给我挣很多很多钱。"

蒲驯然勾着唇:"这么巧,你说的这个人该不会就是我吧?"

阮映凑近,伸手拉开蒲驯然的口罩,说:"哎呀,你刚才戴着口罩,我都没有认出来呢。"

她说着又把口罩给他拉上去,仔细看了看,认真道:"这么看着,你怎么有点眼熟呢?"

蒲驯然莫名有些紧张,声线也跟着认真:"哪里眼熟?"

阮映一笑,没有说话。

她没有认出来。

蒲驯然一把扯掉了自己的口罩,不知道是松了一口气还是有些失望。

他期望她会认出三年前的那个他,又害怕她回忆起那个颓废的自己。

飞机起飞时间是十二点五十分,但乘客要提前安检登机,他们两个人实际待在一起的时间并不长。

阮映既然来送蒲驯然,自然要亲眼看着他进入候机大厅才算不虚此行。

蒲驯然倒是不着急,他乘坐的是头等舱,直接走VIP通道即可,也不用排队。

只是临行前,蒲驯然特地叫了一辆专车,要先且送阮映回去。

蒲驯然说:"我一个大男人还不会坐飞机吗?我送你上车。"

这到底是谁送谁啊?

可阮映面对他的霸道根本没有反抗的余地。

等待专车的那几分钟时间里,蒲驯然突然对阮映说:"要分别了,快来抱一个。"

他还大大方方地摊开手,一副等着她来抱自己的样子。

阮映倒退一步,无奈:"蒲驯然,你别闹啦。"

他还是那副痞痞的样子:"你想到哪里去了?送人你不抱一下?说得过去吗?"

阮映不为所动:"不抱。"

他也不强求,不大乐意地说:"小气得很。"

这时专车驶来,蒲驯然伸手拦了一下。

阮映下意识抬头看他一眼,看到他线条流畅的侧脸和红润的双唇。真奇怪,明明他没有擦口红,可嘴唇的颜色还是那么好看。

蒲驯然下意识伸手带了一下阮映的肩膀,把她往人行道上带了点,明明车子离得那么远,他却怕她会被蹭到。

等车停下之后,蒲驯然亲自为阮映开了车门,绅士地让她上车。

阮映上车前看了蒲驯然一眼，说："那我回去了，你自己要小心。"

蒲驯然一只手搭在后车门上，笑着点点头。

等阮映上车后，蒲驯然突然探了半个身子进来。

阮映一怔，还没有反应过来的时候，蒲驯然的手顺势在她脑袋上揉一把。

"到家了给我发个消息。"蒲驯然说完，关上车门，让司机出发。

阮映还有点怔怔的，被蒲驯然碰触过的地方仿佛还留残着他的体温，甚至有一阵阵的酥麻。

不多时，蒲驯然给阮映发来了一条短消息。

X..：知道坏事要在什么时候做吗？

现在。

这是她给他说过的笑话。

春节过后不久，高三党的补课生涯也拉开了帷幕。

这个学期的氛围显然要比上个学期更加紧张，因为高考倒计时越来越近，所有人都要全力以赴。

元宵节过后，也到了二月底，春回大地，万物开始复苏。

蒲驯然是在正式开学的一个星期后才返校，这次回来，他整个人看起来明显瘦了一圈，面部线条也更加锋利。

母亲方慧艳的病情基本上已经稳定，年后有不少亲戚朋友相继来探望，其中就有蒲驯然的姑姑蒲蜀椒。

蒲蜀椒一个女强人，风尘仆仆飞来见方慧艳，两个人一见面就抱头痛哭。

这些年，蒲蜀椒一直觉得蒲家愧对了方慧艳。

而方慧艳也一直清楚蒲蜀椒对自己的好。

两人说了一下午的话，当天蒲蜀椒就乘坐航班离开了。

从始至终，作为前夫的蒲德本一直没有露面，免不了被儿子蒲驯然一通痛骂。

饶是这样，蒲德本也没有来探望前妻，理由是怕现任妻子有意见。

方慧艳对此倒是很看得开，毕竟她早已经不对蒲德本这个人有任何的念想，所以没有什么太大的感觉。

当年方慧艳不顾家人的反对远嫁给在校认识的蒲德本，曾经的方慧艳以为他们两个人会天长地久。

方慧艳庆幸的是自己从婚姻这个枷锁里逃了出来，但唯一对不起的人大概就是自己的儿子蒲驯然。

而今蒲驯然也长大了，是个顶天立地的男子汉。

随着这段时间的相处和被照顾，方慧艳对于儿子的愧疚感更深。她能明显感觉到儿子的不同了，他更有担当，也更有气魄。

他已经不是那个会哭着拉着母亲衣角的男孩子，他一个人静静坐在那里也浑然天成一股强大的压迫感。

方慧艳想起蒲驯然还很小的时候，她每天追在他的身后逼着他去做他不愿意做的事情：弹琴、骑马、跆拳道……她说过最多的话就是希望蒲驯然能够成长。

可蒲驯然真的长大了，她又有些许的惘然若失。

出院回家之后，方慧艳也催蒲驯然该回去了。

但蒲驯然还是贴心地留下来再照顾了一段时间。

蒲驯然离开的前一晚，方慧艳特地和他说了很多的话。

蒲驯然就搬了张椅子坐在她的面前，微微弓着身子，帮她掖了掖被角，说："妈，你还当我是个三岁小孩子啊？"

方慧艳不免又红了眼眶，说："是啊，你都这么大了，新年一过，你又大了一岁，都快成年了。"

蒲驯然淡淡一笑，说："是啊，马上就成年了。你看你，这有什么好哭的呢？一哭就不好看了。"

方慧艳破涕为笑，又转了话题："然然，老实跟妈妈讲，你有在意的同学了是吗？"

蒲驯然闻言摸了摸鼻子："没。"

方慧艳不信："没？那你整天看着手机傻乐？我昨晚起夜的时候还听到你在跟人家打电话呢。你什么时候那么轻声细语过？"

"真没。"蒲驯然懒懒地坐在椅子上，双手插兜。

阳春三月，B市也换上了一层新衣，最显眼的是阮映家楼下那棵桃花开满了枝丫，一大片一大片的粉红色，是阮映最喜欢的。

不过,喜欢归喜欢,可怜的阮映因为花粉过敏,身上免不了起了一片又一片的红肿。

每年春天对阮映来说最糟心的事情莫过于过敏,可是一出门就是各种花,完全无法避免。

这种事情一直会持续到花期过去才会有所好转。在此期间,阮映要饱受过敏引发的瘙痒或犯困。她不得不把自己捂得严严实实的,一整天都戴着口罩,避免和外面接触。

偶尔蒲驯然在学校里见到阮映这副样子,觉得又好笑又心疼。他爱莫能助,却还会故意来逗逗她。

因为学业紧张,蒲驯然已经好久没有来阮家蹭饭了。

这周六难得他过来,不仅他自己来,还带上了周乐怡这只小尾巴。

天气逐渐暖和,蒲驯然早已经褪去了厚厚的外套,换上了帅气的棒球服,整个人看起来更加阳光。

周乐怡一见到阮映就高兴地喊:"阮映姐好!"

这几天阮映还在过敏期,脸上的情况并没有太大的好转。

她有时候还是会忍不住用力挠一挠,抓得自己皮肤一阵一阵泛红,甚至抓出了一道血痕。在家里她没有戴口罩,脸上的红痕更加显眼。

蒲驯然不再开她玩笑,一脸严肃地抓住她的手腕:"都要抓出血了。"

"可是好痒啊。"阮映皱着眉。

"别想它。"

阮映摇头:"不想它也会痒啊,这又不是心理作用产生的。"

"那我帮你挠,我轻一点。"他还真想上手。

阮映躲闪开,白他一眼:"蒲驯然,你现在会对我动手动脚了是吧?"

"这说的哪里话,我不是帮你挠痒痒吗?你让我动手动脚我还不敢呢。"

蒲驯然说着就准备动手,被阮映"啪"一巴掌拍开手腕。

不偏不倚,这一巴掌刚好让奶奶看到。

奶奶见阮映这一副不客气的样子,"啧"了一声:"映映,难得阿蒲来一趟,你干吗呢?"

阮映脸上红红的,也不知道是因为什么。她对奶奶说了声"知道了",转而伸手在蒲驯然的手臂上用力掐了一把。

蒲驯然好像没有痛觉似的,只是一个劲儿地笑。

阮映问他:"你笑什么啊?不疼啊?"

蒲驯然耸了耸肩:"你看,你想着我就不会觉得痒了。"

阮映愣了愣。

经过这一闹腾,阮映还真的没有再顾及自己脸上的痒意。

晚餐的饭桌上,嘴甜的周乐怡哄得奶奶一直乐呵呵的。

"奶奶,你的饭菜做得也太好吃了吧!"

"呜呜呜,这个可乐鸡翅真的太绝了!"

"小炒青菜也好好吃啊,好香,我原本都不喜欢吃青菜的呢。"

"奶奶你以前一定是个大厨吧!"

蒲驯然甚至觉得周乐怡聒噪:"让你吃饭呢,怎么话那么多?"

奶奶笑着说:"乐怡好乖,奶奶小时候还抱过你呢。没想到你都长这么大了。"

周乐怡也是才知道自己的外婆和阮映的奶奶早年都是认识的。

饭桌上,奶奶无意间又提起:"下周日就是映映生日了呢,映映打算怎么过呀?爷爷和奶奶尽量满足。"

阮映摇头:"随便过就好了呀,这有什么。"

奶奶说:"这可不能马虎,这次生日过后你就十八岁了呢,是个大姑娘啦。"

十八岁,意味着成人。

阮映埋着头吃饭,她不敢抬头,因为她不用抬头都知道有一双眼睛紧紧盯着她看。

果不其然,蒲驯然笑着说:"奶奶,十八岁那么重要的日子,要不然让我来帮阮映办个生日聚会吧。"

阮映连忙抬起头:"不要。"

蒲驯然一笑:"姐姐,你别客气嘛,你生日过后再过一个月就是我的生日,到时候你再给我过一个呗。"

阮映一听蒲驯然喊她姐姐,不免毛骨悚然。

她觉得这件事情肯定不止蒲驯然口中所说的那样简单,这人一定憋着什么坏。

一旁的周乐怡看热闹不嫌事大,也跟着说:"姐姐,让我们给你办生日聚会呗,到时候多喊一点朋友、同学,这样才好玩呀!"

奶奶一听,乐呵呵地说:"好啊,你们年轻人有共同话题,爱怎么过都行。从小到大映映的生日过得都很马虎,热闹点也好。"

阮映怀疑蒲驯然在打什么歪主意。

饭后,阮映拉着蒲驯然到外面,单独问他:"你要干吗呀?还要办生日聚会?要不要那么浮夸?"

蒲驯然扬了一下眉:"不想要生日聚会?那你是想和我过?"

阮映白了他一眼。

蒲驯然认真起来:"不浮夸,就是想给你过个生日。"

阮映说:"还能怎么过啊,一个生日而已。"

"一个生日而已?阮映,这可是我给你过的第一个生日。"蒲驯然伸手拈起一朵落在阮映肩膀上的花瓣,一副有商有量的语气,"乖啊,别拒绝我。"

一个生日能弄出什么花样来?

阮映其实也有些好奇。从小到大阮映过的生日都还算普通,顶多就是买个蛋糕,家里摆上一桌丰富的饭菜,再请几个亲戚朋友。

自从父亲去世之后,阮映每年的生日过得就更加简单,也就是祖孙三个人一起过,甚至阮映还不要吃蛋糕。一个蛋糕至少有六寸,他们家里三个人吃不完,也没有必要。

阮映倒是答应了蒲驯然让他帮自己过十八岁的生日,但有明确的要求:第一不能铺张浪费,第二不能太过于浮夸,第三最好就是几个关系好的朋友聚一下。

蒲驯然勉为其难答应了她提的三个要求,这件事阮映也就没有再管了。

一周时间很快过去,蒲驯然开始各种神神秘秘,故弄玄虚。

举办生日聚会的地点就在蒲驯然的家里,他家里空旷,想做什么都可以。

跟奶奶打过招呼之后,周六的晚上阮映就根据约定和向凝安一起去了蒲驯然的家里。

这次给阮映过生日的人员名单蒲驯然都列给了她。

有向凝安、严阳、周乐怡、陈优乐、陈立强、平志勇、小胖、傅灼、余莺等人。

的确也是符合阮映的要求，都是关系比较好的人。

当然，其中余莺算是不请自来。周六的时候，余莺无意间听到平志勇说要去给阮映过生日，她二话不说也要跟过来，一点也不会觉得不好意思。

阮映知道余莺要来也没有拒绝，反正余莺在她这里也闹不出来什么水花，反倒是有时候看着余莺被怼得没话说的样子她觉得很有趣。

一路上向凝安难掩兴奋，对阮映说："我觉得驯哥真好！打着灯笼都没处找的优质男青年啊！"

阮映笑了："蒲驯然是收买你了？"

"是啊，他早就收买我了。"向凝安说，"从他为人处世的态度上，我早就被他收买了。讲真的，比那个谁谁谁好多了。"

阮映虽然知道向凝安口中的那个"谁谁谁"是谁，但不予置评。

阮映和向凝安到达平河路八号是晚上八点多。她的生日要等到零点过后才算，之所以被要求早点到蒲驯然家里，是还有另外的安排。

别墅内外都挂着不少装饰小灯，一闪一闪的，变换着五彩的光芒。这场景很像是夜间的游乐场，让人目不暇接。别看只是一些灯光的装饰，但都是花费了心思的。

比她们两人来得更早的平志勇这会儿像个门童接待客人，一见到阮映，平志勇就喊了声："寿星大人驾到！"

阮映问："你怎么不进去？"

平志勇说："驯哥让我在这里候着你。"

阮映无奈："我又不是不认识路。"

平志勇"嘿嘿"地笑："那可不一定哦。"

说着，平志勇对阮映做了一个请的手势。阮映只能根据他的向导往前走。

这栋别墅阮映只来过两次，这算是第三次，前两次来的目的都是为了看水母。阮映早就听说蒲驯然又养了不少种类的水母，但是因为她也忙着学习，没有机会特地来这一趟。

别墅大门两边刚好陈列着两排水母缸，水母在粉红色的灯光下缓缓游弋着，让阮映目不转睛。

平志勇催促："阮映姐，这不是重点啊，你继续往前走。"

阮映跟着平志勇的向导，很快看到一幅很大的油画。

油画的主角就是她，穿着夏季的校服，但只是一个背影和侧脸。

平志勇小声对阮映说："这是驯哥画的，据说画了半年哦。"

阮映有些不敢置信地看着眼前这幅画。

这画目测至少有两米长两米宽，光看这么大的画，就让人无比震撼。

后来阮映才知道，这幅画是高一的那位新晋男神傅灼指导蒲驯然画的。傅灼因为上次在篮球场上不小心撞了蒲驯然，深感内疚，所以亲自指导。傅灼的画得过全国青少年绘画比赛一等奖，小小年纪的他在绘画方面十分有天赋。

再往前走，阮映看到一个盒子。

平志勇说："这是第一份礼物，阮映姐你快拆。"

阮映有些不解："这是第一份礼物？什么意思啊？难道还有很多吗？"

平志勇说："你拆就是啦。"

阮映把礼物拆开，里面是一个精致的洋娃娃。

别看这个看似普普通通的洋娃娃，却是有市无价。这种洋娃娃是全手工打造，包括洋娃娃身上的衣物，都是顶级的缝纫工一针一线缝出来的。

这个礼物盒子里面还有一张字条，阮映一眼认出来，这是蒲驯然的笔迹："阮映，这是我送你的第一份礼物，也是你一岁时候的礼物。"

一旁的向凝安看到，跟着"哇"了一声："驯哥这也太浪漫了吧！"

继续往前走，很快是第二份礼物，里面是一把电动牙刷。

阮映认得这个电动牙刷的牌子，对学生党来说也算是天价。

蒲驯然依旧在这个礼物盒里写了字条："阮映，两岁的你开始要记得刷牙了。你说你戴牙套的那几年很自卑，可我觉得那个时候的你超级无敌可爱。"

第三份礼物，是一大盒零食大礼包。

这份礼物看似有些幼稚，但结合三岁来看，简直再合适不过。

蒲驯然在字条上说："阮映，从今以后，你的零食就由我承包了，想吃什么尽管提，要我亲手做也完全没有问题。"

再往后面，第四份礼物、第五份礼物……一直到第十八份礼物。

第十八份礼物，是一束红色的玫瑰花。

向凝安简直比阮映还激动："我的天，这是什么校园玛丽苏小说啊！我看人家男主角也送生日礼物，但没有谁送得那么用心的。呜呜呜，我驯哥真的可以！"

阮映光是拆礼物就花了大半个小时。

对于任何一个女孩子来说，在生日当天光是能够感受到一份心意就很满足，更别提能收到这么多的礼物。

阮映早就感动得一塌糊涂。

紧接着，阮映听到了钢琴声。

平志勇手里还帮阮映拿着刚才拆的礼物，说："驯哥在弹钢琴呢，咱们快去看看。"

还真的是蒲驯然在弹钢琴。

推开一扇门，不远处，蒲驯然穿戴整齐，正坐在一架钢琴前。

他骨节分明的手指在黑白的钢琴键上跳动，婉转的音乐随即流淌出来，是《水边的阿狄丽娜》。

去年的某天，阮映给蒲驯然分享过这首钢琴曲，没想到他记得。

阮映虽然早就知道蒲驯然会弹钢琴，但似乎一直没有见他弹过。室内的灯光并不算太明亮，唯独蒲驯然的那一块聚了光。

她静静看着正在弹钢琴的蒲驯然，眼里也只有他。

有时候真的很难想象，他一个那么不羁的人，能够这么安安静静地坐在钢琴面前弹奏。而他就是这样坐在那里，看起来就有一种浑然天成的矜贵气质。

难得余莺也发表了一些感言："蒲驯然还挺有两下子啊。"

余莺几乎从来不夸人，尤其在钢琴这一方面，既然她开口夸人了，那就是真的好。

不过很快，蒲驯然打破了这一刻的美好。

一曲弹奏完毕，他恢复一贯的吊儿郎当，流里流气地问阮映："怎么样？我这个童子功还不错吧？"

从小蒲驯然就被母亲逼着弹钢琴，虽然他本人十分不喜欢，不过功底还是在的，对着谱子稍微练习一下，也能像样地弹奏一曲。

这首曲子虽然小时候弹奏过，但这次重拾也是特地为了阮映练的。

蒲驯然笑着问阮映："阮老师，知道这首《水边的阿狄丽娜》有什么典故吗？"

阮映摇摇头。

265

蒲驯然说:"相传在很久很久以前,有个孤独的国王,他雕塑了一个美丽的少女,每天对着她痴痴地看,最终不可避免地爱上了少女的雕像。他向众神祈祷,期盼着爱情的奇迹。最终他的真诚和执着感动了爱神,于是爱神赐给了雕塑以生命。从此,国王就和少女生活在一起,过着幸福的生活。"

话刚说完,站在一旁的几个观众不可避免地先笑了起来,调侃道:"驯哥,你要不要这么肉麻兮兮的?"

更有人起哄:"还等什么!驯哥快啊!"

"哎呀哎呀,少儿不宜。"

蒲驯然没有理会别人的嘲弄,只是看着阮映。

阮映莫名能够深切地感受蒲驯然所说的这个故事。

她何德何能,能成为国王痴爱的少女啊?

该拆的礼物拆了,该演奏的钢琴曲目也演奏了。

后来在蒲驯然的安排下,大家开始玩游戏、吃夜宵。

首先是桌游《狼人杀》,再来是一款所有人都能玩的游戏《谁是卧底》。

《谁是卧底》这款游戏是在场所有人都喜欢的,难得阮映也玩得津津有味。

好几次阮映摸到卧底牌却不自知,傻乎乎地暴露了身份,被首轮淘汰。后面她学会了伪装,玩起来得心应手。

几轮游戏下来,在欢声笑语中,时间已经快到零点。

零点的钟声敲响前,平志勇特地去把插了蜡烛的蛋糕推出来。

当着众人的面,阮映许了愿,度过了一个别致的生日。

今晚大伙儿就没打算离开蒲驯然的别墅,反正明天不用上学,反正这里房间多,反正要玩什么随意挑选。所有人也刚好趁着现在放松放松,各自去找游乐项目。

只有阮映一个人坚持要回家。

阮映从未夜不归宿过,也不习惯在别人家里过夜,尤其她还有点防着蒲驯然。

蒲驯然知道劝不住阮映,也不强留,但送她回去是必然的。

只是回去的路上,阮映或多或少有些过意不去,有些自责:"我这样,是不是有些扫大家的兴啊?"

蒲驯然靠过来，笑着说："傻瓜，遵循你自己的想法，管别人高兴不高兴干什么？"

阮映说："蒲驯然，谢谢你。"

"谢什么？"

"谢谢你安排的这一切，我觉得很开心。"

"开心就行。"

初春的凌晨，街头到底还是有些凉意，他们两个人慢悠悠地走在街道上。道路两旁全都种满了法国梧桐树，一棵棵高大挺拔、郁郁葱葱，梧桐树伸展开来的枝丫完全遮蔽，形成一道天然的屏障，在夜里看来更是别有一番滋味。

有很长一段路，他们两个人都没有说话，但完全不会觉得尴尬。

蒲驯然到底还是有些好奇，问阮映："今晚许了什么愿？"

阮映看他一眼，笑着说："别人说愿望说出来就不灵了。"

"行吧。"他一副不强求的样子，可忍了又忍才问，"那你的愿望里有关于我的吗？"

阮映沉默，低着头走路。

蒲驯然等得着急，干脆说："算了算了，不要说，说出来就不灵了。"

阮映一笑，眼底意味不明。

蒲驯然后来轻轻地说了一声："阮映，生日快乐。祝你所念皆所愿，所求皆所得。"

阮映心想：蒲驯然，我的愿望里第一次多了一个你。

阮映的这次生日，零点钟的时候是和朋友一起度过，晚上的时候和家人一起度过。

只不过让阮映万万没有想到的是，这次生日，她的母亲陈桦琳也来了。

陈桦琳是独自一个人前来的，她来时司机下车帮忙提来不少的东西，一些是给阮映的生日礼物，一些是送给阮映的爷爷奶奶的。

上次因为学校那个事件，陈桦琳倒是隔三岔五打来电话询问一下阮映情况，不过电话都是打给阮映的爷爷。

阮映的手机里也有母亲的微信，但母女两人几乎没有怎么聊天。

其实在最初的时候，陈桦琳也会隔三岔五给阮映发消息，问问她的情况。

可那个时候的阮映不理解陈桦琳，认为母亲既然再嫁就不要再来过问她的生活了。

一来二去，陈桦琳也逐渐减少了给阮映发消息的频率，到最后母女两人之间无话。

今晚，陈桦琳和阮映两个人难得单独坐在餐桌上谈了许久。

陈桦琳承认自己的自私，当年选择再嫁，的确是想要一个更加安稳的未来。她说阮映怪她是应该的，她并不是一个称职的母亲。

陈桦琳说着便红了眼眶。

阮映顺势抽了张纸巾递给她，低低地说："我是怪过你，不过现在也释然了。你有你自己的人生，不应该被我捆绑住。"

陈桦琳一听，眼泪更是如断了线的珍珠，怎么都止不住。

阮映静静地看着母亲哭了一会儿，等她哭得不那么伤心了，淡淡地说："妈妈，我马上就要高考了，其实我早就已经想好了自己未来要做的事情了。"

陈桦琳问："你想做什么？"

阮映说："我想当个老师，和你一样。我还记得，那个时候你刚刚当上初中班主任，正在带初三班级的学生。我那个时候还很小，总是要缠在你的身边。你没有办法，只能把我带到学校去，让我在你上课的时候坐在办公室里看绘本。有一次我实在太无聊了，就偷偷跑到你的班级门口，静静地看着你给那些学生上课。当时我就在想，我长大以后也要和妈妈一样当一个老师。"

只是可惜，现在的陈桦琳已经不当老师了。

阮映问："妈妈，你在余家过得好吗？"

陈桦琳掩面痛哭，对阮映点头："我过得还不错，你叔叔对我很好，只不过他有些忙，待在家里的日子不太多。"

"余莺没有为难你吧？"

"她这个孩子还是刀子嘴豆腐心。"

阮映轻轻叹一口气。

过年那会儿，有一部主题关于母女的电影上映，阮映闲着没事就和向凝安一起去看了。当时阮映在影厅里哭成了一个泪人，一包纸巾用光了还不够，还把向凝安的那包纸巾用了大半。

刚好那段时间蒲驯然的母亲也生了病，更让阮映觉得亲情难能可贵。当初她之所以会恨母亲再嫁，其实也是太爱母亲，太舍不得母亲。

阮映的生日过后不久，就是蒲驯然的生日了。

他们两个人的生日就差了一个月。

前些日子蒲驯然还故意喊阮映"姐姐"，这段时间倒是没有故意这么喊她了。

蒲驯然送给阮映的生日礼物算起来哪里只有十八件，那天阮映从他家里过完生日离开，隔天他就把生日礼物给她打包送过来。

现在轮到阮映纠结。

向凝安一脸幸灾乐祸地问阮映："驯哥送了你那么多东西，真是把路给堵死了，到时候他生日你送什么啊？"

阮映哪里知道啊？

她这段时间就在纠结这个事情呢，一个头两个大。

蒲驯然的生日前夕则是高三党又一次的月考。

这次月考成绩下发时，刚好是蒲驯然生日的前一天。

让人意料之中又意料之外的，是蒲驯然终于冲到了年级第一的位置，把一直位列年级第一的薛浩言甩在了身后。

阮映看到这个排名的时候或许比蒲驯然本人更加激动。

她看着蒲驯然各科的成绩，莫名有些热泪盈眶。

一旁的周乐怡说："看吧，我就说蒲驯然可以的。"

向凝安也跟着说："我驯哥要是高一一来就这么有上进心，阮映你那会儿应该早就被他迷得死死的了吧？"

幸好一切都为时不晚。

而蒲驯然这次的年级第一也算是震惊了整个高三年级。

毕竟作为一个学生，学习成绩才是实力的证明。

作为当事人的蒲驯然呢？

因为前一天晚上没睡好。这一整天他都没有什么精神，更是睡了整整一个上午。

四班班主任来下发成绩的时候刚好看到蒲驯然趴在最后一个座位睡觉，他本来是想过来和蒲驯然说点什么的，但最后还是摇摇头，带着一脸欣慰的笑意离开。

至于薛浩言,他望着自己的成绩,又看看后排在睡觉的蒲驯然,到底是甘拜下风。

蒲驯然都考到年级第一的位置了,他还真是想睡就睡,不仅前后桌不敢打扰,连上课的老师也很有默契地没有打扰他睡觉。

等蒲驯然一觉睡醒,平志勇才兴高采烈地拿着成绩排名来对蒲驯然说:"驯哥,你知道吗!你这次考了年级第一了!"

蒲驯然还是一副睡眼惺忪的样子,缓了缓,伸手揉了揉乱糟糟的头发,继而接过平志勇手上的成绩排名看了眼。

他这次月考发挥不错,不过能得到第一还是有些意外,他原本以为还要再过一个月才会有更明显的进步。

他又看了眼,第二名是薛浩言,和他差了得有二十分。

蒲驯然又看了眼阮映的成绩,似乎,阮映在这几次的月考当中一直没有怎么进步。当然,这个比较还是相对于蒲驯然而言。阮映本身的成绩一直算是比较稳定,没有什么巨大的起伏。

阮映的问题还是在数学上,几次的月考都是被数学拉分。

一开始蒲驯然也是数学最差,不过经过这几个月的复习,也一点点追了上来,不仅追上来了,甚至还赶超。

上午的课程结束,准确来说,是睡了一个上午之后,蒲驯然踩着慢悠悠的步伐准备去食堂,在下楼的时候,他看到了阮映。

阮映走在前面,和向凝安手挽着手,不知道说什么正在笑。她扎了个高马尾,穿了一件单薄的春装,后颈一片雪白。阳光下,她的脸颊上仿佛投了一层粉嫩嫩的光,看得人心猿意马。

蒲驯然轻轻吸了一口气,把视线挪开,用舌尖顶了顶腮帮。

明天就是自己的生日了,他也有些期待,期待阮映会有什么表示。

相较于阮映的生日,蒲驯然的生日显得就潦草了许多。因为是上学日,晚上也要上自习,蒲驯然现在也不是那种非要所有人都给自己庆祝生日的性格,所以也就没有大肆地去布置什么。

倒是几天前,周柏元给蒲驯然打了个电话,问他十八岁的生日怎么过,他要来庆祝庆祝。

蒲驯然笑了笑，吊儿郎当的："怎么过？写试卷啊。"

"写试卷？"周柏元是真的不相信，"真的假的啊？骗人是猪。"

"懒得理你，我是要准备高考的人。"

这几个月蒲驯然都没有再去过街舞社，和周柏元之间的联系也不多。周柏元和蒲驯然同龄，今年也是要高考的，不过他的目标比较简单，不算很费力，每天还能抽空练舞，顺便参加一个国际街舞比赛。

前段时间周柏元和蒲驯然闹了点小矛盾，原因是周柏元希望蒲驯然能留在街舞社，但蒲驯然不同意。

蒲驯然的志向并不在跳街舞，虽然是有天赋，但兴趣不大。尽管周柏元一心想拉拢蒲驯然，但蒲驯然的性格也并不是别人能够左右的，为此两个人小吵了一顿。

不过他们都不是记仇的人，更何况彼此还是自己的哥们儿，第二天也就冰释前嫌。

说到高考，难免就要提到霍修廷。

周柏元笑着对蒲驯然说："看看老霍，他现在都不用去学校报到。你当年要是不转学就不用费那么大劲高考了。"

蒲驯然"哧"了一声："你懂什么？"

他兜兜转转这一圈遇到阮映，这是他这辈子最幸运的一件事。

周柏元自然也听懂了蒲驯然话里的意思，于是调侃："我说，你们一个两个的，过分了啊。"

蒲驯然"哈哈"大笑："周柏元，你这叫吃不到葡萄说葡萄酸吧？"

"去你的！"

"我的生日你就别操心了，有人给我过。"

"滚吧！"

晚自习结束后，阮映和蒲驯然在校门口碰头。他们彼此之间没有约定，但很默契地走到了一块儿，一高一矮，一左一右。

开春的 B 市已经不是那么寒冷了，内搭一件薄薄的卫衣，外面再穿一件外套就已经足够。只不过夜晚还是稍稍有些凉意。

蒲驯然把自己身上的外套脱下来强行盖在阮映的身上，不容拒绝。

阮映也就不拒绝。

难得蒲驯然背了个书包，看起来还有点学生的样子。

他双手插在兜里，看似漫不经心的，问阮映："喂，明天我生日呢。"

阮映看他一眼，说："我知道啊。"

"那你怎么一点表示都没有？"

"不是明天生日吗？我现在要表示什么？"

蒲驯然就是一个急性子，现在在阮映面前全然藏不住心思，像个小男孩似的。

阮映倒是很淡然，好像早就猜到蒲驯然一定会这么问，表现得不疾不徐。

为了蒲驯然的生日礼物，阮映也是大费周章。之前她上网查了很久的攻略，不过看来看去，似乎并没有什么东西适合送给蒲驯然。主要的原因是蒲驯然不缺那些东西。

今天是周三，明天周四还要上课。他们毕竟是要备战高考的学生，不可能为了一个生日搞得兴师动众。

蒲驯然突然问："阮映，要不要我给你看个手相？"

阮映微微蹙眉："看什么手相？"

他朝她扬了扬下巴："你把手给我，我给你看。"

阮映不但没把自己的手给蒲驯然，反而藏到了自己的身后。

别以为她不知道他在打什么主意。

"姐姐，用得着防我跟防狼似的吗？"蒲驯然不乐意地问。

阮映说："你难道不是吗？"

蒲驯然："那姐姐猜猜看，我想做什么？"

阮映的脸一红："我不猜。还有啊，你能不能不要叫我姐姐啊？"

"不是你非要强调自己大我一个月的吗？"

"虽然这是事实，但你喊我姐姐，让我感觉很奇怪。"

"那喊映映怎么样？"

"算了，你还是叫我姐姐吧。"

蒲驯然一笑，声线哑哑地喊道："阮映。"

阮映只觉得听他喊着自己的名字，浑身鸡皮疙瘩都起来了。他说话的声线一直都比较低沉又富有磁性,要是像现在这样故意压着声音说话,是个人都受不了,太性感了。

蒲驯然见阮映低着头,又问:"这么喊也不成吗?那我叫你什么?"

"随便你……"

蒲驯然一笑:"阮映,我就叫你乖乖吧,只有我一个人能这么叫你。"

阮映低着头,没有说话。

蒲驯然用肩膀撞了她一下:"行不行?。"

阮映走快一步,说:"随便你啊。"

回家的路程不算远,没多久就到阮映家门口了。

蒲驯然还有些不甘心,对她说:"那我走了啊。"

"走吧,路上注意安全。"

蒲驯然咬咬牙:"你就不留我一晚上啊?"

阮映抿着唇笑,摇摇头:"你那么不乖,我不留。"

"真不留?"

"真的啊。"阮映催蒲驯然,"你快回家,时间不早了。"

蒲驯然虽然很不情愿,但也只能打个车掉头回家。

只是大男孩还不忘给阮映发个消息一通埋怨:"小乖乖,小没良心。"

阮映回了一个吐舌头的表情,看起来俏皮又可爱。

就这么一个小表情,蒲驯然心里那点埋怨也就烟消云散了,甚至都不需要她再多说什么。

上个月阮映的生日还历历在目,她的柜子里堆满了蒲驯然送的礼物。

这次蒲驯然的生日,阮映也准备了一份礼物。

她想的是,蒲驯然送了她一到十八岁的生日礼物,她以后慢慢地把十八岁到八十岁的生日礼物给蒲驯然送上。

如果有以后的话,也不失为一种烂漫。

阮映早早洗漱完毕,就坐在书桌前写作业。

不多时,向凝安给她发来消息,问她在干什么。

阮映如实回答还在写作业。

向凝安连发了三个问号。

向凝安:"你在写作业?"
向凝安:"你这个时候难道不应该和驯哥在一起吗?"
向凝安:"阮映,你这样我都看不下去了!"
阮映的心里其实早就有打算,只不过没好意思告诉向凝安。
晚上十一点,爷爷奶奶都已经睡着了。阮映穿戴好衣服,偷偷摸摸出了门。
这是长这么大以来,阮映第一次在大半夜出门,没有和家里打一声招呼。这个行为甚至让阮映心里生出浓浓的不安,转念一想自己现在也年满十八周岁,作为一个成年人,可以为自己的行为负责。但为了安全起见,她出门的时候带了防狼喷雾。
阮映用手机打了一辆专车,上车后故意对司机说:"叔叔,我男朋友在等我呢,麻烦您快一点哦。"
她说这句话的用意是想提醒对方她不是一个人,她还煞有介事地对着手机里那个虚拟男友说:"车牌号是××××,等会儿你就能见到我了。"
司机师傅不明所以,以为这是小情侣急着见对方,笑着说:"行行行。"
虽然现在社会治安不错,但防范意识也是必不可少的。
到达平河路只用了不到二十分钟,夜晚的街道空旷,红绿灯也不多,所以没有花费太多时间。
阮映抬手看了眼腕表,离零点还差半个小时。
于是她站在蒲驯然家的门口,静静地等待。未来很多时候想起这一天,阮映也不知道自己当时哪里来的勇气,居然敢大晚上的一个人一声不吭就去找蒲驯然。
在这个当下,阮映也有点打赌的成分,想给他一个惊喜。想知道他在零点开门看到她的时候会是怎样一个反应。
阮映到底还是低估了夜晚寒冷的程度,在外面站了一会儿就觉得有一些冷。
她为了好看,晚上出门前还特地打扮了一下,穿着是偏单薄的。
然而不等阮映思考太多,大门口的智能锁突然开口说话:"谁站在我家门口呢?"
声线冷冷的,还哑哑的,除了蒲驯然还能有谁?
阮映吓了一跳,顿时面红耳赤,自以为的浪漫计划被打乱,觉得又窘又尴尬。
但她躲也不是逃也不是,只能弱弱地承认:"是我,阮映。"

"阮映？"蒲驯然语气里完全是不敢置信，"你怎么来了？"

"我给你送个礼物，要不，你来拿一下吧……"

"我的乖乖，你给我等着！站着不要动！我马上下来！"

"哦……"

蒲驯然真的是做梦都没有想到阮映会过来。

门口的电子监控坏了，所以蒲驯然根本看不到门口站着的人是谁，但智能锁一直提醒他门口有人长时间没有离开。

蒲驯然几乎是连滚带爬跑过来开门的，他一路从楼上狂奔下来，中途还在楼梯上跌了一下，这辈子他第一次知道心跳要跳出嗓子眼是什么感觉。

家门打开的那一瞬间，蒲驯然仿佛看到了一道光，而阮映就站在光影中间，耀眼又夺目。

门口昏黄的灯光下，阮映站在大门前，手里抱着一个礼物，是精心准备了要送给蒲驯然的。

眼前的这扇别墅门气势恢宏，结合中西方的设计，手工雕刻极具特色的图腾，寓意美好。

阮映在想，等会儿蒲驯然打开门了，她应该说点什么才不会让彼此之间那么尴尬呢？

然而真的等蒲家的大门被打开，阮映脑海里演示过的所有开场白都没能派上用场。

蒲驯然不给她任何反应和思考的空间，拉着她的手腕将她拽进了家里："你在外面多久了啊？冷不冷啊？怎么过来也不跟我说一声啊？"

连环炮似的一大串问题，像个老父亲。

两个人的距离忽然变得很近，她似乎清楚地听到了他的心跳很快，"扑通扑通"，还有他身上热腾腾的气息。所有的一切交织在一起，竟然让她有一种安全感。她以为的尴尬、狼狈、不知所措、无所适从，通通都没有发生。

蒲驯然深深地叹息了一声，说："阮映，你是真的吗？"

夜晚很安静，这个季节相继有了虫鸣鸟叫，还有蒲驯然的心跳声，声声萦绕在阮映的耳边。

"蒲驯然……"阮映张了张嘴。

蒲驯然故意离阮映很近，他像个无赖，将小小的她禁锢在几寸之地。

275

阮映无奈:"你要不要生日礼物啊?"

"礼物哪有你重要。"

"那你还要礼物吗?"

阮映轻叹一口气,倒也不催他什么了。

蒲驯然眉眼锋利,看着她的时候却好像柔和了许多:"零点一到我就满十八周岁了,是个成年人了。"

阮映轻轻"嗯"了一声。她背过身去把礼物拿过来,再交到蒲驯然的手上。

零点的钟声敲响,阮映低声对他说:"蒲驯然,十八岁生日快乐。"

蒲驯然当着阮映的面把这个生日礼物打开,充满了期待。

阮映站在一旁,说:"这个礼物比起你送给我的,好像有点寒酸。不过这是我能力范围内送的最好的礼物,希望你会喜欢。"

蒲驯然也不在意,一边拆一边说:"那可不行啊,要是礼物不满意,我可要当面退还的。"

很快,礼物被打开,里面放着一包糖。

这包糖是阮映上个星期亲手做的,里面口味很多,五颜六色。糖纸在灯光下还能折射出各种不同的光芒,非常好看。

阮映从里面拿出一颗西瓜口味的水果糖,剥开,递给蒲驯然吃。

蒲驯然欣然接受,乐得像个孩子似的,含着嘴里的糖问:"就这?"

阮映朝他眨眨眼:"你不喜欢吗?那你还给我。"

蒲驯然又不肯,抱着那包糖,生怕阮映抢走似的。

最后,阮映真诚地对蒲驯然说:"愿你在接下来的日子里,有希望、有快乐、有付出、有收获、有所爱的人,还有甜蜜的糖果。"

这个生日,对蒲驯然来说,简单,却又意义非凡。

五月一过,高考近在眼前。

这一个月过得极其难熬,回过头来又仿佛一眨眼之间。

阮映这段时间受到了年级第一蒲驯然一对一的辅导,明显感觉到了自己突破了某种瓶颈。

到了她这个阶段,真的是一分之差就可以甩开不少人。

蒲驯然很厉害,他通过几张试卷就能准确了解阮映欠缺什么,专项辅导,见效极快。

每每这个时候，阮映看蒲驯然的目光里总会不自觉多了几分崇拜。她发现，认真讲解题目的蒲驯然浑身上下好像发着光。当然，这也有可能是她戴了一层滤镜看他。

不过，谁看学霸的眼神里不她戴一层滤镜呢？

很快，黑板上的高考倒计时日期变成了个位数。

学习委员陈优乐擦掉黑板那个"10"，再写上"9"的时候，心情有些沉重。

说是9天，但在校的日子其实根本没有9天了。换言之，所有人的相处也没有那么多天。

一想到高考，一想到别离，难免会有一些感慨和难过。可又会麻痹自己，还有剩下的一些时间，要好好把握。

最后的那几天，学生们准备毕业纪念册，写下班上同学的名字，大胆一些的，或许也会趁着这为数不多的几天鼓起勇气表明心思。

任课老师干脆也不讲解任何题目了，靠在讲台上和学生们聊天，讲讲自己的大学生活。

一切都让人充满了无限的幻想。

所有人都开始憧憬着未来，憧憬着自己的人生。这个年纪，一切都才刚刚开始。

高考倒计时2天。

班主任在讲台上红了眼眶，底下的学生们哭成了一大片。

向凝安抓住阮映的手，哭兮兮地说："怎么办啊，我一点都不想离开，以后再也回不来了。"

阮映也很感性，眼泪止不住地往下流。不只是女生在哭，不少男生也哭了。总是需要一个宣泄口。

这大概是每一届高三都会经历的场景，每一届相同的高三，每一届不相同的人生。

从今以后，这个教室里就再也聚不齐全班的同学，不再有每天清晨踩点进教室的同学，不再有喧闹的课间休息，不再有三三两两的窃窃私语。

可这就是人生。

休谈别离，一切随缘。

未来似焰火反应，灿烂辉煌。

很快，迎来了正式的全国高考。

阮映的高考考场被分配在了外国语学校，也就是蒲驯然以前上过的那个学校，传说中的贵族学校。

在高考前一天，蒲驯然要带着阮映去考场踩点。当然，周乐怡也自告奋勇，要去曾经的学校转悠转悠。

面对曾经的母校，蒲驯然轻车熟路，介绍起来也波澜不惊。

"那幢楼是图书馆，前面就是教学楼、实验大楼、体育馆……"

阮映是第一次来外国语学校，不免有些震撼。和她现在就读的高中比起来，这所学校简直就是天堂。据说B市里能把自己家的孩子送到这所学校的，都是非富即贵，而这里的孩子出来也都是人中龙凤。

其实蒲驯然就是外国语学校出来的最好例子。

"蒲驯然，你当初是怎么想的，为什么要转学啊？"阮映满脸不解。

蒲驯然憋着笑："因为你啊。"

阮映说："你正经一点啊，我认真的。"

蒲驯然也一脸认真："我也是认真的。"

周乐怡在旁边插话："阮映姐，你知道蒲驯然以前在学校里有多风云吗？他初一的时候就有女孩子排着队来偷看他呢。"

蒲驯然闻言伸手给了周乐怡脑袋上一个栗暴，故意板起了脸："就你话多？"

周乐怡吐了吐舌头，一脸幸灾乐祸。

阮映倒是没有在意什么，她知道蒲驯然的崇拜者多是正常的。

踩点完考场的当晚，就在高考前夕，就在所有人都在为明日九点钟的考试提心吊胆的时候，蒲驯然居然还能吊儿郎当地提醒阮映："别忘了高考过后你答应要跟我谈谈的啊。"

一句话，彻底将阮映从紧张的氛围当中剥离。

阮映无奈："明天就考试了，你能不能认真一点啊？"

蒲驯然回复:"我很认真的啊。"

"都什么时候了,你居然还提这个?"

"就是这个时候,我才要提醒你。"

阮映愣了愣。

不一会儿,蒲驯然直接发来了视频。

阮映吓得一把挂掉。

蒲驯然又发来消息:"你挂我视频干吗?"

阮映回道:"爷爷奶奶就在隔壁。"

蒲驯然:"在就在,你怕什么?"

阮映:"你说呢?"

蒲驯然解释:"我这不是为了让你不那么紧张,特地逗你的嘛。你看,你现在应该不紧张了吧?"

阮映想了想,好像也真是。

蒲驯然说:"阮映,平常心对待高考,就像对待每一次月考一样。"

高考的这几天,度日如年,却又在弹指之间。

第一天第一门语文考完的时候,阮映的信心就满满的。她考得不错,自己心中有数。

当天下午考完数学后,阮映第一时间给蒲驯然打电话,激动地说:"蒲驯然,你给我讲解的题目考到了!我都做出来了!"

蒲驯然在那头笑,声线低哑:"真棒。"

阮映问蒲驯然:"你呢,考得怎么样?"

蒲驯然说:"也不看看我是什么实力。"

阮映一听就知道这人又要开始臭屁,提醒道:"明天也要加油哦!"

而明天的英语对于蒲驯然和阮映来说也都没有太大的问题。

考完所有科目之后,向凝安是第一个来和阮映估分的。基本上,她们自己都已经能够大致估算出分数,八九不离十。

这次高考,阮映和向凝安都发挥出了平日里的水平,甚至考得更好,想要选择一所好的大学不是什么太大的问题。

然而高考过后的头几天,阮映的日子突然变得有些空虚。

她没心思追剧，也没想着去哪儿玩，好像突然有点不太适应这样轻松的日子。

寒窗苦读十余载，一朝得到了解放，一切似乎都还不太真实。这几日，阮映没有主动给蒲驯然发消息，蒲驯然也破天荒地没有招惹她。

倒是向凝安拉了一个群，开始计划着毕业聚会的事情了。

既然已经毕业了，就可以好好地浪一浪了。向凝安现在算是很放松，毕竟已经估算出了自己的分数，没有什么心理压力。

只不过高考成绩还未出来之前，大家似乎也没有那么多的心思去玩儿。

高考过后，学校倒是组织了一场毕业典礼。

毕业典礼是在学校礼堂举行的，礼堂可以容纳所有高三的学生，每个人都有座位。

阮映心神恍惚，下意识地去寻找蒲驯然的身影，也没有在意台上老师、同学在讲什么。

或许，更多的是一种不真实感，不敢相信高中生涯已经就此画上了句号。

终于熬到了出分数的日子，阮映紧张地去查询自己的成绩。

在查询分数的那几分钟里，大概是她人生当中为数不多最为忐忑的时间。

阮映像是走上了断头台，输入自己的高考准考证号和密码，揭晓答案。

那会儿爷爷奶奶就陪在阮映的身边，在看到分数的那一刻，奶奶尖叫起来，上前一把抱住了阮映："我的映映啊！你成功了！"

爷爷高兴地在旁边"哈哈"大笑，转身下楼去跟街坊邻居报告喜讯。

阮映镇定了一会儿，等房间里只有她一个人的时候，她给蒲驯然打了个电话。

电话很快被接通，蒲驯然的声线还带着浓浓的睡意，问："找我呢？"

阮映深吸一口气："蒲驯然，高考出成绩了。"

那头蒲驯然似乎是在醒神，隔了一会儿才问阮映："考得怎么样？"

阮映报了自己的分数。

蒲驯然笑着说："真不错。"

"那你呢？"阮映有点着急。

蒲驯然吊儿郎当的："不知道啊，你帮我查查。"

"好。"

阮映就坐在电脑前,输入了蒲驯然的高考准考证号和密码。

在点击确认的那一瞬间,阮映甚至比查自己分数的时候还要紧张,说:"蒲驯然,我要点击确认了哦。"

蒲驯然笑了一下,声线哑哑的:"嗯,确认。"

阮映闭着眼睛,点击。

不一会儿,成绩展现在自己的面前。

一时间,电话两边都没有出声。

蒲驯然等了一会儿,轻轻喊了一声:"怎么,该不会是0分吧?"

"蒲驯然……"阮映的声音都在颤抖,好像还带了哭腔。

蒲驯然因为她的声音有些紧张,跟着调侃:"别哭啊,大不了复读呗。"

"复读什么啊!你比我多出三十分呢!蒲驯然!你是人吗!你怎么考得那么好啊!我爱死你了!"

蒲驯然顿了一下,问:"你刚才说什么?"

"我说你不用复读,你比我多出三十分呢!"

"最后一句话?"

"什么话?你怎么考得那么好?"

"乖乖,你别跟我打马虎眼。"

阮映笑了:"蒲驯然,我要见你。"

成绩出来,阮映心里那块石头才算是真正落了地。

阮映放下鼠标,手里还拿着手机和蒲驯然通着电话,转身就下楼。

奶奶见阮映急急忙忙要出门,问:"怎么了呀?"

阮映红着脸说:"奶奶,我去个地方。"

奶奶满脸笑意:"去吧去吧,路上小心。"

阮映随手招了一辆出租车,目的地就是蒲驯然的家。

手机里还在和蒲驯然通着电话,她说:"蒲驯然,我要来找你。"

"找我干吗?"蒲驯然问。

阮映笑呵呵的:"你别管,反正,你在家门口等着我。"

"嗯,遵命。"

这二十多分钟的车程，对阮映来说不可谓不心惊肉跳。她太清楚自己此行的目的，心跳加速，激情澎湃。

出租车路过那两排茂密的法国梧桐，阮映也没有心情去欣赏，她满脑子都是蒲驯然。

终于抵达，远远地，阮映就看到蒲驯然。

少年风华正茂，光明坦荡，笑容灿烂，惊鸿入眼。

初夏，西瓜香味还未开始横行霸道，热浪还未跟上脚步，一切都是那么恰到好处。

阮映从出租车上下来，迈开脚步朝少年奔去。

意外的是，蒲驯然的手上捧着一盒糖果。

阮映站在他的面前，问："蒲驯然，能给我吃一颗吗？"

还不等蒲驯然回答，阮映就踮起脚贴上他的唇，用柔软粉嫩的舌尖撬开他的唇齿，大胆地攻略城池。

蒲驯然一怔，手上的一盒糖果"哗啦啦"落了满地，画面仿佛放慢，无限浪漫。

而后他反应过来，趁着阮映退缩的时候伸手扣着她的后脖颈，一并加深了这个吻，不让她有反悔的机会。

这是一个西瓜味的吻，让人回味无穷。以至于很长一段时间里，蒲驯然碰到和西瓜有关的东西都不免心猿意马。而这个礼物，蒲驯然此生难忘。

也不知道过了多久，他抵着她的额头，扬起嘴角："找我做什么？"

"告白。"阮映一双玻璃珠似的大眼望着他，无比清澈，"蒲驯然，我喜欢你！"

他佯装没有听清楚，痞气地问："是这句话吗？我怎么记得在电话里不是这句话啊。"

阮映的脸上染上绯红，踮起脚在他唇上轻轻啄了一口："蒲驯然，爱这个词对我来说还有些唐突，但在未来的日子里，我会努力去爱你，心无旁骛。"

跨越一百多个日夜，属于这个城市的盛夏在七月上旬正式来临。也是从这一天开始，蒲驯然成了阮映的男朋友。

于蒲驯然而言，这是一段长达三年的梦想，终于成真。

此后的年年岁岁，日日夜夜，阮映既是他的铠甲，也是他的软肋。

感谢上苍的安排,让他们相遇。

遇到阮映之前,蒲驯然以为他会随遇而安;遇到阮映之后,他以她为安。

她是他的软肋,也是他的铠甲,他的生命因她而鲜活滚烫。

因为她,他的人生开始出现希望、快乐、付出、收获。

阮映是蒲驯然最爱的人,也是蒲驯然这一生所有的甜蜜糖果。

番外一
谈恋爱被抓包这件事

大学的时候阮映和蒲驯然是同一所学校，不同的是阮映明确了以后要当一个老师，蒲驯然则学的商科。

在蒲驯然选择专业时阮映倒是没有什么意见，只是好奇地问过他："为什么学商科啊？"

没想到蒲驯然居然说是因为她。

蒲驯然点了一下阮映的鼻尖，说："谁让你那么爱财，我思来想去，学商科以后可以做个生意什么的，这样才能多赚点钱。"

阮映无奈："我说说而已的，你就当真了啊？"

蒲驯然点点头："我当真了。阮映，我现在的一切都是我爸给的，但我不可能依赖他一辈子。以后我要娶你，和你生孩子，都是一笔很大的开销。我不可能让你跟着我过苦日子。"

人的烦恼大多是来自人际关系和没有钱，前者蒲驯然没办法帮助阮映，后者他会尽力做到给阮映最好的物质条件。

这个学期是阮映第一次离开家去外地上学，不过因为她和蒲驯然是同校，爷爷奶奶倒是很放心地把阮映交给蒲驯然照顾。

一个学期结束，阮映回家的当晚，奶奶拉着她促膝长谈："映映，在大学里有碰到心仪的男孩子吗？"

阮映含糊其辞："我这个学期很忙，你都不知道我做了多少事情，哪有空去想那些有的没的……"

奶奶眨眨眼，追着问："那有男孩子追你吗？"

阮映脸红了："奶奶，你怎么这么八卦啊！"

"你跟奶奶还害羞什么啊？"奶奶乐呵呵的，突然说，"其实阿蒲就是一个不错的男孩子。"

阮映心里一个咯噔："奶奶，你干吗突然提到他啊？"

奶奶说："我感觉阿蒲对你挺不错的，你没发现吗？"

阮映故意说："没有发现。"

奶奶"啧"了一声，一脸恨铁不成钢的表情看着阮映："你说说，关于你的事情他哪次不是最上心的？"

"你就知道他上心了？"

奶奶说："我又不瞎。其实上高中那会儿我就看出来了，阿蒲应该很喜欢你。不过那时候你们都要高考，我也就没点破。"

阮映不知道奶奶到底知道了些什么，索性也不说话。

奶奶继续说："我也算是看着阿蒲长大的，对这个孩子知根知底。就你傻乎乎的，一点也不懂人家的心思。"

阮映小心翼翼地开口询问："奶奶，你这是想撮合我和蒲驯然啊？"

奶奶说："也不算是撮合，毕竟你也到了可以谈恋爱的年纪了。我觉得阿蒲这孩子就不错，你可以考虑考虑。"

这次放假回来，蒲驯然不仅妥帖地将阮映送到家，还不忘给二老带礼物，可谓十分周到。

其实私底下二老就经常提起蒲驯然。

不仅是阮映的奶奶，就连阮映的爷爷都很喜欢蒲驯然。

"阿蒲要人品有人品，要家世有家世，要样貌有样貌。放我那个年代啊，也是个抢手的人。"奶奶说。

时间不早了，又提及这种让女孩子害羞的话题，阮映顺势去推奶奶，一脸羞涩道："奶奶，你快去睡吧，别瞎操心。"

奶奶乐呵呵地说："怎么能是瞎操心呢？我认真的啊。要是你不好意思的话，我们给你创造机会。"

阮映红着脸："哪有你这样的啊，别人奶奶都巴不得自己孙女不谈恋爱呢，就你还把我往外推。"

奶奶说："我这哪里是往外推？我是趁早为你物色合适的人选。"

"打住！不要说了！"

放假第一天，阮映直接睡到了日上三竿。

今天阮映和向凝安约好了一起去游乐园玩，午饭过后阮映就出门了。

阮映回到家是晚上八点。

夜幕已经落下，冬日的小区里也鲜有人出门溜达。远远地，阮映见到蒲驯然，便迎着他走过去。

热恋期，一日不见如隔三秋是什么滋味，彼此心中明明白白。

寒假的这段日子，蒲驯然也时常和自己的哥们儿小聚，也不是分分秒秒都和阮映黏在一起。今天蒲驯然就和霍修廷约着一起在体育馆打球，直到不久前才结束。蒲驯然是早就想结束了，奈何霍修廷一直缠着他。

蒲驯然拉着阮映的手将她带到一处角落，抱着她逗："不是说不想见我的？"

他见她穿得少，就解开自己的外套披在她的身上。知道她怕冷，所以怕她冻着。

阮映也练就了厚脸皮，恃宠而骄："突然又想见你了，不行吗？"

"那倒是说说看，有多想？"

蒲驯然抱着阮映的细腰，俯身在她耳边说了句话。

阮映闻言面红耳赤，娇羞地伸手捶了一下蒲驯然的肩膀。

蒲驯然在阮映腰上挠了一下，她笑着躲闪，也不甘示弱，踮着脚去扯蒲驯然的耳朵。

远远地，奶奶不敢置信地朝两人喊了一声："阮映？阿蒲？是你们吗？"

阮映和蒲驯然皆是一怔。

谈恋爱被家长亲眼见证,阮映甚至没有转身的勇气。

如果她真的有本事挖个地洞,此时此刻一定不顾一切钻进去。

唯一庆幸的是,身边还有一个蒲驯然,他被当成了盾牌挡在前面。

是蒲驯然先转过身来,礼貌地喊了声:"奶奶,是我们。"

阮映红着脸跟着低低喊了声:"奶奶。"

奶奶站的位置有点远,对于他们亲密的行为只能看到个模糊的轮廓。

她老人家也是好奇阮映接电话出去干什么,鬼使神差跟了几步,没想到就撞见了他们。

后知后觉,老太太觉得自己的出现和出声不合时宜,连忙补了一句:"你们继续你们继续,我只是路过。"

说完,她转头就离开,走得还挺快,生怕坏了好事。

可不是坏了好事吗?

人家小情侣两个人抱在一块儿说说笑笑,她这个老太婆突然冒出来插什么嘴?

奶奶越想越自责。

留下阮映和蒲驯然尴尬地站在原地。

阮映都不知道等会儿回家怎么面对奶奶了,苦恼地看着蒲驯然。

蒲驯然笑着提议:"要不然今晚去我家躲躲?"

阮映白他一眼:"你想得美!"

该面对的总要面对。

蒲驯然牵起阮映的手,说:"走,见家长去。"

阮映没有挣扎,算是默认了蒲驯然的举动。可她还是觉得好害羞啊,一想到刚才奶奶有可能看到她和蒲驯然之间的亲密行为,就觉得面红耳赤。

怪只怪最近他们两个人太肆无忌惮了一些,以前最多只是亲亲嘴,现在都动手动脚了。

"我们刚才没有做什么过分的事情吧?"阮映问蒲驯然。

蒲驯然说:"放心,她老人家是过来人,都理解。"

阮映的脸更红了："蒲驯然，我都没脸见人啦！"
"那你把脸埋在我怀里。"
其实见家长倒也没有阮映想象中那么尴尬。

番外二
结婚

大三那年,阮映年满二十一周岁。

谈恋爱整整三年,阮映和蒲驯然两个人的感情一直很好,蒲驯然甚至扬言,等到自己满二十二周岁就要娶阮映。

阮映一直当他这话是说笑的,没有在意。

蒲驯然满二十二周岁的时候,也正好大学毕业。他没有继续读研,而是选择创业,开了家小公司。

至于阮映,她选择继续考研。所以在很长一段时间里,蒲驯然这个社会人士都会在校园里溜达,就是为了接自己的女朋友放学。

阮映不仅读研,以后还打算读博。学海无涯,她觉得自己好像除了读书没啥能力,而且她很享受教书育人的感觉,每次放假都会去支教。如此一来,更想获得丰富的知识,来教育更多的人。

阮映有能力继续学习,家里人一直没有拦着,至于蒲驯然,他更不会拦着。

大致算了算,等到阮映读完博士,可能都快三十岁了。

蒲驯然二十二岁生日的时候,阮映也是想给他好好过个生日,送个礼物的。只不过,她思来想去,真是绞尽脑汁都不知道他缺什么。没办法,她只能亲口询问他。

蒲驯然笑了:"这还用问吗?几年前就说好了,你嫁给我啊。"

阮映无奈:"我说正经的啊!"

"我也是正经的。"

蒲驯然还真不是说说而已,并且早就在阮映爷爷奶奶那边下了功夫。他这人细致,甚至还去找了阮映的母亲去当面提亲。只不过这些过程他一直没有告诉阮映,阮映更不知道他承受了多少。

阮映爷爷奶奶那边倒还好说,主要是爷爷奶奶都喜欢蒲驯然。

奶奶还很赞成蒲驯然现在就和阮映去领证,她还说:"我和你爷爷在一起的时候才十七岁呢,你们现在都二十二岁了,像我二十二岁的时候孩子都能满地跑了。"

爷爷是有些犹豫的,毕竟阮映是他唯一的孙女。

可想而知,蒲驯然要花费多少口舌。

而阮映的母亲那关则更不好过。

阮映的母亲陈桦琳还是有所考量,觉得才二十二岁就结婚领证有些过于早了。现在社会发展迅速,结婚年龄也是越来越大。

蒲驯然三顾茅庐,次次都带上了自己的父母到陈桦琳面前提亲,诚意满满。最后陈桦琳觉得蒲驯然这般诚心,也就答应了下来。

结婚的事情,蒲驯然可谓是下足了功夫。

第一样婚戒,蒲驯然亲自设计,亲自挑选上好的钻石;

第二样是婚纱,只要是给阮映的,蒲驯然都要挑选最好的;

第三样是求婚的鲜花。蒲驯然打算自己种植玫瑰,这样才算心意。

万事俱备,只欠东风。

等到蒲驯然二十二周岁生日那天,一大早阮映就稀里糊涂地被他拉到民政局。他手里拿着他们两个人的户口本,说是要带她去领证。讲真,那天阮映是真的没有睡醒,在去民政局时她都是一路睡过去的。后来在大厅里填资料,她浑浑噩噩,还是蒲驯然帮她一一填好。

可以说,一直到领完证,阮映都还是一脸蒙。

等阮映反应过来是晚上吃烛光晚餐的时候,她好像终于睡醒了,突然觉得太不值了,闹着说不要嫁给蒲驯然。

"什么情况啊?你都没有求婚,都没有下跪,还没有鲜花和戒指,我就这么嫁给你了,我太亏了吧!"

多委屈啊,什么都没有。

正当阮映说完,周围的灯光就暗了下来。

烛光晚餐的场景瞬间发生翻天覆地的变化,头顶散落一大片一大片的粉红色玫瑰花,如梦似幻。

阮映怔怔地看着,伸手碰了一把玫瑰花瓣,惊喜地笑了出来。

蒲驯然起身走到她的面前,单膝跪地。

阮映的心"扑通扑通"狂跳,知道他要干什么。

蒲驯然不知道从哪里变出来一捧鲜花,又变出来一枚戒指。

他抬着头,一脸深情地望着阮映:"阮映,嫁给我好吗?"

阮映刚想说好,忽然又意识到什么:"你这是先斩后奏吗?我不是都跟你领证了啊!"

"仪式感不能少。"蒲驯然笑着,开始背诵结婚誓词。

阮映听着有些好笑,伸出手让他帮自己戴上戒指,然后望着无名指上的戒指满意地点点头:"真好看。"

蒲驯然提醒:"现在新娘可以亲吻新郎了。"

阮映弯下腰,低头亲吻虔诚的蒲驯然。

蒲驯然抱着阮映,说:"我在二十二岁的时候娶了你,是我这一辈子最大的幸福。此生,不离不弃,白头偕老。"

从校服到婚纱,他们的小生活才刚刚开始。

阮映和蒲驯然领证后婚礼一直没有办。

主要是阮映不太想办,一想到婚礼有那么多步骤,她就心生恐惧。于是蒲驯然也就依着她,反正人已经嫁给了他,他也不愁那么一个仪式。

虽然只是一个仪式,但蒲驯然也不想少给阮映。他心知肚明,阮映这辈子也就和他谈那么一场恋爱了,每个女孩子恋爱结婚必备的流程,她也不能少了。

结婚的头几年,夫妻两人并不打算要孩子。

用蒲驯然的话来说,二人世界都还没有享受够呢,生什么孩子来添乱?

关键的是,他也舍不得阮映怀孕。

阮映硕士研究生毕业的时候已经二十五岁了,此时蒲驯然的事业上也算是风生水起。

作为蒲太太，阮映的确是没有什么经济压力，她的吃穿用度都很不错，而她本人也不追求大牌奢侈品，小日子过得也是幸福美满。

唯一让阮映受挫的是，她毕业后找工作的时候遇到了一些问题。按照她当时的计划，是想去高校应聘当一名老师。经过相关笔试、面试，层层选拔，可最终她还是被刷了下来，原因是她的学历还是达不到相关要求。

这事让阮映闷闷不乐了一段时间，最后询问丈夫蒲驯然："你觉得，我还要继续读博吗？其实也不是没得选择，只不过我有点不甘心。"

彼时的蒲驯然已经有十足领导人的样子，他身着白衬衫，袖口挽起一些，露出结实好看的臂膀，整个人有了些许成熟的韵味。他坐在椅子上微微朝阮映弓着身子，将她拉进自己的怀里抱着，问："说说看，你的顾虑是什么？"

阮映说："我怕等我读完博士黄花菜都凉了，好老了啊！"

蒲驯然仔细地跟阮映梳理："哪里老了？读完博二十八九岁，到时候咱俩刚好要个孩子。"

阮映说："你还真打算那么迟要孩子啊？"

蒲驯然说："其实不要孩子都可以。"

后来阮映还真的去读博了，反正有强大的后盾，她也没有什么顾虑。

但有一件事蒲驯然一直有所顾虑，那就是两个人的婚礼。

他们两个人二十二岁领证，婚礼一拖就是三年时间。现在二十五岁，办婚礼也恰到好时候。可阮映忙着准备读博的相关事宜，根本没工夫搭理蒲驯然。

于是，这场婚礼一拖，又是一年。

期间，阮映倒是抽空去了趟大山支教，一走就是整整两个月的时间。

蒲驯然埋怨："阮老师，你分给学生的时间都有，分给老公的时间就没有？"

阮映笑了："我这不是天天跟你在一起？你还吃醋啊？"

说起来，蒲驯然爱黏人的毛病那么多年始终如一。但凡阮映上课期间，他都是不辞辛苦地送她，他一个房地产老板，整天不去应酬，热衷于回家炒两个小菜和老婆一起过二人世界。

终于在阮映二十七岁的时候，她某天忽然有了想要办个婚礼的念头，便主动跟蒲驯然提起。

于是蒲驯然马不停蹄地开始准备。

阮映问蒲驯然:"我需要帮点什么忙吗?"

蒲驯然说:"你什么都不用做,到时候来当新娘子就成。"

二十七岁办婚礼,的确是人生最好的时候。

可时间好像又过得很慢,都十年了,他们两个居然都还没到三十岁。

说起来,阮映和蒲驯然的感情倒是一直顺风顺水,细水长流。他们两个人之间没有什么大起大落,这么些年也没有提过分手之类的话题,有时候吵架,隔几个小时就能和好如初。

二十八岁那年春天的时候,阮映生下了一个男婴,比计划之中的早两年时间,但一切都是恰到好处。

有了孩子,他们两个人的人生又进入了另外一个轨迹。

他们谈了十年的恋爱,并未有过所谓的七年之痒。而蒲驯然也深深相信,下一个十年,他和阮映会更加恩爱。新鲜感总会过去,但责任和教养不会。他们是夫妻、是情侣、是家人、是朋友,一辈子不离不弃。

番外三
婚后

博士毕业之后，阮映就留在了大学里教书。彼时的她和蒲驯然已经结婚十年，他们的孩子也能跑能跳，一家三口的日子简单而又温馨。

虽然阮映是大学老师，可她长着一张不显老的脸，混在大学生当中丝毫没有违和感。偶尔她走在校园主干道上，还会有男同学来搭讪。这事无意间被蒲驯然知道后，身为丈夫的他别提有多酸。

蒲驯然现在成了一家上市公司的CEO，笔挺的西装一穿，矜贵的领带一打，摇身一变就成了一个成功商务人士。明明蒲驯然比阮映还要小一个月，可夫妻二人站在一起时，阮映看上去总好像小了他一大截。

某日，阮映准备教案的时候，在书本里翻出一张粉红色的信纸。蒲驯然当时正坐在一旁看文件，眼睁睁看着阮映拿出那张信纸，又见她看着信纸露出一脸的笑意。

蒲先生当场就不爽了，直接一把将阮映按在怀里质问："什么情况？蒲太太你最好从实招来，你是不是不爱我了？"

阮映一脸无奈地掐了掐蒲驯然的脸："你搞清楚好不好，这是一封感谢信。"

蒲驯然眯了眯眼，成熟刚毅的脸上写着将信将疑："感谢信？"

阮映把信给蒲驯然看过之后，他才勉强放心。当然，这不怪蒲驯然多疑，只能怪他的老婆阮老师太有魅力了。阮映这么多年一直在学校里，没有踏足过社会，她长得好看，心思单纯，人也善良，高校里那么多的小鲜肉，一个个长得又高又帅的，所以有危机感的那个人反倒成了蒲驯然。

醋意大发的蒲驯然经常缠着阮映要亲亲，要抱抱，还在她面前撒娇："我不管，你必须最爱我！"

没办法，阮映只能顺着他的意，抱着他，捧着他的脸，一下一下地亲亲他："全世界，我最爱蒲驯然了。"

怎么能不爱呢？

这个男人包容她、体贴她，从学生时代到现在，一直鼓励她做任何她想做的事情，毫无半句怨言。

年少时期能和蒲驯然认识，是阮映觉得最庆幸的一件事。如今两人携手步入婚姻殿堂，虽然过着简单的日子，可幸福就是一点一滴的柴米油盐。

初春的风暖洋洋地拂过午后的教室，学生们一个个像是刚刚冬眠醒来，混混沌沌地打着哈欠。

阮映站在阶梯教室的讲台前哄孩子似的拍了拍手，提醒学生们已经上课了。

学生们勉强打起了一些精神，可上了一会儿课，一个个的又精神萎靡。

没办法，阮映停下讲课，带着开玩笑的语气问："我们聊点课外话吧，有什么问题想问老师的吗？"

此言一出，教室里的同学倒是一个个打起了精神。

有个胆大的女同学举起手来，好奇地问阮映："阮老师，问什么问题都可以吗？"

阮映一笑："也要注意分寸哦。"

那个女同学便说："听说阮老师和先生是从校服到婚纱，这是真的吗？"

阮映点点头："是的。我十八岁和他在一起，二十二岁和他结婚，到现在满打满算，应该有十六年了。"

教室里爆发出惊叹声："哇！"

有的同学掰着手指头算："十六年啊，那这十六年当中，你们分开过吗？也就是分手。"

阮映说:"没有,我们从来没有分手过。即便是吵架或争执,也会在当天将误会解开。"

这话不假,从恋爱到结婚,乃至现在,蒲驯然对待阮映都是无条件地臣服。在阮映的印象里,他们两个人几乎没有过激烈的吵架,偶尔有意见分歧,也都是蒲驯然先妥协。阮映做得最多的,大概就是事后后悔地凑到蒲驯然身边,贴贴他亲亲他。

蒲驯然真的太好哄了,只要她靠近一点,他便会立刻弃甲投降。

聊起老师的感情后,不一会儿,教室里的学生便一个个神清气爽,甚至还想让阮映在投影上展示一下她先生的照片。

不过最后阮映拒绝了,先不说蒲先生的肖像权吧,到底是过于私生活,在课堂上展示影响不太好。

殊不知,就在所有学生起哄的时候,坐在教室最后角落里的一个戴着口罩和鸭舌帽的男人却是满脸不羁的笑意。那人一身黑衣黑裤,混迹在学生当中,分辨不出年龄,也看不清楚容貌。这人不是别人,正是刚才学生们好奇的主人公蒲驯然。

蒲驯然经常旷工,仗着自己公司老总的身份为所欲为。他旷工最多的原因不为其他,就是为了阮映。接送老婆上下班在蒲驯然看来是人生大事,当然,偶尔装扮成学生的模样来蹭一下老婆大人的课,这也是他喜欢做的事情之一。

下课铃响,学生们陆陆续续从教室里离开,最后只留下在讲台上整理教案的老师阮映和最后一排那个吊儿郎当的"学生"蒲驯然。

不多时,蒲驯然走到讲台前,摘掉口罩露出立体的五官,随后像只乖顺的拉布拉多似的对着阮映笑意盈盈:"老婆。"

早在上课的时候阮映就一眼认出了后排的蒲驯然,这会儿她没什么好气地说:"你一天天的这么闲?公司的事情都不用忙吗?怎么老是来偷听我上课?"

蒲驯然四两拨千斤:"怎么能是偷听呢?我这是光明正大。"

阮映整理好教案准备拿的时候,被蒲驯然伸手夺过,他将手臂抬起,示意阮映勾着他的手。

阮映无奈地摇摇头,但还是挽住了蒲驯然的手臂,整个人贴在他身侧。

蒲驯然用下巴蹭了蹭阮映的额头,说:"老婆晚上想吃什么?老公亲自下厨给你做好吃的好不好?"

阮映想不出，回道："随便吧。"

蒲驯然笑着贴在她的耳边低语："那我呢？你要不要吃我？"

教室走廊外，阮映没好气地掐了一把蒲驯然，低声警告："你老实一点，这是学校！"

蒲驯然却充耳不闻："学校又怎么了？就算是在学校里也不能阻止我爱老婆。"

他说着就在阮映脸颊上亲了一口，肆无忌惮。

正在这时，几个学生去而复返，刚好见到蒲驯然的吻落在阮映的脸颊上。

"阮……"学生们全部怔住了，原本准备打的招呼，瞬间也不知道该不该继续。

阮映涨红了一张脸，强撑起笑意，硬着头皮解释："这位是我先生。"

蒲驯然这时候摆出企业家的姿态朝几个学生大大方方一笑，满脸的落拓和坦然。他紧紧握着阮映的手，像是在霸道地宣示主权。

见没什么事，阮映笑着和那几个学生点点头，挽着蒲驯然的手离开。

那几个学生看着阮映和蒲驯然离去的背影，终于发出感慨："阮老师的老公也太帅了吧！"

"有这么帅的老公，怪不得阮老师看不上其他人！"

"怪不得阮老师和她老公感情那么好，他们两个人简直就是天造地设的一对啊！"

"太让人羡慕了吧，呜呜呜。"

从这一天以后，蒲驯然先生的英姿便在阮映所在的学校里流传开来。